赤松中學
緋
的亞莉亞
Aria the Scarlet Ammo
的巨蟒
26
XXVI

# 緋彈的亞莉亞 XXVI

Aria the Scarlet Ammo

## 穿破黑暗的巨蟒

26

赤松中學

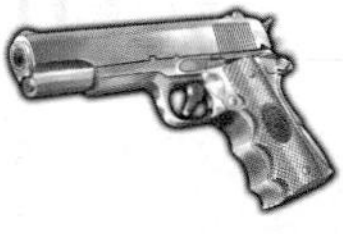

# Contents

# 1彈 start up

和亞莉亞剛認識的那時候，我巴不得可以辭掉武偵的身分。

而那樣的心願，事到如今才漸漸要成真。

既然遭到羅馬武偵高中退學處分，再這樣下去——

一週後，我的武偵執照就會失效了！

（要是我現在放掉槍……）

從日本黑道到N的黨徒，和我有仇的犯罪者們肯定會從四面八方圍剿過來。

雖然根據笨老弟GⅢ的白痴理論，我徒手戰鬥反而會比較強，但那也是在有槍牽制的前提之下。從這一年多來宛如惡夢的實戰經驗來看，我的戰鬥模式中手槍很明顯是不可或缺的存在。

即使在「支持美國槍械產業」的政治方針下，現在的日本連一般個人也能夠獲得配槍許可證——然而那申請過程步槍至少要半個月，手槍要一個月，NFA（全自動）手槍甚至最長可能花上三個月的時間。

在那段期間，我會變得手無寸鐵。

換言之，武偵執照伴隨的配槍許可會攸關我的性命。而為了能夠繼續保有執照……

（『只能靠創辦武偵企業，自導自演成為一名職業武偵』——是嗎？）

根據麗莎在機場出發的電車上對我說明，這是亞莉亞和貝瑞塔的共同提議。

亞莉亞似乎早就靠直覺預測我會遭到退學，所以找貝瑞塔討論過是否有事後補救的對策。而貝瑞塔提出的點子就是創辦武偵企業。

（『個人創業這種事情日本人也偶爾會做』什麼的……我真不該對貝瑞塔說這種多餘的話啊……）

這就叫「悔之晚矣」。不過……

「……除了武偵以外的工作，我頂多只有做過便利超商的店員而已。現在卻一下子要我當什麼社長——太胡來了吧？這不可能的。」

在京成本線電車的長椅上，我對坐在右邊的麗莎如此斷言後……瞥眼瞄了一下坐在左邊渾身沮喪的中空知。

這個提案中其實還有另一項很胡來的地方。武偵企業中最少需要有一名武偵正式員工，當然那位員工也能保有武偵執照。但現在偏偏——

（要我雇用中空知為員工嗎……？）

雖然在盧森堡的坦克戰中她身為通信兵表現得非常可靠，但她除了通信以外在各種工作上都是廢到不行的女人。要跟一個連槍都沒辦法好好用的傢伙搭檔從事武偵工作，簡直跟自殺行為沒兩樣。

更重要的是，中空知是個女的。

而且雖然因為在眼鏡和瀏海的雙重遮掩下讓周圍的人都沒注意到，但仔細觀察就能知道她是個美女。可以說是從前漫畫中『拿下眼鏡就是美女』的亞種。

不只臉蛋。像現在坐在旁邊就能從水手服的胸襟部分清楚看見一道又深又長的溝，顯示這傢伙的雙峰與麗莎、白雪是同等級。再加上因為沒有鍛鍊身體而鬆弛，下垂程度莫名給人煽情的感覺。連同防彈短裙下露出來的那對白皙大腿，都看起來水嫩柔軟到讓人不敢相信她是個武偵。

現在居然要雇用這種傢伙為員工，每天跟她男女相伴工作──根本是不可能的事情啊。對我個人來說。

「……嗚嗚……我、我是、又笨又蠢又廢的烏龜……」

在遲遲沒有創業念頭的我旁邊，中空知從剛才就一直是這副德行。

像個小孩子一樣把手背放在眼角邊，不斷啜泣。

啊啊，受不了。氣氛有夠陰暗的。正當我這樣想的時候，中空知又忽然「嗚！」一聲摀住自己嘴巴，臉色發青。看來是暈車了。坐電車居然也會暈車嗎？

因為義大利航空的機上餐點又難吃分量又少，搞得我現在肚子很餓……於是在抵達日暮里車站準備轉搭ＪＲ電車之前，我決定先出站吃些東西。

而麗莎以及走投無路的中空知也都跟著我準備走出黃昏前的車站。

但就在京成線的自動驗票口，中空知卻被拖住了。

似乎是錯過了通過驗票機的時機。

「咿呀……啊嗚！」

她肉肉的大腿被閘門板「啪！」一聲擊中而失去平衡，結果一下被她背在背上的香菇圖案包袱勒到脖子，一下敲到後腦袋的，慌慌張張了好一段時間。最後在麗莎的幫忙下，才總算通過了驗票閘門。

老實講，我一點都不希望中空知跟我來。但原本走路就莫名搖搖晃晃的她在剛剛這過程中似乎受到傷害的樣子……因此一方面也為了讓她能休息一下，我便帶著她一起走進車站前的一家拉麵店──『馬賊』。

「我一年級有一次工作結束的回程時來過這家店。是一家手打麵店。」

雖然我覺得帶兩個女人到拉麵店有點奇怪，但麗莎只要是我的判斷就什麼都OK，中空知也是自我主張很弱，對我選的店完全沒有怨言──不過……

「嗚噫！」

她竟然被麵店的手動門夾到了。到底在搞什麼啦……

話說，靠著這種連進個門都有問題的運動神經，真虧她能夠活到現在。

我和麗莎坐到吧檯席後，搖搖晃晃跟過來的中空知看到現在店員只有男性後，開始東張西望起來。

她遮在瀏海與眼鏡底下的眼睛來回看著店門口附近，接著……
「呃、那個、餐……餐捲、餐券……好像沒有賣……」
扭扭捏捏地抬起眼睛對我如此問道。於是……
「這裡是用口頭點餐啦。不好意思，我要叉燒麵一碗。」
「也請給我同樣的。」
我和麗莎點完餐後，把包袱放下來坐到位子上的中空知也戰戰兢兢地小聲嘀咕：
「我、我也、一……一樣……」
她或許是在點餐，但因為她不但低著頭，又用菜單遮著自己的臉，店員根本沒聽到的樣子。
討厭女人的我可以知道……中空知是害怕跟陌生男性講話啊。她剛才在車站走路那樣搖搖晃晃，也是因為她想避開路上的男性。這下更能理解她為什麼連打工機會都找不到了。照她這樣子根本沒辦法接待客人嘛。
「呃~麻煩再追加一份同樣的拉麵。」
因此我幫中空知也點完餐之後，拿起包裝式擦手巾「磅！」一聲拍開外袋。結果……
「噫！」
中空知忽然把頭趴到桌面上，拉起水手服的後領保護後腦杓。
看她全身發抖的樣子……該不會是把剛才的聲音誤以為是開槍聲了吧……？

（……到底是有多膽小啦……）

就在我深深嘆息的時候，三人份的手打叉燒麵上桌了——

於是我、麗莎和中空知一起開動用餐，但中空知在這時也發揮出她笨拙的一面。她將因為拉麵蒸氣而霧茫茫的眼鏡拉到自己額頭上——結果似乎變得什麼也看不清楚，把水杯打翻潑到自己裙子上了。我從以前就知道，中空知是個大近視啊。

「把眼鏡戴上啦。我幫妳把拉麵裝到小盤子上，這樣就比較不會有蒸氣了。」

「咿嗚……」

為了又開始啜泣起來的中空知，我和麗莎一起幫她把拉麵從碗裡少量分裝到小盤子上，做成了迷你拉麵。

「對、對不、不好、不好意思。咦？眼鏡、眼鏡呢……」

「不要伸手找桌上，啊啊，妳這樣又會打翻杯子啦。眼鏡不是妳自己把它掛到額頭上了嗎？」

我如此提醒慌張失措的中空知後，她才總算想起這件事，把眼鏡重新戴好……的時候，她的眼睛隔著瀏海剛好看到一張貼在牆壁上的東西。似乎是這裡的店長參加食品衛生管理人講習的結業證明書。

「怎麼啦？」

「啊、沒事、只是我覺得……證照、真好……我一直、很害怕自己、總有一天會遭到退學……所以為了預防、萬一，從二年級、從去年開始、就挑戰了很多、很多認證考試……像英檢、漢檢、簿、簿記、社勞士（註1）之類的……」

開始吃起迷你拉麵的中空知小聲如此呢喃。

哦～也就是說中空知自己也知道自己很廢，所以為了將來做過各種準備嗎？

「原來妳是所謂的證照魔人啊。既然這樣，妳其實不用來拜託我也能找到工作吧？」

一心想要把中空知趕走的我如此說道後——

「可、可是、這、這些……我全部都沒有通過……只有、武偵衛生師二級的資格，我在救護科的自由選修課上……考、考到了……可是，如、如果失去武偵執照，那個資格也會、一起不見……嗚嗚……我唯一的資格、證照……」

淚汪汪地埋頭吃著拉麵的中空知所持有的武偵衛生師……簡單來講就是證明『我能夠好好打掃喔』的證照。

畢竟我以前也有目擊過，這傢伙在通信科經常被人硬塞掃除工作。大概就是因為這樣，她多少比較習慣吧。但即便如此，她也只考到二級。沒有達到能夠在武偵相關的醫療設施負責清掃業務的一級水準。

像這樣說明著自身境遇的中空知只吃完分裝出來的迷你拉麵後……

---

註1「社會保險勞務士」的簡稱，指專門從事與勞務相關或社會保險相關的文件代書以及諮詢工作的人員。需通過國家認證考試。

「我、我粗暴了……」

……她是在講『我吃飽了』嗎？這女人明明胸部那麼大，食量倒是挺小的。

然而因為她吃的速度異常慢，所以和我跟麗莎幾乎是同時吃完。接著結帳完後，我想要是中空知又被門夾到也不太好，於是跟她稍微靠近一點走出店門。結果……

（嗚……！）

——雖然沒有很多，不過大概是吃完熱拉麵流了點汗的緣故，從中空知身上飄散出可以說是女性費洛蒙的香氣。甜膩到要是據說世上真的存在的氣味癖男生聞到這味道，恐怕當場就會對中空知迷得神魂顛倒的程度。

我為了保險起見從頭到腳重新觀察了她一遍。中空知身高大約有一六〇公分，胸部和大腿等部分凹凸曲線明顯，頭髮也又長又多。換言之，雌性氣味的散發面積非常大。

另外，她身上的防彈水手服——還飄散出濃郁到教人暈眩的酸甜香氣。從布料的鬆垮程度推斷，她這套衣服恐怕從入學以後到現在已經穿了兩年以上。明明基於身體成長與安全性等理由，正常應該要一年換一套才對地說。

就好像棉被或枕頭會漸漸染上自己的味道一樣，衣服也是穿得越久就會染上越多肉體分泌出的油脂，漸漸變成主人的氣味。這是即便有洗滌清潔也不會變的。

而且嗅覺特別靈敏的我可以知道，中空知身上完全聞不到香水或化妝品之類添加物的氣味。全部氣味都是來自她這不檢點的肉體，是百分之百天然香氣。這也太糟糕了吧。

畢竟要是剛吃飽就搭電車，中空知搞不好會把拉麵全吐出來，於是我們就像無業遊民一樣——或者說我們現在就是貨真價實的無業遊民啊——來到近處的日暮里南公園發呆休息。

我坐在一張長椅上喝著罐裝咖啡，思考可以把中空知趕走的好藉口……不知不覺間，太陽就下山了。

大概是沮喪時就習慣那樣逃避現實的緣故，中空知則是像個小女童般蹲著，在地面上不斷畫圈圈。始終不離開我旁邊，而且又淚眼汪汪，有夠煩人的……

「——中空知，其實妳還有一個手段。」

聽到我在漫長的沉默之後如此一說，中空知便立刻抬起她哭泣的臉蛋。

「請、請、請問你願意雇用我了嗎！非常感謝您，遠山社長……！」

「不是那樣。我是說就業輔導中心啦。妳去那邊找找看願意雇用妳的武偵企業。其實我自己也是打算那樣做……」

畢竟中空知似乎比我還要早遭到神奈川武偵高中退學處分，所以距離武偵執照失效日包含今天在內只剩兩天。不過如果她明天一大早就去就業輔導中心報到，搞不好還有一線希望。

「就業輔導中心……我已經、去過了……可是當我一輸入『武偵高中退學』，畫、畫面上、就顯示『徵才0件』……別說是武偵企業，連一般企業也是……明明如果只輸入『國中畢業』的時候，徵才企業、還很多的說……」

呃……原來『武偵高中退學』比『國中畢業』的工作機會更少嗎……？那不就是地表最弱的學歷了？

話說，沒有入學過反而在就職上比較有利的學校，到底為什麼要存在啊？

呃不，我是能理解企業不想雇用落魄武偵的心態啦。

（那就是說，我也已經沒有機會的意思嗎……）

正當我坐在長椅上不禁抱頭苦惱的時候……

「所以說，主人，請創辦新公司吧。既然沒工作機會，就自己創造工作機會。」

麗莎翠玉色的眼眸閃閃發亮，在宛如特大棉花糖的雙峰前緊握起雙拳。

「拜託，我辦不到啦！雖然不值得說嘴，但我根本沒有可以當成賣點的技能啊！」

「『辦不到』這句話會抹殺掉自己無限的可能性呀。請挑戰看看吧。」

「居然講跟亞莉亞一樣的話。辦不到的事情就是辦不到啦！」

對身為自己人的麗莎也大吼出氣的廢物金次……的面前，廢物二號中空知又開始在地上畫圈圈了。而且她蹲下的姿勢以女生來講可說是違反禮節，兩邊膝蓋微微張開，搞得我幾乎可以窺見到她多肉大腿間的深處，在爆發方面相當糟糕。

面對陷入絕境而隨便找人出氣的我，麗莎也不禁變得沮喪起來——

而化為兩隻敗犬的我和中空知同樣都不再多說什麼。

人生沒辦法好好走的人還真多啊。包括我在內。

「……中空知，肚子應該也消化得差不多了吧。妳今天就回去，明天自己去公司上門推銷找工作機會吧。」

我丟下這麼一句話，自己也打算離開而站起身子後……

中空知忽然把她香菇圖案的包袱行囊放到地面上，從裝有衛生紙、手帕、錢包、鑰匙、槍和肥後守摺疊刀等等亂七八糟的行李中……

怎麼回事？

她居然拉出一條長約一公尺半的粗繩子了。

接著就像在玩翻花繩一樣，用繩子做成一個直徑約二十公分的圈圈。而且還是邊哭邊做。

呃……這是什麼呢~……啊，套繩圈對吧？

她是不是想抓什麼鹿或兔子呢~？雖然這裡沒有就是了。

「……妳……妳在……做什麼？」

面對在四周無人的公園中做出這種恐怖玩意的中空知，我不禁顫抖著聲音如此詢問。

「……我……我是、又笨又蠢又廢的烏龜。」

不斷啜泣的中空知拿著繩圈站起身子。

然後望向公園中複合式遊戲設施，當中的溜滑梯。

不不不，不要拿著那種玩意看向高處啊！

「喂！不要這樣，妳至少還可以尋求生活保護（註2）……！」

我慌慌張張衝到中空知旁邊，但她依舊不放開繩圈。

「請、請、請不要阻止我……！我早就決定好、要是走投無路時、就、就要這樣了……！我、我、我的武偵保險也也也、投保了一年以上，所以至少遺族、可以領……領到保險金呀……！」

總算理解狀況的麗莎也同樣撲向中空知，然而中空知卻還是拖著我們走向溜滑梯。而我畢竟還是平常的我，剛才太過慌張結果跌倒了。不妙，中空知已經抵達溜滑梯下方啦……！

「中空知大人，請不要衝動呀！」

「我、我、我是、不管做什麼都不行的女人。像我這種人活在世上，也、也只會、只會浪費地球上的氧氣而已。為了阻止地球暖化，我也必須死……！」

「就算妳死了地球暖化也不會停下來啦！喂、妳真的別這樣！」

中空知毫不聽勸，踏上溜滑梯的階梯——卻又在第一階就滑倒了。

做什麼都不行的傢伙，連上吊自盡都會失敗啊。

但中空知偏偏在這種時候表現出不屈不撓的精神，打算繼續爬上階梯。於是——

---

註2　日本的社會福利制度之一，透過發放福利金的方式輔助窮人或弱勢族群。

──我──我、只好……

「我知道了啦！我雇用妳，我雇用妳就是了！我會創辦公司！創辦遠山武偵事務所啦！」

被人拿生命威脅，我就一點辦法都沒有，忍不住脫口說出了這樣一句話。

結果依舊淚眼汪汪的中空知頓時嘴唇顫抖……「啪」地放開手上的繩圈。

「嗚嗚嗚！感及不進！社長呀啊啊啊！」

然後用宛如進擊的巨人中的奇行種一樣的動作跑過來，緊緊抱在我身上。

「放、放開我！」

「噢噢……mooi（太好了）……中空知大人！恭喜您找到工作了！」

在跌到地上的我和中空知旁邊，麗莎也跪下來「啪啪啪」地拍起手來。連公司都還沒創辦就說找到工作也太奇怪了吧！還有妳的裙子！我倒在地上的時候不要跪到我眼前啊！

因為彷彿在暗示遠山武偵事務所黯淡將來似的大雨忽然傾盆而下，於是我們只好先到便利商店一趟後，轉戰日暮里車站前的麥當勞避雨。

「可惡……乾脆就在這裡著手準備創業啦。」

我坐到包廂座位後，對坐在對面的麗莎與中空知如此宣告。

反正要是失去武偵執照，我的人生一樣也會完蛋。而且感覺好像也沒其他路可走了。

既然如此，我拚啦。

我可是在危險的實戰中好幾度死裡求生過的男人。

跟那些相較起來，不管創業還是做生意應該都沒什麼大不了才對。無論那是怎麼樣的戰場，我絕對會贏給他看，活下去給他看。反正又不是拿生命當賭注的戰鬥嘛。

「嗚嗚嗚，社長，削削您！削削您！」

「主人接下來將要以青年創業家的身分華麗站上社會舞臺呢。」

中空知有如把臉埋到桌面似地對我低頭道謝，麗莎則是莫名露出陶醉的表情——

然而能夠滿足「最少要有一名武偵員工」這項條件的中空知再過一天多一點的時間就會失去武偵資格了。雖然我不知道光一天的時間有沒有辦法創辦新公司，但總之我們必須加快腳步才行。現在可不是像那些所謂青年創業家一樣華麗述說夢想，讓女生們阿諛奉承的時候。

「雖然最後不起訴了，但我還是有因為殺人嫌疑遭受逮捕的紀錄在。萬一因為這樣沒辦法創業，中空知，到時候就換妳當社長，我當員工。可以吧？」

「是！」

「那麼麗莎，在日本創辦公司必須怎麼做？我想應該會需要提交什麼文件給公務機關，所以剛才已經在便利商店買紙筆過來了。」

「是，根據我事前調查，首先似乎需要準備印鑑證明書、個人名義的存摺影本、手續費等等。當中最重要的，就是要提交給公證機關的公司章程。」
「好，那就寫那個。中空知，妳用手機查一下書面格式。」
我說著，拿麥當勞的餐盤當直尺，用原子筆畫出格線，填寫必要欄位。
「公司名稱──就遠山武偵事務所了啦。現在再多想也是浪費時間。創辦人是我。資本金額是一日圓。總店所在地就填我老家吧，反正也沒其他住址可用。」
如此這般，我從可以填的欄位開始一路填下去……卻很快就撞牆了。
「公司目的……話說我這公司是做什麼的啊？」
雖然社長本人問這種問題很蠢，但畢竟創業的理由只是為了保住執照，所以我也不知道究竟公司要做什麼。
就好像武偵經常被稱為『便利屋』所示，武偵企業有的是像保全公司一樣負責警衛工作，有的會像傭兵一樣做護衛工作，有的像偵探一樣做調查工作，有的專門運送內容不可告人的貨物，也有專門販賣武器或防身道具的裝備性公司。
「呃、啊、請問要做什麼呢？嗝、嗝、嗝。」
中空知也跟我一樣單純只是想要有份職業，所以對工作似乎沒什麼具體的想法。
「就是要寫些什麼才行啊。妳別在那邊打嗝了，出點意見啦。」
「要做什麼等以後再想吧。總之現在先填『武偵業務』應該就可以了。」
哎呀，麗莎這樣講也對。畢竟我們現在沒什麼時間。
話說我這間公司，還沒創辦之前就遊走在危險邊緣了嘛。

因為我的印章被理子搶走還沒還來的關係，我只好派遣麗莎到附近的百元商店，連同印泥一起買新的來了。以後就把這個當成我的個人印章・兼・公司印章吧。

至於存摺要回老家拿也很花時間，因此就用麗莎的手機 Nokia 7600 把我網路銀行的畫面擷取下來，拿到便利商店列印。其他像繳納證明書或是收入印花稅票黏貼用紙等等莫名其妙的文件我就和中空知分工處理。就在不知不覺間到了隔天，天快亮的時候——

我們總算是把必要資料都湊齊了。

「資料或印鑑能否通關的標準據說會根據機關和處理人員會有差異。所以把遭到退件的時間損失也考慮在內，上班時間一到我們就進去。」

「好、好的！」

不知喝了幾杯麥當勞咖啡的我和中空知就這樣帶著麗莎，走到上班人潮來來往往的店外。雖然雨已經停了，但雲層還很厚，大概隨時還會再下吧。

「對、對、對不起，我、我是個、雨女……」

「梅雨季節會一直下雨只是氣候現象。不要在意。」

我和中空知提著裝在便利商店塑膠袋中的資料，揉著熬夜想睡的眼睛，走向車站。尤其我還要加上時差，現在超睏的。但也沒時間講這種話了。走吧。

「首先要到法務局的分處登記印鑑，接著到公證機關提交公司章程。」

如此告訴我行程的麗莎似乎打算跟著我們一起來的樣子。不過……

「麗莎，妳回武偵高中去──把羅馬發生的各種事情聯絡給必要的成員們知道。畢竟那些內容實在不能透過電話講。還有，去好好睡一覺。」

「主人，請不用擔心麗莎──」

「不只是這樣而已。日本的政府機關腦袋很硬。現在我們光是要申請創辦的公司就很可疑了，如果還帶個跟公司沒關係，而且是個──抱歉這樣講感覺像在歧視，不過──一眼就知道是外國國籍的人一起去，或許會讓對方變得戒心更深。」

我推著麗莎的背，要她回去。

雖然嘴上講了很多理由，不過其實我的真心話是……

這次的事情錯在遭到學校退學的我身上。而在這項彌補過失的行動中，有利益可得的中空知還姑且不說，但麗莎即便是女僕也沒有熬夜陪我到底的必要。

──光是一路幫助我到這邊就已經很足夠了。謝謝妳啦，麗莎。

因為我是豐島區民，所以我們搭山手線來到池袋後，我讓中空知在咖啡店補眠，自己則是首先來到法務局的豐島區分處登記印鑑。只要用護照確認是本人，證明書很快就發下來了。

（接著是到公正機關認證公司章程。從這裡開始就是創辦公司的重頭戲啦。）

根據我用手機查到的資料，所謂章程就是有點像公司憲法的東西。然後要將這樣的玩意拿給稱為「公證人」的公務員認證之後才能創業。於是我振奮起自己的鬥志，到咖啡店叫醒中空知，把她一起帶到池袋公證處所在的太陽城六〇大廈。

公證處在大廈八樓，可是中空知竟然按錯電梯鈕，害我們跑到六樓的餐廳來了。前途教人不安啊。接著走樓梯來到八樓，走進剛好開始上班的公證處……之前，我和中空知先輪流幫對方整理制服的衣領或領帶等等。

「在公務機關如果想讓機會渺茫的申請勉強通過，給人的印象就很重要。站直身體，抬頭挺胸。好，進攻！」

「了、了解……！」

我盡自己的全力裝出笑容，說著「早安~不好意思打擾了。」並走進狹小的公證處之後……跟在我後面的中空知竟然被腳踏墊絆倒，眼鏡順勢掉下來，結果就全身趴在地上「眼鏡、眼鏡」地像隻狗一樣到處亂爬。

啊啊……公證處的大姊都在看我們了……這下第一印象糟透啦……

不過我們也沒退路了。上吧！

「失、失禮了。本人名叫遠山，是一名武裝偵探。因為想要創辦一間股份有限公司，今天希望麻煩您幫忙認證公司章程。」

「我我我……偶素、武、武偵的、中、中空、痴……軋軋軋、逼逼。」

陰沉的臉上盡全力裝出笑容的我，以及把眼鏡重新戴上可是卻戴歪又緊張到不行的中空知來到櫃檯前的座位坐下後——

負責辦理的大姊見到這兩名看起來就很廢的武偵，態度相當硬。

而且這公證處的椅子很矮，中空知又駝著背，讓她那對巨乳好死不死就放在櫃檯的桌面上。胸部有些平坦的大姊看到這一幕，表情又變得更加不爽了。

才一開始心情就不太好的大姊讀完我們提交的公司章程後──

「這個──總不會是因為遭到武偵高中退學，所以創辦一間沒有實體的公司好保住武偵的資格而已吧？」

呃！一下就被看穿啦。

「不、不是不是、我我、我們完全沒有那樣的意思、啊哈哈……」

面對變得像中空知一樣講話結巴的我，大姊接著拿起筆戳在章程上……

「還有，公司所在地，這不是您自己家嗎？武偵企業從今年四月已經開始嚴加管制空頭公司囉？所以請您們另外再開設一個營業處。」

營、營業處……？

「在這點上、呃、因為有預算上的問題……」

根本沒餘力另外開什麼營業處的我支支吾吾地如此辯解起來。

但大姊還是把她剪成妹妹頭黑髮左右甩甩，對我搖頭。

「不行。因為武偵企業的倒閉率太高，所以要嚴加管控。像這個規制也是因為你們武偵在管理槍械上太隨便，遺失、遭竊事件頻傳，才會特別規定出來的。」

呃呃……武偵就算成為大人之後還是這麼糟糕啊……？

或許實際上真的是那樣，不過另一方面也是因為武偵這個職業在日本還沒有被正確理解，所以要創立武偵企業的難度會比其他類型的公司來得高吧。

再加上日本是講究學歷的社會。眼前這位大姊看我們的履歷書時眉頭皺得最深的——就是看到我們學歷欄上寫武偵高中退學，也就是才國中畢業的時候。

不妙啊，她對我們的印象變得極差了。必須想辦法挽救才行。於是我稍微用眼神求助，卻發現中空知又「嗝、嗝」地打起嗝來。看來她有慌張起來就會打嗝的奇怪體質。

或許是對那樣的中空知感到同情的緣故……大姊深深嘆了一口氣。

「哎呀，過去也是有開業時辦公室還來不及啟用的前例。在這點上現在就暫時先通過吧。不過到法務局登記之後，請你們要盡快開設營業處喔。經濟產業省也會定期監察，要是到時候還沒有營業處，就會當場勒令停業了。就算現在沒有場所，不過請問有什麼候補嗎？」

「候補……營業處的候補，當然是有啦，哈哈哈。對吧，中空知？」

雖然根本沒那種場所，但我可是有武偵執照剝奪↓手槍剝奪↓被打成蜂窩的危險。而中空知大概也因為不想又上吊自盡的關係，便配合著我點頭如搗蒜。

「演技也太差，一看就知道沒有了嘛。來，這是武偵公司也能參加的租戶招標會簡介。聽說不只是大樓辦公室而已，也有獨棟透天之類大小合適的待標屋喔。」

大姊說著，從塑膠抽屜中拿出一張Ａ４紙遞給我們。

紙上寫有明天舉辦的商業不動產——辦事處、餐飲店、販賣店、工廠或倉庫等場所的租賃或買賣招標會——簡單講就是競標會的會場情報。

也就是說我們必須參加這個競標會，成功開設營業處……否則公司就會當場倒閉的意思嗎？真是危機一波接著一波來啊。

「另外，公司資本金額寫的是一日圓，那麼請問員工……中空知小姐嗎？請問關於她的薪水部分是怎麼安排呢？」

不過總之氣氛上感覺這位大姊基於同情，願意跟我們繼續講下去的樣子。第一道關卡就快突破了！

「薪水？呃……時薪五十左右可以嗎？」

老實講根本一毛錢都不想付給這種傢伙的我對中空知如此提議後……

「多、多、多少錢都沒問題！畢、畢竟我要是唯一的執照、武偵執照失效就完蛋了呀……！」

那、那種事情妳就不要講出來啊。

我們剛剛不是才被警告過，不要只是為了保住資格創辦空頭公司了嗎！

「不可以喔。東京都的最低工資是時薪七百九十一日圓。而且那是制定給還在實習中的打工人員等狀況的金額，因此請給付比這更高的薪水。」

呃，也就是說，如果一週工作五天七小時……

我每個月必須付十一萬以上嗎……？給這種員工……？

認證與登記用的印花稅、租賃費、人事費——就算武偵高中退還的學費轉眼間又要消失，生命還是無可取代的。總之現在把精神專注在創立公司上吧。

陰暗的午後，我們來到今早我為了登記印鑑已經來過一次、外觀像社區活動中心的法務局。

這裡就是創業的最終關卡。將登記申請資料交給登記官審查，若順利通過便能正式獲得創辦公司的認可了。

——雖然我們在公證處幸運通過申請，但好運可不會每次都來。

我對於希爾達以前說過『天生的運氣』什麼的很沒自信，中空知又是個怎麼看都很不幸的女人。要是她在這邊又耍蠢，這次真的會完蛋。

話雖如此，但如果只有我去又會有被懷疑其實沒有員工的風險。

有沒有什麼可以讓中空知振作一點的方法……對了。

「中空知，現在開始進行作戰說明。」

「嗚噗。」

「不要一下子就露出想吐的表情。呃~妳用手機打個電話，隨便打給哪裡都行。」

這是貞德也發現過的手法，就是唯獨在武偵通信任務上非常優秀的中空知只有在跟某處通信的期間不知為什麼會表現得極為正常。我就利用她這項習性吧。

「這已經是有點像公司業務的東西了，所以通話費我事後會用公司經費付給妳。總之等一下在法務局的那段時間，妳隨便找個對象通電話。」

「是、是……」

中空知用不斷發抖的手指拿出一臺外型粗獷的黑手機——「逼逼逼」地用快速到甚至會留下殘影的動作撥電話給一一七。是電話報時服務啊。

「——電話撥通了。遠山社長，請下達下一項指示。」

哦哦……！中空知擺出立正站好的姿勢了。挺起雄偉的雙峰，原本內八的雙腳也站直併攏。在瀏海與眼鏡底下的雙眼變得炯炯有神啦。

我想法務局的職員看到這樣的她應該也會覺得是個正常的武偵吧。雖然可能會疑惑她為什麼要一直打電話，但總比像隻狗在地上亂爬好多了。

我將資料提交給法務局的收件處後，換到一張號碼牌，進入等待時間。現在櫃檯後方的人員就在審核遠山武偵事務所能否設立了。

而這項作業……相當花費時間。實在教人坐立難安啊。把手機放在耳邊、跟我一起坐在等候室的中空知臉上也露出緊張的神情。

我為了轉移注意而試著環顧四周，發現在二樓大廳中除了我以外也有幾名前來登記公司的人。把筆記型電腦放在大腿上敲打，看起來應該是資訊業出身的暴牙眼鏡矮小男子。兩名年近四十的大塊頭男人好像是打算從不動產業的大公司獨立出來創業的樣子。用母語大聲講電話的小平頭中國人似乎是捨棄了自己的故鄉打算在日本闖出一片天地。

看著他們的眼神，聽著他們的聲音——

——我感受到一股強烈的熱能。

簡直就像準備賭上性命迎接一場槍戰之前的武偵們。

從他們身上都不斷散發出「我要成功」、「我要闖出名聲給你看」的熱情、夢想、希望與動力。

甚至會讓根本還不清楚自己要做什麼工作，只是為了保住執照而坐在這裡的我都不禁感到羞愧的——耀眼光芒。人，在發光。

我……以前總認為日本的公司都很無聊。擅自覺得在企業工作等於是每天過著缺乏刺激而無趣的灰色日子。

但或許並不是那樣。

至少現在眼前這些人——都在燃燒著。

讓人光是在一旁就會被那份熱情感染到胸口發燙的程度。

……喀啦喀啦喀啦……鏘……

很不幸的是，今天因為局內要進行內部整修的關係，現在——下午三點就會結束辦公。剛才那是拉下入口鐵捲門的聲音。

中空知的武偵身分只能維持到今天。

沒有機會再重來。萬一我們的資料有任何一處不完備，就結束啦——

「——遠山武偵事務所～」

……！被叫到了。

「是！在這裡。好，中空知，我們走。」

雖然我想對方肯定會到處刁難，但這件事可是攸關我的性命。

管他是要跟公務人員爭論還是怎樣，我無論如何都要讓對方認可創業。

我抱著宛如隨時要拔槍似的心境，帶著支援後勤的中空知……走到櫃檯前。

法務局職員的大哥，儘管放馬過來吧。

「我就是遠山。雖然我不清楚登記作業通常需要幾天的時間，不過我們基於某些原因——」

就在我準備接著講「——希望您現在立刻就發放認可。」的時候，面前的大哥卻打斷我的話……

「恭喜貴公司設立了。呃～您是想問完成登記的修正日期嗎？那個通常是十天左右……不過貴公司的創立日期就是今天了。」

「咦？」

我一時之間還以為是騙人的，但對方並沒有騙我。

職員先生接著就將公司登記資料謄本交到我手中。

……成功了。

成功創立新公司了……在短短一天之內。

原來創業是這麼簡單就能辦到的事情啊。

「社長……！」

「中空知……！成功啦。任務達成了！」

我和中空知忍不住用武偵的方式互碰右拳。

這下我們暫時都能保住武偵執照了。我還不用丟下手槍啦。

看著如此開心的我們，職員大哥露出一臉苦笑後——

「呃～不好意思要潑兩位冷水，不過武偵業界中其實有三成的公司在開業一年內就會面臨破產，剩下的公司能夠保持不虧損的也只有一半以下。」

嗯，我知道武偵就算成為大人之後還是一群很糟糕的傢伙。

「經濟產業省因此判斷這是尚未成熟的產業……所以設立了武偵企業開業後一年間可以免費申請派遣顧問的制度。聽說會由中小企業診斷師或擁有同等資格的人員指導經營方法，可以試著申請看看喔。」

顧問……也就是像做生意的老師嗎？聽起來不錯。

既然有這機會，我就申請看看吧。反正也不用錢嘛。

從法務局的後門走到停車場的我，在黃昏夕陽下……

「太好啦……！要做還是做得到啊。」

「素呀……捨長……」

和掛斷電話後似乎是想講『是呀，社長。』的中空知一起開心歡呼起來。她烏溜的眼睛浮現的淚水看起來也和以前敗犬的眼淚完全不同了。

從此刻開始，我就是社長，而中空知是正式員工。

總有一種以人類階級來講忽然提升了一級的感覺。雖然是一間連業務內容都還沒決定的公司就是了。

「總之今天先回家去休息吧。畢竟明天好像必須去參加租戶招標會——辦公室競標的樣子。」

「哇哇！我、我差點、忘了。」

沒錯。雖然成功創業了，但隨時可能被勒令停業的危機依然存在。

我們接下來必須找個場所當公司辦事處才行。而為了好好休息，迎接這項挑戰——我們分別搭上往巢鴨的公車以及往秋葉原的山手線，回各自的老家去了。

我因為日本用的手機電池已經沒電，所以在京成本線的電車上已經借麗莎的手機聯絡過老家近期內會回去的事情……不過剛才在公車站牌附近的公共電話又重新打了一通電話。

是爺爺接的。

「我因為發生一些事情，遭學校退學了。現在人在池袋。回去再詳細說明。」

聽到我這麼說後——

「嗯。有什麼想吃的嗎？」

爺爺對於孫子遭到退學處分的事情居然只是「嗯」一聲就帶過了。不愧是經歷過戰爭的，膽識就是不一樣。

「另外，我剛才創了一間公司。」

關於這件事我也簡短報告後，爺爺這次倒是「哦哦！那要喝酒慶祝啦！」地表現得很興奮。

他該不會只是想找理由喝酒而已吧……？

我接著便昏昏沉沉搭上公車，到巢鴨車站南出口下車後，走過商店街與住宅區，經過菸店與木材店門前，抵達老家的日本式宅邸。穿過庭院大門，拉開屋子的拉門……

……嗯？怎麼玄關有這麼多雙鞋子？有很小雙的單齒木屐，還有美軍靴子之類的。另外在傘架中也能看到紅色的迷你日本傘，以及粉紅色的女童用雨傘等等。

雖然這全部都讓人有種不好的預感，但一回國就忙著創業而累垮的我還是——

「哦哦金次！你回來啦。今天可要好好慶祝你公司開張啊，嗚嘻嘻。」

對早已拿著一瓶酒興奮出來迎接的爺爺嘀咕一句「沒啥好慶祝的啦。」回應後，便當作沒看到玄關這些東西，踏上走廊。

「……爺爺還真樂觀啊。我可是被學校退學囉？」

「人生有起有落，這是好事。」

「我倒是一直都在往下掉啊。」

「別那樣沮喪。笑口常開福氣才會來。哦哦對了，說到這個，有一封要給你的國外信件寄來啦。聽說是寄到東京武偵高中又轉送到這邊來的。」

爺爺說著，遞給我一封從美國寄來的限時郵件。

A4尺寸的信封，寄件人是——『Moody's Investors Service,Inc.』。

那是一家以投資家為顧客群，針對國家、銀行、企業乃至個人進行評分排行的投資顧問公司。

（這是啥……？）

我打開一看——裡面是印刷在一張細長型高級紙上、像證明書的玩意。

「嗚呃……！」

我不禁當場發出像中空知一樣的聲音。因為這個……是非人哉排行榜……也就是SDA排行榜的**上位排名者證明書**啊……！

據說這是會免費寄送給排名五十名以內的人，而我現在的SDA排名是亞洲第四十一名。雖然我不知道是他們透過衛星看過我最近的戰鬥，還是原本在上頭的人物掛掉的緣故，我的排名竟大幅提升啦……！甚至還超過了傭兵武偵一石雅斗。早知道就不要看了！

（嗚嗚……太丟臉了，還是保密吧……）

雖然我很想立刻把它揉爛丟掉，不過這證明書用的是相當高級的紙張。背面大概是為了防止偽造還整面都是雷射印刷。像神殿一樣的標誌看起來也很帥氣。於是我把它當成摺紙，折成了一個迷你錢包。反正我現在是社長了，就把這玩意放在錢包裡當作是裝經費收據的地方吧。

我進到以前是我房間的三坪房，稍微小歇後……

往緣廊的拉門忽然被拉開。咬著一顆番茄的GⅢ現身了。

啊啊～我不想看到的傢伙果然在啊。

他今天的護具和義手看起來很輕的樣子。換了新貨啦？

「呦，老哥，還沒死啊。你該不會是被地獄規定禁止入店了吧？」

「那是你啦。我在羅馬競技場可是有被招待到地獄的玄關過囉。」

我和一見到面就不知在開心傻笑什麼的老弟用遠山家的方式打完招呼後——面對面盤腿坐到地板上。另外果然也在的金女則是叫著「哥～哥！」從緣廊蹦蹦跳跳跑過來抱住我，但我基於上次扮克羅梅德爾時遭她威脅過的仇，決定不理會她了。畢竟我現在很累嘛。

「話說，老哥你現在在幹啥啊？」

「被武偵高中退學，然後創了間公司啦。」

「說真的到底在搞啥啊……靠老哥的資金能力居然創公司。那種事情在日本不是超重視學歷的嗎？」

「吵死了。我也有我的苦衷啦！而且我告訴你，一個人的價值不是決定於金錢和學歷。做哥的可不允許你有那樣的想法。」

身為人生的前輩，我瞪向GⅢ如此堅毅說道。

「不是決定於金錢和學歷，那……老哥你又有什麼？」

大概是被我罵而不高興的緣故，GⅢ有點鬧彆扭地嘀咕起來。

「嗯……你問我有什麼……？那當然是、呃……就是、那個……」

「哥哥，不可以再想下去了！你眼神變得好恐怖呀！」

遭金女強制停止思考的我「嘎呀——！」地發出像怪鳥一樣的叫聲，把問題全部含糊帶過後……

「——總之！你們給我聽好！就算到時候我公司設立了辦公室，你們也不准過來知道嗎！絕對不要過來喔？絕對。我可不是在跟你們說笑，是認真的。超認真的。」

接著如此嚴正警告他們。傻子也知道這些傢伙要是來了準沒好事。辛辛苦苦創立的公司萬一遭到俄羅斯空襲爆破什麼的我可吃不消。畢竟美俄之間現在因為南奧塞提亞的問題搞得關係很不安定啊。

「話說GⅢ，我才要問你到底來幹麼的。如果只是為了吃番茄就給我早早吃完，早早滾回去。」

「我是和部下們休假到日本來觀光的啦。還有來跟老哥報告跟道歉。」

「道歉？」

「——歐巴馬政權看似安定，但其實因為移民問題和貿易赤字搞得很糟糕。也多虧這樣讓共和黨抬頭，我也變得比較方便行動，所以就著手調查了一下老頭之前打電話拜託我的事情。」

「爺爺……拜託你的事情？」

「他叫我去調查關於對卒的事情啦。雖然老頭沒有明講，不過老哥，你發病了對吧？」

——對卒。爆發模式時會發作的大腦病變。長久下去總有一天會導致腦中風的致命疾病，而老爸也有可能是因為這個疾病被伊藤茉斬殺掉的。

「對你隱瞞也沒有意義，我就老實說了……沒錯。」

「果然。畢竟我上次有跟金一通過電話，聽起來他一點問題都沒有。既然是遺傳性疾病，代表我也有風險，所以我就稍微仔細調查了一下啦。」

還抱著我的金女似乎不知道這件事，當場傻住問了我一句「哥哥生病了嗎？」……不過哎呀，反正她遲早也會知道，我就點頭回應了。

「我聽老頭說金叉——咱們的老爸也患了對卒，所以我首先就調查了一下金叉的資料。根據我從中央情報局的機密監視履歷查到的內容，金叉在冷戰時代的一九八二年到八九年之間頻繁入境美國，後來也用假名進過美國幾次。而那個履歷——在一九九九年二月以後還有紀錄。分別是二〇〇〇年十一月，二〇〇一年九月和二〇〇四年十一月。」

——一九九九年二月。那是老爸被判定在與茉斬的戰鬥中殉職的日期。

我根據獅堂和茉斬的發言推測出來但還不確定的老爸生存說，這下變得更有真實性了。

「……！」

死而復生在遠山家是稀鬆平常的事情——就像大哥假裝成意外死亡潛入伊・U一樣，老爸的殉職搞不好也是裝死而已。

如果真是那樣，我當然很想知道老爸為什麼要從我們面前消失，而且也代表他已經克服了對卒。對我來說，這可是攸關性命的問題。

不過我在武偵高中偵探科上課第一天也有學過……

調查行動要是被受調查方察覺，就會讓對方提高警戒。

「你剛才說『道歉』的意思是，你們在哪個環節被抓包了？」

「……美國民主黨對我的警戒等級似乎提高了。雖然還不清楚對方是不是刺客，但我有察覺到某個系列血統的人工天才在行動的跡象。對方搞不好也有對老哥進行過情報收集，所以你還是別隨隨便便跑去美國比較好。呃……抱歉。」

那個唯我獨尊的GⅢ居然會老實道歉，代表他是真的感到很愧疚。

不過反正我才剛在日本創辦了新公司，也沒考慮要擴展到美國去。

「別在意了。有刺客在周圍晃來晃去對我們來說不是日常景象嗎？而且我暫時都沒有要到美國的計畫啦。呃～……對了，我說你，去幫馬許加個薪吧，還有幫LOO跟大蛇買個新螺絲什麼的。他們在羅馬幫了我很大的忙啊。」

因為看GⅢ沮喪的樣子實在太可憐，於是我換了個話題後——

「哦、哦哦，聽說是那樣。」

聽到我稱讚部下，GⅢ頓時露出有點害臊的笑臉。

總覺得我好像稍微搞懂要怎麼應付這老弟啦。可是就在我這麼想的時候，這次換成老妹大概是不甘寂寞而趴到我背上……把她的、國中生胸部……壓上來了……！

「呃、喂！金女！胸、胸部！住手、別、貼到我身上！」

我因為背上傳來水嫩又有彈性的觸感，當場陷入中空知狀態慌張起來。而金女則是……

「……？哥哥，你身上的味道怎麼好像比平常還要香，感覺好好吃呦。」

用她跟我同樣靈敏的鼻子像隻狗一樣嗅起我脖子周圍。

糟糕。這麼說來我從羅馬出發之後到現在，整整兩天都沒洗澡啊。而大腦皮質嗅覺區錯亂到居然會把這種氣味認知為美味香氣的妹妹實在教人不禁嘆息——不過現在重要的是趁她還沒開始伸出舌頭舔我之前，趕快去洗個澡吧。雖然現在才傍晚而已就是了。

然而我要是去洗澡，就有遭到金女闖入的風險。因此為了讓她別跟上來……

「我回國加上創業已經兩天沒睡，現在超睏的，要稍微補個眠。熬夜對大腦不好。而且也考慮到疾病——對卒的事情，要是原本就不算聰明的腦袋變得比現在更笨，我的人生就真的會完蛋。所以你們給我出去。」

我仗勢著遠山四兄妹現在長男不在，次男為最高權力者，而對弟弟和妹妹用高壓強權的態度瞪了一眼，把他們趕出房間並「唰！」一聲關上拉門。

接著……我從聲音確認GⅢ到庭院照顧番茄，金女在緣廊一個人解起將棋的殘局譜之後，便躡手躡腳走出三坪房……偷偷穿過走廊……

「哦呦，金次，你回來啦？去洗澡嗎？剛剛來咱們家的神和佛現在在浴室喔。」

從廚房傳來奶奶的聲音。她講話聲音很小，應該沒有被金女發現。不過……神、和佛……？那是啥？總不會是老年痴呆了吧？

「我回來啦，奶奶。那樣聽起來應該會受保佑，我就去沖個澡吧。呼哇～……」

這麼說來，爺爺在戰後被GHQ革除公職而失業的時候——聽說奶奶用荒廢的焦土買了一臺印刷機，出版英文會話的袖珍書，結果大賺了一筆。畢竟當時能夠和有錢有糧食的駐日盟軍「講話」對人民而言是一條生存下去的手段。

（但願奶奶那種能夠察覺社會需求的行商才能也有遺傳到我身上啊……）

就在連要行什麼商都還沒決定的新手社長想著這種事情，並揉著想睡的眼睛進入脫衣間時——

「唔，璃璃那邊的……這件事伏見亦有預言過呀。」

「是的，不能這樣放著不管。」

從脫衣間另一側的浴室中……喀啦喀啦……

……出！……出現啦——！

不知道為什麼會在這地方的全裸女童、而且有兩人、一邊講著好像很嚴肅的事情一邊登場啦。接著又同時用她們烏溜溜的大眼睛朝我看過來了。呀哇——……！

「哦哦，遠山家的！」

「遠山！好久不見！呃……哇哇哇！」

狐狸色的頭髮變得比以前稍微長一點，讓女孩子感提升的——玉藻。以及一頭黑色的長髮直達膝蓋後面的——猴。原來所謂的神和佛是指她們嗎？這麼說來，剛才我在玄關的確有看到小孩用的雨傘啊！

「為什麼妳們會在這裡！我家浴室嚴禁神佛出入啦！給我出去！」

那兩人的重點部位都有被水蒸氣遮住，而且猴也有用她的小手手遮住自己跨下，逃回浴室門後只露出一臉苦笑的頭部。雖然透過霧面玻璃還是可以看到另一側的膚色女體，或者應該說女童體剛發育的幼小雙丘——但至少不是直接看到，在爆發方面還算安全範圍。然而另一位玉藻小妹妹卻是……

「居然要把稻荷明神給趕出去嗎，你這無禮之徒！」

豎起沾溼的狐狸耳朵，挺起平坦的胸部和腹部，張開雙腳光溜溜站在我眼前。明明不是幼女卻展現出幼女特有的幼女態度，精神洋溢地展露自己的一切。

即便我沒有捨棄人性到會對女童爆發，但畢竟也是全亞洲排行四十一名的非人哉。而且仔細想想以前在青森的溫泉也有對猴爆發過的前科。因此必須考慮對玉藻也有那樣的可能性啊。

（——三十六計——走為上策！）

我為了要關上脫衣間的門把這對神佛關在浴室而趕緊轉身。結果就在這時，我看到衣籃中裝有女童尺寸的迷你裙和服以及名古屋武偵女子高中的超迷你水手服等等衣物。而且地上也有像小學生書包一樣的香油錢箱。發現得太慢了吧，金次！

「喂！一見到咱就想逃走是什麼意思！」

「不、不、不要那麼大聲……！總之拜託妳穿上衣服啦！」

要是玉藻吵吵鬧鬧追上來讓金女發現，狀況會變得更加不可收拾。

於是我抓起衣籃，「啪唰！」地把迷你服撒到那對迷你神佛身上。

然後因為對方警告我不准逃跑，所以我只好原地趴下縮起身子，遮蔽整個視野。

「為何汝要裝成烏龜？」

「烏龜是……萬年吉祥象徵啦……還有，拜託妳不要蹲在我附近……求求妳……」

「唉，也罷。話說回來，咱聽汝太母說汝開始做生意了是吧？就讓咱保佑汝生意興隆，記得投些香油錢到那邊的箱子呀。」

「猴也會去寺廟拜拜的。」

保持烏龜姿勢淚眼汪汪的我接著便聽到玉藻和猴用毛巾擦拭身體並穿上迷你衣服的聲音。

雖然兩人似乎已經不是全裸，讓我的爆發性血壓也稍微降了下來。但我依然沒有放鬆警戒，繼續趴在地上……等待玉藻和猴完全把衣服穿好。然而等待的時間中我沒事可做，於是把手伸向從以前就插在脫衣間的插座上一直沒拔的充電器，拉過來插到我沒電的手機上。我剛才有到巢鴨車站前的 Docomo 門市把未繳的通話費繳清，所以現在應該已經恢復通話了才對。

而就在等待手機開機的這段時間……

「……話說猴啊，霸美怎麼樣了？」

我當作是閒聊詢問了一下之前在青森道別後就沒聯絡的緋鬼女帝——霸美的消息。

「霸美小姐回鬼之國去了。上次猴有跟她通過電話。對了，有件事要轉告遠山。閻小姐聽說游泳回到鬼之國了。」

結果竟讓我聽到了這項好消息。太好啦，閻還活著。

雖然之前墜落到後樂園的時候就已經發現，閻即使從高空落下也沒問題，不過……明明身負重傷又被捲入富嶽的爆炸之中，居然還能從太平洋游回去。真不愧是鬼啊。

正當我如此感到佩服的時候……

（……？）

剛開完機的手機收到了未讀取的郵件，還有未接電話履歷。兩邊都是來自武偵高中屈指可數的正常人類，在教育方面比武偵高中的老師優秀一兆倍的——望月萌。

郵件標題是『關於高認的事情，請回電』。

高認——高級中學畢業程度認定測驗嗎。這麼說來我差點忘了這件事。

只要通過這項測驗，即使只有國中畢業也能獲得報考大學的資格。等於是像我這種有問題的學生可以利用、類似緊急逃生梯的測驗。難道現在有什麼問題嗎？總不會跟我講這項制度已經沒了吧。

感到在意的我保持著烏龜姿勢撥電話給萌——結果一下就接通了。

「萌，是我。抱歉回電晚了。我昨天才剛回到日本——」

「太好了！總算聯絡到你……！我說遠山同學，你申請高認了嗎？」

才簡短打完招呼，萌就表現得很慌張的樣子。

「……申請？原來還要申請啊？」

「噫！你、你現在在哪裡？在武偵高中嗎？」

「呃～那個～……其實我被武偵高中退學了……」

「……被、被退學……！」

萌一聽到我被據說連昆蟲等級的腦袋都能畢業的武偵高中退學後，隔著電話也能知道她差點昏了過去。畢竟萌本來就是受我影響才到武偵高中來的啊。

順道一提，如果把之前轉學到萌也就讀過的東池袋高中那時也算進去，其實我這是第二次遭到武偵高中退學。但如果講出來萌可能真的會暈過去，所以我閉嘴沒講了。

「——既然這樣就更要趕快了！高認的申請期限很早呀！是五月十日——早就已經超過了～！考試時間是八月初！」

呃……真——真的假的！我還以為考試是年末的說！

「不過不過，如果有出國留學之類的理由，到六月十日——也就是今天還可以接受辦理！申請書在東京都廳的教育諮商中心可以領取！只剩三十分鐘就要關門了！」

「嗚喔喔喔喔喔！」

從烏龜姿勢突然火箭式起跑，並模仿在羅馬看過伊歐使出的四肢跑步法往前衝刺的我——在尾巴都彎成問號形狀的玉藻與猴露出嚇傻的表情目送之下，高速奔出了脫衣間。

然而我靠著四肢跑步沒辦法順利轉換方向，結果像隻野豬撞上走廊牆壁才理解果然還是雙腳跑步比較快。於是趕緊爬起來衝過走廊，闖出玄關大門——

「晚餐前要回來喔～」

聽著背後傳來奶奶的呼喚，並為了攔計程車而朝著大馬路的方向全速衝刺。

啊～可惡！——今天簡直是我人生中最忙碌的一天啊！

# 2彈　表參道的阿久津珠穗

創立公司、申請高認等等事情都辦完，總算好好睡一晚後——今天是辦事處的招標會。

為了阻止單純只為了保住武偵執照而僅靠一日圓設立實際上沒在營業的公司這樣鑽漏洞的行為——簡單講就是我本來打算要幹的事情——政府禁止了武偵企業以在家辦公的方式創業。換言之，如果沒有除自家以外的辦事處，就會立刻遭到勒令停業。

因此到了隔天傍晚，在又開始下雨的天氣中——我借了大哥留在家裡的西裝以及爺爺的雨傘，出門前往招標會場所在的新橋車站前大樓。

（畢竟在公證處有種因為我們穿學校制服而被瞧不起的感覺啊……）

今天的任務是招標會。是將東京不動產公社、三井、住友、野村不動產等各公司仲介的租賃屋、出售屋開放給企業搶奪的競標大會。

要是像我這樣才剛從高中出來……實際上沒有畢業就是了啦……總之就是個窮小子的事情如果被看穿，在拿鈔票互鬥的競標會上將會變得很不利。因此必須穿得成熟一點，騙騙對手。

我中午過後也有打電話給中空知交代她「不要穿水手服，穿便服過來」。而當時電話另一頭的中空知回應我「是，社長。我明白了。」的態度相當穩重……成熟的美聲讓我不禁怦然，結果忘了下達更細節的指示──這點便是遠山社長的失策。

後來我在大樓旁的新橋車站聯絡通道口等著等著，竟看到彷彿握著什麼看不見的滑雪杖般彎曲著手臂，雙腳內八跑步，差點就遲到的中空知身上穿的衣服……

（……矬到爆……！）

簡直就像剛從鄉村來到東京的鄉巴佬，根本連唬人作戰都談不上邊。

大概是梅雨季天氣涼而穿在身上的奶油色薄毛衣又舊又縮水，讓她推測有F罩杯的雄偉雙峰形狀一清二楚。而且她跑步方式又很爛，身體一直上上下下，害我都目擊到那對犯規級的胸部激烈震盪的畫面了。

至於下半身穿的同樣是很舊的花朵圖案長裙，不是刻意走復古風而是真的很土。再加上那雙黃色的橡皮長靴是什麼啦？而且仔細一看左右還穿反了，結果她跑到一半就跌倒，「呼哇哇」地撲到我身上來啦。

嗚嗚。中空知的黑色長髮散發出刺激男性本能中樞的女生甘甜氣味啊。

還有被雨水稍微淋溼的毛衣和長裙也一樣，根本是爆發性的香氣炸彈……！

「哇、哇、山、圓山、遠社長、山社長、早早早俺……」

抱住我的中空知瞬間臉紅得像亞莉亞一樣並立刻放開我之後，手臂朝下用雙手握住剛收起的雨傘，擰乾上面的雨水。結果那動作讓她胳膊內收，左右雙臂夾住她那宛如大麻糬的巨乳，朝前方，也就是朝我的方向擠出來。簡直有如迸出型的3D影像。而且她本人又沒自覺，搞得像是只有我發現在偷看。有夠爆發的……！

（饒了我吧，一見面就給我來這套……！）

差點要哭出來的我為了遠離中空知的香氣範圍，也為了不要看到她那對充滿魄力的肉球而轉向側面。然後從同樣是大哥留在老家的黑色皮革包中……

「今天同樣是勝負關鍵日，不許失敗。所以妳隨便找個對象打電話……會讓公司的電話費開銷變得嚇死人。因此我想到了一個點子。妳有用過這玩意嗎？肉……不對、錄、錄音筆。」

我一邊說著，拿出昨天從東京都廳回家路上在家電量販店買來的錄音筆。

這玩意設計很特別，顏色形狀就跟香菇一樣，然後菇頭的部分是麥克風。

「……香菇、的、形狀……？請問、這是、給我的嗎？」

沒有注意到我差點講錯話的中空知對於自己收到東西的事情表現得很驚訝。

「沒錯。因為妳包袱布上的花紋是香菇，所以我想說妳或許喜歡吧。」

「香、香菇、是、我家、家、的家紋。」

哦～原來是那樣。真稀奇。

遠山武偵事務所購買的第一件公司公物，就是這個像玩具一樣的商品……不過就跟如同近年來的電子商品，它還是多加了很多有的沒的功能。像外接麥克風插口、Wi-Fi、WiMAX……也因此價格高達四千九百八十日圓，但長期來看應該至少可以省下很多電話費才對。

「妳就拿著那個，假裝在通話一樣講話看看。」

對社長的命令什麼都會乖乖聽的中空知「喀」一聲按下錄音鈕後——

「測試、測試。遵照指示實行動作了。社長，請問通話清晰嗎……」

——成功啦！她正常講話了。

雖然大概因為不是真的在通話，讓效果也打了折扣，態度上感覺還是有點懦弱啦。

「很好。今後妳在上班時都要將它隨身攜帶。或許別人會覺得妳帶的東西很奇怪，但只要妳開口講話，大家的注意力都會被妳的美聲吸引走的。」

聽到我如此稱讚後，關掉開關的中空知……「嘿嘿」地……露出一臉傻笑。鮮少與人來往的傢伙笑起來通常都會很噁心，不過中空知因為臉蛋造型是個美女，給人一種莫名討喜的感覺。或者應該說，異常可愛。和亞莉亞、白雪、理子或蕾姬那些正統派美少女不同，帶有獨特的魅力。在爆發方面來說，要是輕忽大意可是會倒大楣的。

就在我如此提高戒心的時候，從一旁的車道上——啪唰！

一道水花忽然潑了過來。

「嗚喔！」

「啊……！」

是因為下雨天而關著硬式頂篷的一輛白色保時捷 911 Turbo Cabriolet——在靠到這棟大樓旁停車時，把積在車道邊的水灘濺了起來。

被潑到裙子的中空知一屁股跌坐到地上後，從車子的副駕駛座上……

「——唉呦，這位小姐，真是抱歉。」

走出一名穿著強調身材曲線的迷你裙禮服、看起來很成熟的女性。一頭染成淡金色的長髮呈現優雅的弧線……是個相當漂亮的美女。雖然也感覺像有整形過就是了。

坐在駕駛座的另一個人也走出來——是宛如扮男裝似地穿著一身西裝的帥氣女性。染成棕色的頭髮剪得很短，給人一種女強人的感覺。

（這兩人……）

體型和藝人叶姊妹有些相似，臉上也濃妝豔抹，尤其感覺地位比較高的那位美女甚至像是作特種行業的一樣。不過——

（——是武偵。）

我可以看得出來。她們身上的禮服和西裝都是防彈材質，手提包中也裝有重物……八成是手槍。而且可以打開頂蓬的保時捷也很適於槍擊戰。

身穿迷你裙禮服的女性蹲下套有絲襪的腳，拿手帕幫中空知擦拭裙子……不過我注意的是她的前臂。感覺應該沒什麼臂力。

「——阿久津社長，請讓我來擦。」

應該是部下的女武偵——這位倒是身材很結實——如此說著，但卻什麼擦拭用的東西都沒掏出來，而且不知道為什麼像是為了確認中空知的長相而靠近她。

「眼、眼、眼鏡……香菇……」

在跌倒時讓眼鏡掉下來，連我才剛交給她的香菇型錄音筆也脫手的中空知——一晃一晃地搖著毛衣底下的雙峰，四肢趴在地上爬來爬去。真是個從武偵高中時代就毫無長進的女人。雖然我也沒資格講別人啦。

我幫中空知撿起眼鏡和香菇，並扶她站起身子後——

「謝謝你，遠山社長……噫……！須、須坂教官……！」

重新戴好眼鏡的中空知一見到那位西裝女性，瞬間變得腳軟。

「……果然是中空知美咲呀。」

咧嘴一笑的女強人——須坂？似乎跟中空知互相認識的樣子。

不過中空知看到須坂就害怕得躲到我背後。

「唉呦，妳認識這女孩？」

被須坂稱呼為社長的迷你裙禮服女性——阿久津有點感到意外地睜大貼有假睫毛而看起來很妖豔的眼睛。

「是的。她是我在神奈川武偵高中擔任臨時老師時教過的學生。因為她連只有一層的防彈跳箱都跳不過去，我就稍微**關照**了她一下。但遺憾的是，她在上個月退學了。」

像在恥笑中空知般竊笑的短髮須坂——看來是個在企業上班的同時也偶爾會被派遣到武偵高中擔任體育老師的女人。

「妳也真是的。只有一層的跳箱反而很難跳吧，須坂。」

阿久津社長大概是對於自己的車濺水到中空知身上的事情有點在意，而稍微告誡了一下須坂。

「就是說啊，只有一層反而更難跳吧！」

「噫嗚嗚……遠山社長……」

原來就是因為這個叫須坂的，害現在躲在我背後哭的中空知遭到退學的嗎？雖然我覺得就算沒這件事，中空知還是遲早會被退學就是了。

對於身為社長保護中空知的我——妖豔的阿久津露出有點銳利的眼神。

即使外觀像個酒店小姐……她果然也是武偵啊。她這個視線是在確認生氣的我身上的武裝，也就是左腋下槍套中的手槍。

「話說，剛才這位中空知小姐稱你是遠山……你該不會是遠山金次吧？」

聽到阿久津武偵的發言，我不禁稍微睜大眼睛。

而我這個反應——似乎就等於在回答「妳為什麼連我底下的名字都知道？」的樣子。

「果然。我兩年前聽學弟妹說，有個很強的學生進到學校。你就是那位傳聞中的遠山同學呀。初次見面，我是阿久津武偵事務所的阿久津珠穗，是東京武偵高中的畢業生。雖然畢業了幾年是祕密，不過應該可以算是你的學姊吧。至於這位則是副社長須坂景。」

阿久津武偵說著，從手提包掏出一個金色盒子打開來，將印有公司網址與手機號碼的名片遞到我面前。

雖然公司的取名品味跟我，或者說是跟麗莎一樣。不過……喂喂喂，太誇張了吧。這名片背面印有表參道、六本木、代官山、自由之丘——總店分店全都開在高級地段啊。

（武偵高中畢業的職業武偵——阿久津珠穗，是嗎？）

既然這樣，她只要隨便一查就能知道了，我隱瞞也沒有意義。

「妳說得沒錯，我是遠山金次。昨天才剛創業，還沒印名片。」

「哦哦，那麼你是來找總店辦事處地點的吧。能夠見到這樣一位內行人都知道的優秀武偵，真是光榮呢。聽說你是個厲害的劫持終結者——過去解決過ＡＮＡ６００號班機劫持事件，還有希望號新幹線二四六號劫持事件對吧？」

阿久津豎起她一道傷痕都沒有的白皙手指，然後又雙手拍了一下，開心露出微笑。

怎麼我的名字……好像在武偵業界也變得是內行人都知道啦？像須坂一聽到阿久津的發言，也忽然對我露出尊敬似的眼神了。

但畢竟我的確因為亞莉亞的關係，到處幹過很多事。雖然新聞報導都沒有報出名字，然而業界內還是會知道是吧。

不過話說回來，阿久津嗎——真是幸運讓我結識了這個人脈。

我在學校認識的朋友本來就不多，更不要說是社會人士幾乎沒個認識的。

雖然長相漂亮讓我有點不能接受，但還是跟她結個緣吧。畢竟我和中空知現在都是連武偵業界的基礎知識都不懂的狀態，而且阿久津的生意肯定做得相當成功。

「遠山和中空知是同學合作獨立創業嗎？感覺真棒……充滿夢想呢。歡迎來到職業武偵的世界。兩位的夢想一定會實現的。我今天雖然也是來購買不動產，不過——武偵業界還很新，規模很小。就讓我們互相合作吧。」

阿久津說著，伸出她白皙的手。於是我回應「好，請多指教」並跟她握手時……

她裝作若無其事地用拇指摸了一下我的食指內側。是透過指皮的硬度想確認我是個開過多少槍的武偵是吧。真不愧是職業人士。

不動產的招標會是在新橋車站前大樓三樓的活動大廳舉行。

據說在浦和、幕張等地方也有對同樣的待標屋列表同時舉行競標，不過各會場也有限定只在該會場競標的房產，因此人手上有餘力的公司似乎也有另外派人到其他會場的樣子。

到這個會場來的武偵企業雖然只有我和阿久津兩間公司，但其他還有很多像偵探公司或借貸公司等等有點危險感覺的公司。換言之，今天就是**那種目的的**招標會。約三十間左右的參加企業會各自分發到存有資料的隨身碟，或是裝訂好的不動產租賃、分售傳單。而在所有待標屋上都有標註編號。

參加企業可以先看過各不動產的地段、屋齡、坪數、租金、與車站或幹道的距離等資料後，出價競標。另外也有直接投標不動產公司提出的價格就能當場簽約的直購房產。

然而，不出我所料……無論租賃還是出售，都貴得要命。

畢竟是不動產，感覺招標方也看我們是地下行業而故意把價格設定得比較高。但願意租借房屋給武偵當辦事處的地方本來就不好找。為了避免一開業就遭到勒令停業，我必須今天就在這裡簽到房屋才行。

雖然各不動產公司的營業員會用投影機簡報說明他們的推薦房產，但我根本就聽不懂那些不動產用語。而中空知也是外行人，因此只能跟我一起坐在折疊椅上冒著冷汗，埋頭讀資料而已。就在我們兩人傷透腦筋的時候——

「怎麼樣？遠山，有找到好地方嗎？」

阿久津社長大概是對我們的慘狀看不下去，而向我如此搭話。

「呃不……我根本就搞不清楚什麼好或不好的……而且資料上除了租金或販售價格以外，好像還有什麼稅金還是保險等等雜七雜八的金額……」

看到我彷彿在地獄見到菩薩般抬起求助的臉，阿久津頓時露出「唉呦好可愛」似的大姊姊表情。

「大家一開始都會不知所措呢。我來給你一些建議吧。你想要什麼樣的地方？」

「啊……謝謝。呃……總之我想找便宜的地方，其他都無所謂。空間多小，距離車站有多遠都沒關係。」

對於我這樣連面子都顧不得的發言——阿久津卻反而是……

「既然條件那樣清楚，其實就很好找囉。」

說著，她便用貼有紅色假指甲的指頭快速操作起手中的 iPad。看來她是以數位資料的方式拿到待標屋情報，所以能設定條件進行搜尋的樣子。在這點上也是有錢的公司會比較有利啊。

大概是因為習慣的關係豎起小指，用成熟女性般的動作撥起淡褐色長髮的阿久津——

「……啊。」

忽然看著 iPad 的螢幕稍微張大眼睛。一副就是「找到了好地方」的感覺。

然而她接著望向我的雙眼中，流露出有點猶豫要不要告訴我的神情。

後來大概是對我和中空知求助的眼神感到同情的緣故，阿久津輕輕嘆了一口氣，彷彿對於自己不小心發出聲音的失誤無奈接受般露出苦笑後……

「我剛剛看到這個連自己也覺得想要了。房產編號第九十九號，價格很實惠喔。」

她為了不讓其他公司聽到而小聲說著，同時把那個房產資料拿給我們看。

——是位於港區北青山三丁目的分售屋。不是租賃，是出售。

雖然在小巷中，不過還算有人潮來往的地段。可以當天入住。地上兩層、地下一層的透天屋，空間大得可以。尤其一樓足足有四十五坪，一五〇平方公尺。

而且更重要的是——非常便宜。便宜到讓人甚至會以為是月租金的程度，也沒有保證金之類的初期費用。

「這個注意事項上寫的『頂讓』是什麼……？」

「就是指房子裡原本的設備都原封不動的意思。我想大概就是像辦公桌椅還有櫃子之類的東西吧。雖然有很多公司不喜歡這樣而選擇新購，不過如果沿用舊設備就能省下一筆內外裝潢費用囉。」

阿久津如此回答我的疑惑。這樣聽起來對我們而言反而是好事啊。

「……這麼便宜，請問該不會是凶宅之類的吧？」

因為發生過什麼恐怖意外導致鬧鬼而沒人想住——中空知擔心這房子是基於這類的理由才會如此便宜。不過……

「別在意，中空知。反正只要讓我進駐開店，在某種意義上就會變成凶宅啦。」

遠山社長根本不會在意那種小事。大概是到地獄門前敲過三次門的關係，我上禮拜甚至看過一大堆古代羅馬人的亡靈。凶宅什麼我沒在怕的。

「還有這個……是『直購屋』喔。」

阿久津的聲音帶有些許緊張的感覺。

那也就是說，只要有公司投標達到出示金額，就會當場進入簽約程序了。

阿久津瞥眼瞄向會場，並在我耳邊竊聲說道：

「大家還沒注意到有這麼便宜的分售屋。這麼好的不動產要是不趕快搶下來——」

講到一半，阿久津的部下須坂就忽然拿著手機走過來，悄悄地——

「阿久津社長，在浦和招標會場的三宅和王想問您，九十九號如何……」

——九十九號。正是我們在看的房子。看來阿久津的部下在其他會場也注意到同一間房產了，代表內行人到了這時段差不多都會找到的意思嗎。

「等等，那地方剛剛已經被我介紹給遠山了。啊啊，講『被介紹』好像也有點奇怪……不過也要顧慮道義上的問題。如果遠山不要，我們再搶。」

嚴肅制止須坂後，阿久津重新看向我們。

「……不好意思，讓狀況變得這樣尷尬。不過老實講，這真的是像挖到寶一樣。如果你想要，最好手腳快一點。畢竟就算我不搶——在其他會場應該也很快就會被其他武偵企業搶走了。」

阿久津之所以會強調「武偵企業」，應該是因為這房子周圍的治安很差吧。靠近北青山的表參道或原宿等地區以前是相當熱鬧的時尚街……當然現在也是，不過最近兩年來治安突然變得很差。換言之，對於靠解決麻煩事件賺錢的武偵來說，反而是很有甜頭可嘗的地區。

「公告事項——沒寫。代表它會這麼便宜是因為治安環境，還有屋齡很老的關係。」

阿久津像是為了消除中空知心中的不安一般，告訴我們這裡並不是什麼凶宅。看來是因為如果我不買她就要買下來，所以催促我們在被其他公司搶走之前趕快做出決定的樣子。

——好。雖然說便宜也要花掉我一半以上的財產，不過……

既然阿久津也這樣親切告訴我們了，我就買下來吧。反正應該也沒其他我租得起的房子。

「阿久津武偵，謝謝妳。我要下標了。」

聽到我這麼說，阿久津便像個溫柔的老師般露出微笑。

「武偵可是很講究道義的。以後有機會記得要好好報答我喔？」

多虧武偵高中的前輩·阿久津的幫忙下——我順利搶到了房子。

就算是便宜貨的公司印章，只要在分售契約書上蓋下去就算契約成立。

在招標會場收下不動產公司給的鑰匙後，位於北青山的這棟房子便是屬於我的了。

——接著到了隔天下午。

我和中空知決定馬上到遠山武偵事務所的辦事處一探究竟。

簽約時為了節省開銷，不動產公司提供的各種服務能夠拒絕的我都拒絕掉了，因此今天也沒有人同行向我們說明。不過沒差，反正是自己的公司，我會自己調查清楚每個角落。

在東京地鐵的表參道站和中空知會合後，我們便拿著地圖前往新買的房子……但這裡可是日本知名的時尚區域，路上到處都是對流行打扮很敏感的女性們。

在這樣的地方穿著給人軍服般印象的武偵高中制服，即便是我也忍不住會感到有點丟臉。而且我們兩人現在都已經不是武偵高中的學生而是社會人士，穿制服感覺就像在玩扮演遊戲一樣。

不過要強調一下，這套防彈制服就算是從武偵高中畢業或中途退學的人也可以繼續穿，在規則上並沒有禁止。只不過都已經成人了還穿這個戰鬥看起來會很搞笑，所以通常沒有人會穿就是了。

「遠、遠元、圓山、社長——那、那邊賣的包包、要、六六萬、拔千日圓！都兜兜、都可以買一、一百個、我的背包了……」

據說頂多只有在當鋪看過所謂名牌貨的中空知一看到櫥窗中陳列的 Samantha Thavasa 包包，頓時驚訝得瞪大眼睛。話說妳那個背包原來才六百八十日圓啊？我反而想問妳究竟是在哪裡買到的呢。還有，拜託妳把香菇錄音筆拿在手上啦。

「不要怕，包包不會開槍攻擊。我們從今天開始要在這條街上工作，快點適應。」

「遵、遵命……噫！這邊還有、久、九萬日圓的連身裙……！」

畢竟中空知的便服是昨天那副德行，我想她對流行時尚肯定很生疏吧。明明是在東京長大，卻像個鄉巴佬一樣東張西望。但話說回來——我雖然曾經被外務省的錢形追到這邊上演過一場飛車追逐，不過平常也沒到這邊逛過街，所以其實也搞不太懂。

避開在路上玩滑板的年輕人，穿過表參道的交叉路口後，在青山路上可以看到一間槍砲店。然而那裡賣的步槍都是做成粉紅色或淡藍色等等的女生專用槍。像印有凱蒂貓或是熊本熊的角色槍就被女性客人們叫著「好可愛呦～！」而大受歡迎的樣子。地方不一樣，賣的東西就不同啊。

哎呀，畢竟槍是託付自己性命的東西……「能不能一起死」也很重要。

如果能和自己最喜歡的凱蒂貓一起死也甘願，那也是好事。就像有些男生也會在槍上貼動畫角色的轉印貼紙嘛。

「──社長，昨天您預約委託的貞德小姐來電了。」

我一瞬間還在想是誰在跟我講話，原來是拿著手機的中空知。

於是我接過手機後……

『遠山嗎？我聽亞莉亞說你被退學了。你現在在做什麼？』

聽到貞德第一句話，我就忍不住嘖了一下。

該死的亞莉亞，居然還特地從國外把別人的醜事宣揚回來。

順道一提，中空知在武偵高中時代和貞德是宿舍室友，所以我才叫她幫我聯絡的。

「那個妳也去問亞莉亞啦。現在重要的是委託。妳幫我去查一下關於一位叫『阿久津珠穗』的武偵高中校友，我今後可能會跟她在生意上有合作。酬勞我會從公司預算撥一千日圓給妳。」

『……公司預算？也罷，看在我們的交情上，我就接受委託吧。十五分鐘後我再打電話告訴你相當於一千日圓份的情報。』

連這段通話費也想盡量節省的貧窮社長金次快快掛斷電話後──進入了北青山。

北青山這塊區域不同於亮麗光彩的表參道，隨處可以看到老舊的屋子，還有大概是因為舊屋重建而成為野貓聚集處的空地。

接著，我和中空知便來到公司住址的所在地──北青山三丁目十號。

雖說是因為規定上需要才買的，不過果然還是有間辦事處才像個公司啊。

而且這間辦事處可是連那個有錢人阿久津社長都想要的好房子。

好，就讓我正式邁出成為社會人士的第一步吧。

雖然我心中是這麼想的，可是……

「咦？住址……應該是這裡呀……」

「……看不到像是辦公室的建築啊。」

我們也確認了一下電線杆上的街區標示牌。北青山3－10確實是這裡沒錯，但根本看不到外觀像公司的房子。附近是有一棟整片玻璃外牆的亮麗大樓，然而那是3－11。

在我們眼前——只有一棟感覺像是二戰後沒多久就建起來，宛如廢墟般的木造建築。透過明明不是霧面玻璃卻因為太老舊而模模糊糊的玻璃門窺探屋內，還可以看到一片昏暗中有好幾臺像工作用機械的巨大玩意。

「……感、感覺好像是、什麼工廠呢……」

「……確、確實是工廠啊……」

我和中空知之間的氣氛變得凝重起來。

在工廠前還可以看到投硬幣進去後自己用手打開的那種自動販賣機，從前似乎有在賣點心的樣子。

至於屋簷上生鏽到難以辨識的招牌寫的是——青……一開頭就是舊體字……下一個字雖然不見了，但我想應該是青山……包子……製造廠……『青山包子製造廠』。

「……！……」

我把不動產公司給的鑰匙插入拉門上的鑰匙孔，一轉。

或者說根本還沒轉，門板就脫軌倒下來了。為了不讓用膠帶補強裂縫處的玻璃門摔破，我和中空知趕緊撐住把它推回去——再重新小心翼翼地拉開，踏入有如鬼屋般陰暗的屋內。

「這隔間……！」

我環視鋪有防水地板的一樓，隔間和昨天看過的平面圖一樣。

屋內深處也能看到通往地下室與二樓的樓梯。

這地方看來……

是倒閉的包子工廠。

幾乎把一樓空間全部占滿的幾臺巨大機械，應該是製作包子的生產線。

因為這堆礙事的東西……讓這裡根本沒辦法拿來當成辦事處。雖然屋子深處有擺桌子，但入口附近連個櫃檯都擺不下。

注意事項上寫的『頂讓』原來是指這些設備全都原封不動留在屋內的意思。

這已經不只是大宗垃圾的等級，而是工業廢棄物了。如果要報廢可是得花上好幾百萬。

難怪這屋子會這麼便宜啊……！

「中、中空知，我進去裡面確認一下是不是真的是這裡。搞不好是附近有隔間造得一模一樣的屋子。妳去周圍找找看……！」

即使明知沒有這種事，但實在不願意接受現實的我如此指示中空知後——走進屋內觀察。房子二樓是一間四疊半（兩坪多）的宿舍，讓員工可以住在工廠。然而那房間也很簡陋，天花板上垂有一顆積滿灰塵的電燈泡，壁櫃中只有坐墊、折疊式矮桌跟舊棉被而已。

就在這時——我的手機響了。是貞德打來的。

「我……我是遠山。」

『你怎麼啦，聲音那麼抖？關於你剛才提的阿久津珠穗，我勸你還是別跟她合作比較好。你肯定會被坑得一乾二淨。』

「——那是……什麼意思？」

『阿久津畢業於平成十六年。諜報科A級。雖然學校曾經有考慮過推薦她為S級，但似乎因為人格上有問題而取消了。她在金錢上極為**貪得無厭**。』

「在金錢上……？」

『用武偵的講法來說就是個「即使是骯髒工作也經常會接」的女人。在臥底、陷阱搜查、勒索、教唆等方面據說從高中生時代就是個天才。就讀東京武偵高中的三年間累計酬勞所得共兩億四千八百萬圓，以公開排名來說——是歷代第一名。後來進入慶應義塾大學的商學系，畢業後投入生意經營。姊姊是個官僚，和武偵廳之間也有人脈，但只要被她認定為敵人，不管是武偵還是公務員都照樣會毀掉。遠山，她是個**危**

**險的菁英分子**。要是隨便靠近，可是會被吃掉的。』

——糟糕。晚了一步啊……！

要是我在昨天得知這些情報，我就……！

在阿久津的慫恿下——我買下了根本沒辦法使用的辦事處。就算再便宜，對我而言也是致命的一筆巨款。

雖然我不知道對方為何要騙我，而且被騙了還講這些話很怪……但阿久津和須坂在招標會場使用的手法實在太高明，我完全沒有被騙的感覺。簡直就像中了什麼幻術。

「遠、遠、遠山社長～！大、大、大事不好、補好了！」

從樓下——傳來了有如古裝劇中笨拙演員的中空知慌張失措的聲音。

不但把香菇忘在背包裡又慌慌張張讓人搞不清楚到底在講什麼的中空知把我帶到工廠外，隔壁的十一號——也就是剛才看到那棟玻璃外牆的閃亮亮大樓。

隔著一條小車道對面的大型停車門廊前有一塊造型時尚的不鏽鋼招牌，上面是——『阿久津武偵事務所　表參道總店』的浮雕文字……！

「這是怎麼回事……！阿久津的事務所、居然就在隔壁……」

「我、我、我也不知道……」

要是在同一個商圈內有同行的大公司開店——弱小企業根本活不下去。這種道理就連我這個生意外行人也知道。

我心中抱著危機感，與中空知一起踏入美麗玻璃外牆的一樓大廳——

高雅的陶瓷地板上擺有玻璃裝飾品與觀賞盆栽，被帶有清潔感的ＬＥＤ天花板照耀著。

宛如大型銀行的櫃檯分成偵探、車輛、保全等窗口，各窗口前都有看起來很富裕的顧客。拿著宣傳單親切說明著費用與折扣活動的武偵櫃檯小姐一如表參道給人的印象，每個都是美女。

拿著號碼牌坐在皮革沙發上等待的客人也很多。感覺就是……生意興隆的樣子。

看來阿久津根本就獨占了表參道地區的客源啊。

「我直接去找阿久津談判。中空知，跟上來……」

不禁咬牙切齒的我邁步走向位於樓層深處的電梯大廳。

就在我對通往法人窗口的路徑指示牌瞥了一眼，進入沒有人影的走廊，往更深處走去的時候——

「我才想說怎麼會聞到一股窮酸味，原來是遠山和中空知呀。你們是來委託的嗎？」

我聽到這段嘲笑般的聲音，趕緊轉回身子。

在我們背後是一頭金色短髮的須坂景——宛如扮男裝似地穿著西裝的副社長就站在那裡。不愧是武偵，而且是足夠擔任教官的等級，我剛才幾乎沒察覺到她的氣息。

「妳的香水味才刺鼻啦。」

我一如武偵作風還嘴諷刺，害怕須坂的中空知則是躲到我背後。

就在這時，從走廊深處傳來「哎呀」一聲。以裝飾在白色骨董桌上的鮮花為背景——穿著和昨天不同套防彈迷你裙禮服的阿久津現身了。來得好！

「——阿久津！妳是明明知道而故意讓我買下那房子的對吧！就在這棟大樓旁邊啊！妳不可能會不知道那裡根本沒辦法拿來當辦事處！」

雖然從屋內看不到我的辦事處，不過我指向大致的方向對阿久津如此大吼。

阿久津則是像個女演員般對我裝出一臉充滿魅力的笑容……

「歡迎來到職業武偵的世界。」

用甜美的呢喃聲如此回應。

果然——我是被她陷害了……！

「看在同是經營者的份上，讓我告訴遠山一件事吧。不可以輕易相信別人。在生意場上不可以依靠『信賴』那種模糊不清的東西。真正重要的是總資產，也就是錢。金錢就是一切。你連子彈都沒帶就闖進戰場中，結果現在被開了一槍。就只是這麼一回事。懂了嗎？」

面對「呵呵」地把貼有假睫毛的雙眼妖豔地瞇起來的阿久津——

才開業第二天就踢到鐵板的我頓時一股血衝上腦袋。

「妳是跟我有什麼仇……！」

「回答那個問題對我有什麼利益嗎？壓垮同行的其他公司，是不論任何行業大家都在做的事情吧？尤其遠山你感覺又是個潛力股——雜草必須在長長之前就先拔掉呀。武偵憲章第五條不是也有說，武偵必須以先發制人為第一宗旨嗎？呵呵！」

以鮮花為背景的阿久津，把我嘲笑為雜草。

在招標會場上幫阿久津演了一場戲的須坂也誇耀勝利似地望著我們奸笑。

「妳這傢伙……！」

「還是我說『棒打出頭鳥』你會比較高興呢？總之就是這樣，請你即刻停業吧。要不然就會像鮮血不斷從槍傷流出去一樣——法人居民稅、固定資產稅、etc……還有那位可愛的生意夥伴小妹妹的薪水——一分一秒都會讓你的開銷、負債不斷增加喔。**此時此刻也是**。」

「……！」

她說得沒錯——既然已經創業，不論有無收益都必須負擔稅金。

如果不付錢給中空知也會違反勞基法。我的錢隨著一分一秒不斷在流失。

「就是像你這種只會用暴力解決事情的武偵們，害得武偵行業老是受人誤解。而我就是要徹底刷新世人那樣的印象，主宰整個東京的武偵市場。」

「就是這樣。遠山，中空知，不要在阿久津小姐的地盤鬧事，然後現在立刻結束你們的扮家家酒。廢物一輩子都是廢物，給我乖乖待在垃圾桶裡。」

——唰！須坂走到我旁邊，彷彿在趕我們出去似地一腳踹向中空知的小腿。

「噫……！嗚……嗚……」

從我背後傳來中空知啜泣的聲音。

（該死……！）

雖然我巴不得立刻痛毆阿久津和須坂一頓——

但要是我那麼做，就真的如阿久津所說，是個只會用暴力解決事情的武偵……不，甚至更糟糕。就算我毆打這些傢伙，也解決不了任何問題。就算是上當受騙，既然已經在契約書上蓋章，那間工場就是我的不良房產了。

「……中空知，我們回去。在武偵業界，是上當受騙的人自己笨啊。」

繼續在這裡浪費時間也一點意義都沒有。而且就像阿久津所說，反而會讓我的開銷一分一秒不斷增加。所以現在要緊的應該是趕快思考補救方案。

於是我扶著哭哭啼啼的中空知的肩膀，抱著一肚子的不甘——從竊笑的阿久津與須坂面前轉身離去。現在只能這樣做了。

無可奈何回到工廠的我和中空知坐在深處那張舊桌子旁的圓板凳上，垂頭喪氣。

——我太天真了。

我現在已經不是學生，是職業人士了。但我對這份認知卻還不足夠。

在武偵業界，是受騙上當的人自己笨……這本來是對犯罪者講的臺詞。武偵和武偵之間是會互相合作的。

然而在生意的世界中就不同了，同業之間也會互相為敵。

在社會上經常可以看到便利商店之間、家電製造商之間、家庭餐廳之間你死我活搞垮對手的戲碼。我本來還以為那些相較於槍戰根本不算什麼……但其實在生意的世界中，輸贏同樣不是兒戲。就跟戰場一樣，「畢竟才剛出道」這種藉口根本不通用。

而我在那樣的戰場上，竟沒有看清楚到底誰才是敵人。還像個學生般無條件認為既然同是武偵──阿久津肯定會是自己的夥伴。結果就被大概是不希望自己工作地盤被搗亂的阿久津狠狠賞了一記致命性的攻擊。被假裝成夥伴的敵人開了一槍。就是這麼回事。

（這就是……生意世界的、戰鬥……）

在槍械戰鬥中，只要輸了一瞬間就會喪命。換句話說，就是可以死。然而在商場的戰鬥卻不是那樣，也因此殘酷而嚴峻。

即使輸了也死不了，只能繼續掙扎下去。而且搞不好要苦苦掙扎一輩子。

……不管怎麼說，既然在附近有那麼大間的武偵事務所……就算我真的處理掉這間工廠內的機械，開始經營武偵葉，想必客人也全部都會被搶走。

正如阿久津所說──沒有錢的小公司是贏不過資金雄厚的大公司的。

（金錢、就是一切……）

難道真的是那樣嗎？這樣的世界真的沒問題嗎？

但就算我如此質疑，以現況來講也只是敗犬亂吠而已。連就讀武偵高中都會遭到退學的兩個廢物下定決心創辦新公司──卻一下子就受騙上當買了間不良房產，落得現在這種下場。

「遠、遠山、社長……對不起……嗚嗚……對不起……如果在買下這裡之前、我可以、注意到阿久津小姐、講的話、很、很奇怪……嗚嗚嗚……」

「……中空知，這不是妳的錯。而且……這次雖然花了一筆很昂貴的學費……但至少我們成為了職業武偵，保住了自己的手槍。一開始的目的已經達成了。」

我說著，指向自己左胸口附近收在外套底下的手槍。

至少我們沒失去武偵執照——我如此激勵中空知的聲音，卻同樣沒什麼精神。

從今後，兩隻敗犬……究竟該怎麼辦才好啊？

當天傍晚——不知該何去何從的我來到辦事處二樓的兩坪大房間，打開摺疊矮桌。

因為水電瓦斯等等昨天都在招標會場申請開通了，讓我至少可以用一樓找到的茶壺泡茶來喝。這間工廠似乎才剛倒閉不久，並沒有荒廢太長的時間。茶葉也只是有點潮溼而已，不到沒辦法喝的程度。

「主人，恭喜您新公司開張……呃，真是一間充滿個性的……」

從武偵高中趕來為我祝賀開業的麗莎，臉上的笑容也很僵硬。大概是不知道該怎麼形容這間超級不良房產才好吧。

讓中空知退避到一樓後——我和麗莎拿出手機，準備和亞莉亞她們進行事前約定好今天要召開的電話視訊會議。

一方面是為了報告我的近況，另外雖然我現在真的沒餘力管那種事，不過也為了聯絡關於『N』的情報。

在Ｓｋｙｐｅ的畫面上，首先映出在貝克街家中的亞莉亞，以及把夏洛克留下的菸斗叼在嘴上的梅露愛特。接著是人在羅馬貝瑞塔總公司的貝瑞塔、梅雅與穿著某間女校制服的卡羯。因為有時差的關係，她們那邊是早上。

「──金次，我看到你了。」

光這點小事就表現得好像很開心的貝瑞塔如此發言的同時，梅雅在旁同步口譯為日文。我本來還以為是為了翻譯給不擅長義大利文的卡羯聽，但仔細看看還有另一個畫面，背景是一間和室……啊，是星伽神社啊。畫面中的人物是白雪與粉雪。看來是亞莉亞為了對付N，把身為超能力專家的她們也扯進來了。

雖然是隔著視訊畫面，不過這之中也有幾個人很久沒見面，因此大家都很開心的樣子。

「金次，怎樣？武偵執照還在嗎？那裡是什麼地方？」

亞莉亞一見到我的臉就用她的娃娃聲接連質問，於是……

「創業是創業了，但一下子就面臨倒閉危機啦。我不小心買了間包子工廠……」

「是什麼樣的不小心啦！你說什麼都要給我保住武偵執照知不知道，這個廢材！」

露出犬齒大罵的亞莉亞一如平常的習慣拔出了手槍，但隔著視訊畫面根本沒什麼好怕的。妳自己在那邊扮怪臉吧。

相對地，好久不見的白雪則是當場對畫面上的亞莉亞發飆起來……

「亞莉亞，不准說小金大人社長的壞話！」

她雖然用尖銳的聲音如此為我抗議，不過那個『小金大人社長』什麼的……接尾詞又變長啦……？妳自己講出口都不覺得奇怪嗎……？

——對這段搞笑對話無動於衷，還把沒必要翻譯的日文都口譯給貝瑞塔聽的梅雅老師接著說道：

「夏洛克先生目前依然在梵蒂岡的地下室昏睡中。不過狀況相當安定，因此請各位堅強奮戰下去吧。今天關於N有新的情報要分享。」

就這樣，對付N的作戰會議開始了——

因為梅雅要負責日、英、義三語同步口譯，所以接著由卡羯拿著筆記用日文說明起來。

「首先是對古蘭督卡的盤問調查報告。主要都是像『吾祖來自神之國度』什麼的個人情報，長得要命……而且多半不得要領。但至少知道了N內部根據戒指顏色分成四個階級，由高到低分別為金、鉑、銀、鐵。」

透過戒指象徵N的內部階級——雖然我之前多少就有猜到，但這下得到證實了。

我原本以為是有光澤的銀色與沒光澤的銀色，原來分別是鉑和銀啊。大概是為了讓顏色易於分辨，才把銀弄得沒有光澤的。畢竟像鐵也是被塗成黑色嘛。

對一群烏合之眾制定階級制度便於內部統率，是武鬥組織常有的事情。一般會用勳章或臂章等穿戴在身上的東西象徵地位，而N則是用戒指。

聽到這段話，貝克街的名偵探——梅露愛特忽然把嘴上的菸斗拿下來……

「唔，鉑的地位比金低，這和一般社會的價值感覺不太一樣呢。雖然到十八世紀中葉以前，鉑都被稱為假銀（fake silver），視為沒有價值的垃圾遭人丟棄就是了……」

總覺得她好像對很小的事情感到興趣了。

「那就代表N是那時候成立的組織，所以留下這種傳統的吧？」

連爆發模式都沒進入的我難得發揮一下推理能力，結果卻被梅露愛特深深嘆了一口氣。

「為了還是老樣子這麼笨的金次，我就如小步舞曲（minuet）的舞步，循序漸進說明吧。如果照你那樣講，就無法解釋，鉑的地位，為什麼比銀高啦。」

唔唔唔……才短短四個舞步，我就徹底被駁倒了。

「搞、搞不好只是隨興定出來的啊。」

「那我是不否定。」

梅露愛特說著，便不再理會愚蠢的金次，獨自露出沉思的表情。但既然會露出沉思的表情，就代表她也搞不清楚N為什麼會把鉑的階級排在金和銀之間的意思。

卡羯接著繼續唸出筆記上的內容……

「呃~另外，關於究竟誰是N的成員——據說除了金戒指階級以外，其他人也不知道全貌的樣子。因此那個戒指對N的成員來說是極為重要的東西。要是被搶被偷，搞不好就會有人假冒為成員了。」

原來如此，N的戒指也兼具類似ID卡的功能。

這樣也能理解被我奪走戒指的茉斬為什麼會被降級為鐵階級了。

關於戒指似乎就只得到以上的情報……於是亞莉亞接著「白雪，關於黃金失竊的案子」地催促起下個話題。

「——我之前受到亞莉亞委託，占卜了一下關於從英國消失的金塊。」

哦～居然會依靠占卜，看來S級武偵亞莉亞小姐也走投無路啦。

「金次，你那是什麼事不關己的表情。我不是也有委託你調查嗎！雖然我想你八成沒有調查就是了！」

「我可是職業武偵，是社會人士了。要委託案子就寫契約書來，然後付錢。這世界上金錢就是一切。」

反正現在亞莉亞就算生氣也沒辦法對我開槍，所以我就趁機捉弄了她一頓。嗯～爽快。

在畫面中，亞莉亞氣得大吼：「開洞！」梅露愛特則趕緊推著輪椅稍微避難去了。

言歸正傳，白雪接著說道：

「雖然『占卜』只能得出大致上的結果，但這次結果卻顯示金塊『不存在於世界上五大陸的任何地方』。明明消失的黃金足足有一百七十二噸，我覺得不可能會有這種事情才對……」

「在南安普敦的黃金失竊事件，是發生在最後一次確認國庫的二〇〇四年以後。而N被懷疑開始活動，也就是存在開始顯著，也就是行動開始變得積極，也是在二〇〇四年。即便莫里亞蒂教授能透過條理操縱蝴蝶效應，N的暗中活動想必還是需要龐大的資金。既然無法推理出不透過超超能力就讓大量黃金從地上『消失』的手段──擁有尼莫的N與黃金失竊事件之間的關聯性便是值得懷疑的一項候補。」

從亞莉亞身邊避難而退到畫面以外的梅露愛特，為亞莉亞以前靠直覺說過的話加上了理論根據。

「金次，關於黃金的事情如果你知道了什麼情報，記得要告訴我們喔。如果那件事是N搞的鬼，就和你也不是毫無關係了。」

被曾經遭到N殺死過一次的貝瑞塔如此拜託，我也只能乖乖點頭了。

「……了解。」

反正如果能對那群傢伙的資金造成影響，或許就能連帶導致組織崩壞嘛。就好像現在遠山武偵事務所面臨的危機一樣。

結束視訊會議，等待留下來和我一對一通話，大吵著「為什麼我拜託你時就只會講『付錢』，貝瑞塔拜託你就說『了解』啦嘰哩呱啦」的亞莉亞好不容易平息怒火後……我才關掉了手機軟體。霎時，我被拉回了人在廢工廠二樓的現實中──

「辛苦您了，主人。」

對於麗莎，我也只能「哦哦」地含糊回應。

就算想對N的經濟封鎖行動提供協助，要工作還是需要資金。

公司呈現風中殘燭狀態的我根本就沒有那種餘裕啊。

「那個……為了今後的事情，來為遠山武偵事務所宣傳一下吧。主人是很優秀的武偵，肯定馬上就會有很多委託上門的。麗莎這就來做宣傳單，還有公司網頁麗莎也會做做看的。」

大概是看出我受挫的心情，麗莎試著樂觀對我如此說道。

總覺得她似乎對於建議我創業的事情感到自責的樣子。不過……

「謝謝妳，麗莎。但那些事情應該由我自己來做。雖然以前在荷蘭約定好，我會保護妳，而妳會當我的女僕──可是就算妳為這間公司工作，我也沒錢付薪水給妳。那樣會違反勞基法的。」

「主人……」

「我對妳很感激。妳為了幫我保住武偵執照，把亞莉亞跟貝瑞塔想到的點子轉達給我知道……而現在，已經成功了。光是這樣就幫我很大的忙了。所以等我哪天有辦法正式提出委託的時候，我會再叫妳過來的。我保證。」

好歹算個經營者的我如此說道後──總是很聽話的麗莎便對我一鞠躬……

「……是，主人。麗莎……再次對主人由衷感到敬佩了。」

她即使露出擔心的眼神……還是乖乖離開了。

在安靜下來的工廠二樓，我全身無力地趴到圓桌上。

現在的問題就是錢、錢、錢……要是不想想辦法湊錢，不只是水電瓦斯費，連中空知的薪水我也會付不出來。到時候我就不得不解雇中空知，而最少需要一名武偵員工的這間公司也會跟著倒閉了。

為了保住執照而創辦了新公司倒還好，但既然創辦了就必須經營下去才行。

可是又要怎麼經營才好？我根本沒有什麼能在現實社會中發揮的長處。這間公司也什麼都沒有。有的只是這棟廢工廠，這間不良房產而已啊……

——啾、啾……

在北青山也能聽到的麻雀聲中，我睜開眼睛。

（……糟糕。）

看來我昨天趴在圓桌上煩惱東煩惱西的，不知不覺間就在辦事處二樓睡著了。

從盤腿的姿勢站起身子時，不知是誰在我睡覺時幫我披在背上的外套滑落到榻榻米上。麗莎在我睡著前就已經回去了，所以我想……應該是中空知在回家前幫我披上的吧。

我在鏡子上有裂痕的洗手臺洗了一把臉，踏著軋軋作響的樓梯來到樓下的工廠——

（咦……？）

朝陽照耀中，地板、窗戶與木頭牆壁都映出光澤。老舊的巨大機械們也都閃閃發亮。

整間工廠變得好漂亮……好乾淨。

在櫃子旁的陰影處——我看到一雙腳穿著白襪子與鞋底磨耗的扣帶鞋……

「……中空知？」

走近一看——果然是中空知抱著一根竹掃把，用蹲坐的姿勢睡在地板上。

把額頭靠在膝蓋上睡覺的中空知黑色的長直髮左右散開，蓋著雙腿側面。裙底則是被掃把遮住，在視覺上讓我得救了。不過……難道是這傢伙昨天熬夜把這裡打掃得這麼乾淨的嗎？

「呃、喂，妳怎麼坐在這麼硬的地板上睡覺啦？」

「嗯……」

被單腳跪下的我叫醒的中空知睜開眼睛——可是眼鏡卻順勢滑下來，掉落在她的裙子上。

結果大概是變得幾乎什麼都看不見的緣故，她「嗯~……？」地湊近觀察起我的臉。或許還沒發現我是誰吧。好、好近。臉、跟臉、靠得太近了啦。

「這、這個、拿去。快把眼鏡戴上。」

「——這、這聲音是、社、社長……！早、早、早尚您安好！」

中空知「嘩哇！」地把我遞給她的眼鏡趕緊戴上，同時用坐在地上的姿勢「唰唰唰！」地往後退到櫃子的陰影深處，結果背部「咚！」一聲撞在牆壁上。

「妳……為什麼要睡在這種地方啦？」

面對自己一個人演出「壁咚」的中空知，我頓時有種真的像是我把她逼到牆角的感覺——忍不住有點臉紅起來，如此詢問她。

「我、我、我因為、陰影處、剛好可以讓自己塞進去的、陰、陰暗地方、我、我喜歡、可以讓心情、心情平靜下來……」

中空知說著，緊緊抱住手中的竹掃把，讓掃把的握柄……夾在她那對巨大到不知檢點的雙峰間。於是我趕緊把視線避開，望向變得乾乾淨淨的工廠。

「……這些是妳打掃的啊。」

「是、是的。我、我、掃除……就只有在掃除上、因為灰塵、對音響機器不好、所以我從以前就、拿手、雖然不到拿手的程度、不過、很喜歡。」

中空知慌慌張張站起身子，並對我如此說明。

這麼說來，她在日暮里的拉麵店也講過，她唯獨武偵衛生師二級——也就是清掃技能的資格證照有順利拿到。

不過從每個細微角落都變得乾乾淨淨的工廠看起來——不只是擅長打掃而已，更能感受出中空知花上大把時間努力掃除過的事實。她真的非常拚命。

（在我只顧著煩惱的時候……）

——中空知已經在**工作**了。

身為一名員工，為了這間公司。

她已經開始讓公司運轉了。而且比我還要早。

「中空知……」

——真的很抱歉。

想想也對。既然已經出了社會，就應該做些什麼才行。

或許先考慮好自己能做到什麼之後再邁步出發才是正確的做法，不過先出發再邊走邊想——也是實戰中常有的事情。

「中空知……謝謝妳。原來妳還沒有放棄啊。」

我轉回頭如此說道。結果隔著眼鏡和我對上視線的中空知就——

「啊、那個、社長、我、我這就、去泡咖啡……」

不知道為什麼忽然心動似地臉紅起來，然後從櫃子的陰影處逃了出去。

她接著抓起櫃子上的老舊電熱水壺，在雙槽式水槽慌慌張張裝好水後，跑回來尋找電源插座……的途中，大概是腦袋還沒完全清醒的緣故——居然用自己的右小腿撞到自己的左小腿，演出了想刻意去做反而很困難的跌倒動作。而早就看出「中空知＋液體＝潑灑」這項法則的我則是挺身往前，接住電熱水壺——

「哇、哇哇哇！」

結果往前跌倒的中空知就撲到我身上來了。

（軟、軟綿綿……！）

我從以前就視為危險存在的，中、中、中空知的，水手服底下的，內部奶容量推測有一般女生兩倍的，胸胸胸、胸部……！壓在我的胸口上，完全緊貼。而且教人驚訝的是——那體積甚至超出我的胸口正面，微微包覆到我的身體側面了。好！柔！軟！啊……！

我本身也因為擔心員工要是受傷可能會被歸類為職業傷害——所以穩穩抱住了中空知的身體。畢竟中空知的體重也不算輕，為了不讓我自己跟著被推倒——而緊緊擁抱著她。在透過現在乾淨透明的窗戶照進屋內的早晨陽光中。

「……！……！」

中空知抬起頭看向我——

她通紅的臉蛋、額頭和雙手都開始滲出汗水。而且大概是她身體新陳代謝很好的緣故，流出的汗水量相當多。

剛睡醒的中空知沾有汗水的柔嫩肌膚上……飄散出刺激男人野性的、女性肉體本身的香氣。從近距離，或者應該說從零距離面前。

難受的不只是這樣。因為緊緊抱住全身我才知道，中空知那幾乎沒有鍛鍊過的身體……不只胸部，連手臂、背部、現在纏在我腳上的大腿，都柔軟到教人快暈了。明明身材不算差，卻也同時鬆軟到感覺不管抓住哪裡手指都會陷進去的程度——簡直下流無比的肉體。抱起來舒服到讓人害怕。

「……」

而中空知……或許是顧慮到在公司內的上下關係，而沒有當場把我甩開或推開……只是紅著耳朵把臉低下去，讓我繼續抱著她的身體。

（這、這太糟了吧！我可沒有要求員工在那方面要這麼聽話啊……！）

惡意利用公司內部上下關係的性騷擾行為會演變成社會問題，反過來講就是這個社會的現況會**容許那樣的事情發生**。像在這間公司——如果我威脅中空知不讓我揉胸部就開除她，她搞不好就會任由我揉個痛快。

話說，現在這個狀況，感覺遠山社長根本已經在性騷擾啦。

正當我因為對違法的恐懼而臉色發青的時候，在我胸口……嘀嘀咕咕地……中空知不知道小聲呢喃著什麼話。

雖然把臉靠近她那頭飄散香氣的黑髮是很恐怖的行為，但我還是為了聽清楚她的聲音而把臉湊近——

「……應、應該說謝謝的，是我才對。我、我、我真的由衷感謝社長。像我這樣、什麼都不會、連講話也不能好好講、的人，根本就沒有公司……願意雇用。可、可是、只有遠山社長……像這樣、願意讓我、在這裡工作。所以我決定、為了社長、什、什麼事都要做……至少、在、在我做得到的事情上、要努力做好……」

聽到中空知這段話——

我霎時有種被巴了一掌的感覺，虧心的念頭全都從腦中消散。

我本來以為，自己的公司什麼都沒有。

但我錯了。

**我還有員工啊**。

我還有這位，即使跌到不能再深的谷底，即使被世間逼到走投無路，也依然努力要讓自己站起來的──

──中空知美咲。

（不過……中空知這個態度，或許不是一件好事啊。）

身為社長，員工努力當然教人開心，但也不能只顧著高興。

姑且不論能力上如何，中空知在人格上相當正經八百，是只要受人命令，即便是繁重的勞動也會努力為之的類型。這點我從以前在通信科的隔音林跟她一起打掃時就已經知道了。

要是讓這種人在血汗公司拚命工作，遲早會被送醫院，最糟的狀況搞不好會過勞死。

在公司經營上，絕對不能讓那種事情發生。畢竟萬一中空知累垮了，這間公司也會跟著跨掉啊。

因此──

我決定首先來做身為社長的第一件工作。

那就是制定遠山武偵事務所的營運方針、員工的遵守事項。

「中、中空知，我現在──要告訴妳這間公司的社規。」

我把或許是被抱得也很舒服而任由我抱著身體的中空知輕輕推開後……

原本表情恍惚的中空知總算回過神來，慌慌張張轉身背對我了。

因此我也轉身背對她。

——背對背（back-to-back）。這剛好是當只有兩名武偵要面對大量敵人時應該採取的隊形——彷彿象徵著我們只靠兩人的力量準備挑戰商場戰爭的現況。

「辦不到，好累，好麻煩。**這些話絕對要說出來**。」

這和亞莉亞以前講過的規矩完全相反。

超越自己極限的戰鬥，只要交給即使超越極限也沒問題的高規格人種就好。

畢竟姑且不論爆發模式，像我們這種凡人如果持續勉強自己，很快就會倒下啦。

「不准熬夜工作。禁止員工長時間勞動。」

這些話其實真要講起來，是告誡我自己的規定。因為我很可能會過分依賴願意認真工作的中空知，結果在不知不覺間讓她過度勞動。

中空知是為了保住武偵執照，為了賺錢，才在這裡工作的。不是為了這間公司。我絕不可以忘記這點。

「妳也是有對自己來說很重要的——所謂私人的事情想做吧？像是遊戲啦、看書啦、參加什麼活動啦……或許社會上總是認為這些事情應該放在其次，但那是不對的。正因為我個人沒什麼興趣可言，每天過得枯燥乏味，反而更能理解那些興趣有多重要。妳就把對妳來說重要的事情放到優先沒關係。就算為了這樣提早下班或申請有薪假，也不需要感到愧疚。」

「……遠、遠山社長……」

對於我提出的「禁止長時間勞動」、「以私事優先」等方針，中空知表現得有點困惑。

然而我還是繼續說道：

「還有，妳想休息的時候就休息。用二樓的棉被睡覺也可以。我不會因為那樣就扣妳薪水什麼的。」

或許實際上應該要更有計畫性地管理員工健康狀況才對，但我目前能做的頂多就是讓她可以休息或睡覺而已。畢竟這裡正好也有一間可以睡覺的房間，因此從今後在我的公司，絕不允許讓員工在地板上睡覺的事情再發生。

「所以說，妳今天就回去好好休……」

我說到一半，看向窗外。現在還是早上啊。

「呃、不，社長。我今天、那個、請問可以就這樣、繼續留在公司嗎……」

「嗯～說得也是……畢竟還是這種時間……不過中空知，就算我留在公司，妳還是可以在自己想回家的時候就回家。知道嗎？」

我把剛才想到的社規重新提一遍後——

「另外還有這個……」

我拿起包包，從之前在成田機場換成日幣的退還學費——也就是以現金形式帶在身上的資金中，拿出了要給中空知的薪水。在筆記本上記下這筆帳，用留在桌子抽屜中的信封把錢裝好後，遞交給中空知。

「——在我的公司，薪水會採用先付的方式。我總覺得讓員工在剛就職的第一個月無酬工作是很奇怪的一件事啊。所以這就是這個月份的薪水，包含交通費在內。」

聽到我這麼說，中空知小心翼翼地看了一下信封袋內……

「這、這麼多……！我、我不能收下！明明現在、公司狀況、恨吃緊的。」

她頓時睜大蓋在瀏海和眼鏡底下的眼睛，想要把信封袋退還給我。

「要是妳把薪水原封不動退還，會害我違反勞動基準法啦！而且在意公司的經營狀況不在妳的工作範圍內。這部分我們可要分清楚。」

——公司現況很吃緊。這種事情不用講我也知道。

然而，雖然這種話大家都不明講，但使人在公司工作的原動力之中……金錢是最重要的因素之一，這點肯定沒錯。要是沒搞清楚這個道理，事情就會變得很奇怪。

因此在我的公司，人事費方面我會放得比較慷慨。或許在經濟學考試上這種答案會被打叉，不過我相信在做人的道理上這樣應該沒錯才對。

「另外關於妳的工作，我以後可能會陸續拜託妳很多事情，不過——現在我首先就把掃除工作交給妳。好好發揮妳武偵衛生師的資格吧。然後還有就是這個。」

我說著，把手放在桌上一臺老舊電話機上。

「這臺電話交給妳負責。要接什麼電話、打什麼電話都由妳判斷，我不會插嘴多管。今後接受委託或爭取委託的窗口就是妳了。」

就像之前在成田機場說過的，如果是接電話的工作中空知似乎就有自信能做好的樣子——

「是……！電、電話專員的工作，請放心交給我!!」

她頓時開心得露出了一臉笑容。

雖然現在還沒有人知道號碼，但電話就是一間公司的窗口。無論是賺錢生意或危機管理情報，全都是透過電話進來的。有時甚至在電話中的一個對應，就會被拿來判斷一間公司的好壞。

更重要的是，這個工作能夠讓中空知發揮自己的長才。

這對中空知而言想必也是非常愉快的事情。

我和中空知之所以沒能適應學校的生活——一方面也是因為學校會要求我學習一般科目、要求中空知參加體育等等，持續強迫我們做自己不擅長的事情。不過現在既然出了社會，這方面就很自由了。可以用自己擅長的事情養活自己。畢竟做起來沒意思的工作，也讓人提不起幹勁嘛。

所以就來做愉快的事情吧。從現在開始，來尋找愉快的事情，從事愉快的事情。

「好，開工吧。今天就來尋找我們的公司——尋找這間工廠究竟有什麼東西。既然是把整間工廠都買下來，在這裡的東西就全都是屬於我們的。搞不好有什麼寶物被藏在這裡啊。」

「是！感、感覺就像、尋寶探險隊呢。」

就這樣，我和中空知開始確認起工廠的每個角落。

雖然兩人到處翻找櫃子或抽屜的模樣，與其說探險還比較像闖空門的小偷就是了。不過……首先是中空知從辦公桌抽屜中找到了可以戴在手臂上的黑色袖套。她試著戴起來，感覺就像辦公室阿姨一樣很適合她。然而那樣反而讓她給人一種親近感，如果用理子語形容就是感覺攻略難度降低了，害我不禁心動了一下。

（居然連這種玩意都會成為爆發火藥，跟女人工作果然是很恐怖的行為啊……）

在心中默默努力讓自己不要意識到中空知是個女人的我，接著在金屬製的輸送帶底下找到的東西是——好幾個莫名沉重的大型馬口鐵罐。

「這是……什麼？」

我打開其中一個罐子，發現裡面裝有大量像鋼鐵小印章的玩意。數量不下一、兩百個。

於是我拿出其中幾個一看，上面刻有左右反轉的『1』『2』『3』……『あ』『い』『う』……『屋』『山』『野』……等等文字。

雖然看起來很像還是一個字一個字排列印刷的活版印刷時代所使用的活字印，但這裡不是什麼印刷工廠。而且這些印章似乎長年反覆被加熱過，使用頻率較高的文字上還能看到因加熱氧化形成的彩虹色焦痕。

「這是……烙印嗎？」

走過來看的中空知拿著『電』與『話』的鐵印章如此呢喃，讓我總算想到了。

這裡之前是包子工廠。因此這些應該就是用來在包子上燒出文字的烙鐵。另外也有大概是燒印圖案用的圓形、直線、三角形或♨記號等等。全都沒有生鏽。

「也就是說，這工廠直到最近都還有在運作……」

我打開即使遇到停電似乎也能靠內部電源長期保冷的營業用冷凍庫，發現裡面還留有製作包子的材料。也有大量的各種豆子、糯米、砂糖、鹽、麵粉等等，賞味期限都還很久。

「看來……之前的屋主是半夜跑路的。不過話說回來，這下我暫時也不用擔心沒東西吃啦。」

發現有熱量可以攝取的我，不禁笑著抱住砂糖袋子。就在這時……

——喀達喀達。忽然傳來有人想從外面把門打開的聲音。

嗚！該不會有人誤以為我們是闖空門而報警的吧——？像個小市民一樣明明沒做什麼壞事卻莫名害怕警察的我，看到門鎖壞掉的工廠門硬生生被打開。

「噫噫……！男、男、是男、男……人……！華、華繩、童鞋。」

中空知小聲尖叫後，趕緊躲到我旁邊。因為——

「咦？居然打開了。這裡難道是不上鎖的嗎？不過，Ｇｏｏｄ。至少確認這裡不是空殼公司啦。」

穿著武偵高中男生制服的那傢伙走進來了。為什麼會跑來這裡啊？

「……倫敦以來好久沒見啦，華生。」

因為華生隱瞞自己是女生的事情，所以我在中空知面前用對男生講話的語調如此打招呼。

「歡、歡、歡迎光臨……」

對方畢竟是遠山武偵事務所的第一位客人，於是中空知也躲在我背後小聲對華生——說出這樣好像連她自己都不知道這裡是什麼公司的招呼。哎呀，我想現在這地球上應該沒有一個人知道這裡到底是什麼公司就是了。

「嗨，遠山，中空知。因為門鈴好像壞了，我按了幾下都沒人出來……所以剛才就在門口聽了遠山的那段訓示啦。嗯，遠山或許有當社長的資質喔。雖然感覺有點太優待員工，或者說私情放得太重就是了。」

華生露出一臉教人懷疑究竟有沒有打算隱藏自己性別的可愛笑臉……但態度卻莫名高高在上，像個老師一樣對我如此說道。

「我創業的事情妳是聽誰講的？如果是來委託我就接受，但如果是來求職就免了。我可沒辦法再提供更多的人事費用。」

「對於一個沒錢吃飯到打算吃砂糖的人，我不會拿什麼錢啦。而且這裡的監督與顧問酬勞是經濟產業省出錢的。」

「……經產省？」

看到我當場愣住後……

「你連自己申請過的東西都忘了嗎？我轉學到東京武偵高中的時候，在教務科的推薦下也有姑且對外登記為武偵企業的監督・顧問員。我之前是都沒接過案子啦——但這次收到遠山創立新公司的配案郵件，我就接下了。我雖然不是商管碩士（ＭＢＡ），不過持有工商管理學士（ＢＯＢ）的資格，所以你放心吧。」

——這麼說來，華生一族好像在金融界很成功的樣子。

不過這情報是我以前和華生敵對時……透過在這裡的中空知幫忙下竊聽得知的內容。因此……

「妳還真是多才多藝啊，華生。不過對我來說，認識的人來當顧問感覺也比較輕鬆就是啦。」

我為了不讓對方察覺這件事，如此說道。

「華生家在二十世紀靠著金融業累積了資產。而所謂金融投資必須仔細評估一家公司的未來，有時候也要進行經營指導。我雖然還只是在實習階段，不過就讓我協助這家公司直到轉虧為盈吧。」

華生得意地挺起她的胸膛。別說什麼轉虧為盈了，這公司打從一開始就在倒閉邊緣啦。

但不管怎麼說，以前和我以及身為通信員的中空知交戰過的華生……現在成了我們的夥伴是嗎？

昨日的敵人是今日的朋友。這在武偵業界是常有的事情。雖然我認為今後永遠都不可能會跟阿久津成為朋友就是了啦。

到最後雖然沒能找到值錢的玩意——不過大致上掌握了工廠中有什麼東西的我和中空知，決定和華生一起召開第一次經營會議。在二樓的兩坪多房間，圍繞矮桌，用破掉缺角的杯子喝著粗茶。

「調查・偵探工作，或是護衛工作……不管要做什麼，如果沒有人知道遠山武偵事務所的存在也就不會有委託上門了。所以我想應該要先宣傳一番才行。」

雖然只是把麗莎說過的話照搬出來，不過身為社長的我如此表示後——

中空知連同香菇錄音筆一起把手舉起來，開口發言：

「我調查了一下附近的活動情報，似乎在下禮拜會有一場名叫『表參道呼拉祭』的祭典。是由超過一百組的呼拉舞隊伍在表參道、明治神宮、代代木公園周邊表演舞蹈的活動，根據去年的統計預估將會有數萬人來場。請問這會不會是廣告、宣傳的好機會呢？」

「數萬人規模的活動嗎？嗯，那是個Ｌｕｃｋｙ的商機啊。」

得到華生老師掛保證了。而且像這樣正面積極的會議開起來也很愉快呢。

「那就來做個印有公司住址和電話號碼的宣傳單吧，或者大手筆一點來發面紙如何？」

我看著出納帳本如此提議後……

「不，統計資料顯示在日本如果是武偵公司發的傳單，就算有附折價券收取率也不滿三%。雖然多少會有宣傳效果，但光是要讓人收下傳單就很難了。」

過於草率的點子當場就被華生制止了。確實……我自己走在路上也不太會收什麼傳單或面紙啊。尤其如果發的人是年輕大姊姊，我就絕對不會收。

「那麼不要做傳單或面紙，而是應該比較會有人收的東西……像是印有公司名字的原子筆、扇子之類的，請問如何……？」

「不，那樣就太花錢了……」

中空知大概是在想事情時的習慣而把視線望著斜上方，我則是把雙手交抱在胸前。

「除了費用上的問題以外，一對一的宣傳只能一次讓一個對象知道這間公司而已。擴散力太低了。」

就連華生老師面對這項難題似乎也沒辦法立刻想出答案的樣子。

「會讓人想收，又不花錢，而且能讓得知情報的人想要擴散給周圍人知道的廣告……這也太難了吧……」

我說著，喝了一口粗茶。中空知大概是喜歡比較濃的茶吧，喝起來偏苦呢。

似乎不習慣喝日本茶的華生也喝了一口後，「好苦」地吐出她粉紅色的小舌頭。老師啊，您那動作那麼可愛，會被中空知發現您其實是個女生喔？

「啊……這麼說來，我們都沒拿個點心給老師配茶呢。有沒有什麼甜點……呃，咱們這裡只有做包子的材料啊。」

自己講話自己吐槽的我，聽到自己這段發言——

——忽然靈光一閃。

「……**來做包子吧**。」

「咦？請問現在嗎，社長？」

「不用啦。遠山，用不著那麼客氣。」

「不，我不是說那個。我是說如果當天免費發送包子代替傳單，你們覺得怎樣？」

中空知和華生總算注意到我是在講宣傳的事情，結果兩人都當場愣住了。

「既然是祭典活動總會想拿食物邊走邊吃，所以大家肯定會收下吧。反正材料多得是，而且自己公司製作總比外包來得省錢。我們就在包子上烙印公司的名字，也印上武偵符號，然後發給民眾。」

會讓人想收，又不花錢。

如果是包子，肯定可以滿足這些條件。

「可是那樣……最後會吃進肚子，公司名字和聯絡方式不就會消失了嗎？」

「包子啊～那確實是很嶄新的宣傳媒介，是很稀奇又有趣的點子。不過……只是一人發一個包子也沒辦法宣傳給太多人知道吧？」

聽到中空知和華生這麼說，我反而探出身子說道：

「——沒關係。包子廣告的重點在於創新和稀奇，大家肯定會拍照片上傳到 Twitter 之類的社群網站上。如此一來就能一人傳十人，如果是知名人物分享就能讓一萬人看到『遠山武偵事務所』的名字。而且拍下來的照片、保存下來的照片可以讓公司名字與聯絡方式留在手機裡。怎樣，華生老師？」

如果是包子——

比起只讓一個人看完就丟的宣傳單，肯定更有效果才對。

「嗯……在英國也有剛出道的藝人透過發送糖果，讓小孩子們幫自己宣傳的例子。雖然不知道效果如何，但至少有傳統可循。」

而華生這次的見解也沒有立刻否定。

雖然因為和大手筆的金融業相較起來規模差太多，讓她感覺好像有點猶豫不決就是了。

「雖然在這一帶是可麗餅或鬆餅之類的比較受歡迎，但那些大家應該都會在其他店家買吧。要在這條時尚街上發東西，重要的就是稀奇度，包子應該是很好的選項才對。哎呀，畢竟我們公司只能做包子，所以這理論有點自賣自誇的感覺啦。」

「……來試試看吧，社長。來做包子吧。」

在這部分就像女生一樣對甜食抱有好感的中空知露出了正面積極的笑容。好，就這麼做吧。

——無論收錢與否，食品的製造、發放並不是任何人都能擅自做的事情。因為世上有所謂『食品衛生法』的規則。

然而這裡原本就是包子工廠，不需要另外再準備新的器材。與港區保健所之間的事務往來則是由華生幫忙處理，關於餡類・點心製造業的申請準備她也都很有效率地幫我們辦好了。

另外在法律規定上，需要有一名食品衛生負責人——不過中空知的武偵衛生師二級資格在這時就派上用場了。雖然在有些區是ＮＧ行為，但我們所在的港區似乎是擁有資格證照的人就能無條件成為食品衛生負責人的樣子。

「好，動工啦。把這個烙鐵跟這個烙鐵組合起來……雖然變得有點大，不過就用這個印上武偵徽章吧。」

順道一提，在我們的制服袖章上也有的那個尖尖刺刺的符號——武偵徽章，在規則上只要身為武偵就能利用在商業用途上。但我想會把它烙印在包子上的例子應該是前所未聞吧。

我首先從工廠的生產線——煮豆鍋、製餡機、包餡機、脫水機與壓榨機等機器上把各種零件拆下來後，交給戴上頭巾、口罩，套上圍裙的中空知用變壓清淨機洗乾淨，再由我裝回機器上。接著我們兩人戴上塑膠手套，把冷藏庫拿出來的十勝紅豆倒進煮豆鍋，把低筋麵粉等材料倒進外皮製造缸。

很幸運的是，工廠中的這些機械——包子生產線的操作方式在製造商的網頁上都有說明書ｐｄｆ檔可以看。而我們這個型號雖然老舊但功能齊全，只要把材料放進去就幾乎能全自動做成包子。雖然因為我還是外行人所以沒做什麼細節調整，不過似乎也可以進行各種選項操作的樣子。

「社長，請問要做成怎麼樣的口味？根據我用手機調查，各材料的建議比例大家寫的差異很大呢。」

「包子的口味根本大同小異吧。反正做甜一點就對了。」

我和把消毒過又用保鮮膜包起來的香菇錄音筆拿在手上的中空知如此對話的同時……隨便抓了個分量把砂糖也「唰！」地倒進指定的槽中。

位於生產線後段的烙印裝置在烙鐵配置上相當自由，於是我把『遠山武偵事務所』的文字列、武偵徽章以及剛申請沒多久的 Twitter 帳號都排列上去了。因為就跟印章一樣，文字必須全部鏡像排列才行，讓我稍微花了點腦筋。

「洗豆機、煮鍋、製餡機、外皮製造機、包餡機、烘焙機、冷卻機、烙印裝置，全部打開電源。淨水器，接管良好。因為只是試做，省略包裝機的步驟。磨碎、過篩、浸水裝置，全線綠燈。要上啦……！」

光準備工作就花了半天時間來到傍晚，我看著手機的ｐｄｆ閱覽軟體進行完最終確認後——啟動生產線——

轟……嘰……包子工廠醒過來了。那聲音聽在我耳中莫名有種開心的感覺。彷彿在對我們說『包子製作就交給我吧！』似的開朗聲音。

「就算是全自動也別鬆懈啦。」

「是、是！」

位於生產線各處的顯示器上代表正常運作中的綠燈，傳統指針式的溫度計、計時器等原始玩意。這些都由我和中空知輪班監視。

隨著時間過去，工廠內開始飄散出甘甜的香氣。生產線各處也能看到黑色的紅豆餡與白色的外皮不斷蠢動，包好餡的包子整齊排列，陸續進入烘焙機中。

我們忍不住一次又一次探頭窺視生產線後端，滿心期待包子從中出來。

雖然在法令規定上不能出手幫忙這些工作……不過從機械啟動到幾小時後都很有耐性地望著多列式輸送帶的華生這時忽然……

「啊……！出來啦，遠山，中空知……！」

大概是開心起來就會露出本性的緣故，發出了完全像個女孩子的可愛聲音。

就在我和中空知趕緊衝到輸送帶後端時——剛完成的包子正在燒紅的烙印裝置中一個字、一個字印上『遠山武偵事務所』等字，冒出陣陣白煙。

接著——一個，兩個，陸陸續續出來了……！白皙閃耀的試做包子。

我一臉緊張地望著包子整齊排列到托盤上，並抓起其中一個確認完成度——

「很好……完成了！」

「我們辦到了呢，社長！」

成品確實呈現包子的形狀，觸感也很柔軟。

烙印也沒有印不好的部分，大大的武偵徽章與小小的文字都清清楚楚。

我和中空知開心得高高拋起剛出爐、跟便利商店賣的紅豆包差不多大的包子。

然後拉下口罩試吃一口——裡面還很熱，而且明明倒了那麼多砂糖進去卻沒原本想的那麼甜膩。很好，這一定會受歡迎！

（原來你其實是這麼優秀的機器啊。真抱歉之前把你稱作什麼工業廢棄物啦。）

……我笑著看向生產線機器，在心中如此道歉了。

幸運放晴的『表參道呼拉祭』當天。

從明治神宮前到表參道的路上，從一大早就都是遊客。

這條街上的各家服飾店與餐飲店都趁著這一年一度的生意機會大打折扣戰。而我們——也必須跟上這波大潮流才行。

因為難以預測從幾點開始人潮會變多，於是我趕在今天第一班電車就來到工廠開始生產包子……而這項行動相當正確。等到九點中空知來上班的時候，從各地打扮得光鮮亮麗來到東京的遊客們已經在街上來來往往，而且人數不斷在增加。簡直就像假日的台場一樣。

然後到了十點。因為華生只會偶爾不定期到公司來而已，所以今天只有我和中空知兩人帶著緊張的心情開始發送包子。

「這裡是遠山武偵事務所，請問要不要來份包子呢～」

「今日限定三百個，免費拿取喔……！」

我們將公司裡的長桌子搬到店門口，在上面把包子堆成金字塔型。然後即使不習慣還是盡力叫賣起來，結果——

大概是對免費食物抱有警戒心的緣故，成人女性們多半對我們不理不睬……不過最喜歡拿免錢的低年齡層，也就是國高中女生們倒是陸陸續續把包子領走了。雖然國高中生並不是武偵行業的主要客層，但沒關係。畢竟我們現在的重點在宣傳啊。

「啊哈哈！這包子上有印『Twitter 帳號呢，超炫的！」

「請問這包子叫什麼呢～？」

因為參加活動而情緒興奮的五名女高中生忽然對我們如此問道，於是……

「咦？呃～……這叫『武偵包』。今天是那個、在發放試吃。」

我把臨時想到的名字告訴她們後，那五人便「哦～」「這樣呀～」地拿著包子走掉了。

就在我目送那群女高中生們的背影離開時，發現她們走到路邊——喀嚓！好耶，她們把包子輕輕咬在嘴上，用手機拍照了。接著便說說笑笑地消失在人群之中。

「『武偵包』，真是好名字呢。清楚易懂。」

拿著香菇錄音筆的中空知在一旁用她的美人臉蛋對我露出微笑。

順道一提，其實比起我們兩人一起發送的時候，當我回工廠補貨而交給中空知一個人發送時速度反而比較快。畢竟這條街上的往來行人是女性比率較高，而女性們大概是看到中空知——也就是同樣身為女性的對象在發送，會比較容易收下吧。

另外，幾乎所有女生都是兩人以上集團行動……而只要集團中較愛吃的一人拿了包子，其他人就會跟著拿。女性總是比較會採取同步行動啊。

「這樣或許在傍晚之前就能全部發完啦。」

「一定可以引起話題的，社長。」

就在我們如此交談的同時，過了中午時間——武偵包已經剩下不到一百個了。

這速度超乎原先的預想。看來雖然是受騙買下的房子，但地點確實不錯的樣子。

不過……因為我一大清早就來工作，現在開始有點疲累，肚子也餓了。

可是我又不能把珍貴的武偵包拿來吃。而且身為貧窮社長的我最近連餐食費上都很拮据，所以之前試做的包子也在昨天已經全部吃光啦。

正當我為了消解空腹，把腰帶繫得更緊的時候——

「呃，我今天雖然有帶便當來……可是社長您什麼都沒吃呢。我剛才在附近的攤位買了炒麵過來……」

中午休息離開的中空知從附近的攤販幫我買炒麵回來啦。

「感激不盡。我剛好也想稍微感受一下祭典的氣氛啊。」

於是我收下裝在塑膠容器中的炒麵放到桌邊，並拿出錢包準備給錢。就在這時……

「……你們……在做什麼呀？遠山，中空知。」

——呃。

須坂景——阿久津武偵事務所的副社長經過我們面前啦。身旁還帶著一個身材魁梧、剃平頭、穿西裝，不知是什麼人的中年男性。

「想知道情報就付錢。」

畢竟公司就在附近，會碰上也是沒辦法的事情。但我還是很不想遇到阿久津的手下，而如此冷淡回應後——大概是看我們年輕而態度瞧不起人的男子探頭瞧了一下武偵包。

「包子上印有武偵徽章跟公司名字啊。須坂小姐，這小孩跟您一樣是武偵嗎？」

「是的，姑且算是那樣沒錯。這玩意，大概是想宣傳吧？」

那男人和須坂接著「哈哈哈」「呵呵呵」地笑了起來。根本是在恥笑人啊，可惡。

「遠山，你還在繼續玩你的公司遊戲啊？有委託上門嗎？哦哦，我問了個蠢問題。瞧你那張臉就知道沒有嘛。哎呀，這也是當然的。沒有透過武偵高中或武偵廳之類的管道，誰會想要委託才剛從高中畢業的武偵？哦，抱歉講錯了，你們根本連畢業都沒畢業啊。」

用高高在上的男性語調講話的須坂，露出嗜虐的笑臉不斷挖苦我們。

中空知緊緊握起香菇錄音筆，我則是氣得咬牙切齒——但什麼也無法回嘴。

「搞不好會有小學生來委託吧？拿著零用錢之類的。」

大概是委託人的那位男子也跟著如此嘲笑我們。甚至……在轉身離開的時候，雖然感覺應該不是故意的，但那傢伙粗壯的腰部碰到炒麵的塑膠容器，害炒麵當場「啪！」一聲掉到地上了。

「——喂！你這渾蛋做什麼！我最近幾天可是只有吃包子啊！」

我的抗議聲……空虛地消散在祭典的喧鬧中。

不過——剛才那男人的腰部撞到時我發現到，他身上有帶槍。

而他剛才有問過須坂『跟您一樣是武偵嗎？』這樣的問題。可見他不是個武偵。

也就是其他可以穿便服的武裝職業……刑警、嗎？

一方面也因為對阿久津武偵事務所的怒氣，我憤慨揚言只要有委託上門必定全力以赴——但是呼拉祭之後都已經過了三天……還是沒有委託上門。公司業績依然是零蛋。

我用手機自我搜尋了一下，發現有很多武偵包的照片被貼在Twitter或部落格上……但都是像『在路上拿到了奇怪的包子（笑）』之類，拿來當笑話的內容。雖然提升了些許知名度，但一點都沒有吸引到人想要委託案子的跡象。

「……太天真啦……」

坐在公司後方座位上的我，以及坐在電話桌旁的中空知，兩人除了透過在這個時代反而很珍貴的、外接數位機上盒的映像管電視看看新聞之外，根本沒其他事情可做。

……啊，對了。反正時間這麼多，乾脆來訓練中空知的武偵技能吧。

「喂，中空知，妳過來一下。我要對妳進行員工教育。」

「遵、遵命，社長。請問要到哪裡呢？」

面對從座位上起身的中空知……

想說要教教她手槍射擊的我如此說道。結果──

「到地下室。」

中空知明明有握著香菇錄音筆，卻做出像她平常的反應，驚慌到連她少數過人之處的美聲都發不出來。為什麼？

「──！……嗚……！」

「請、請、請問那是指，去年因為不規則發言而獲得的那項約定嗎？呃、我那個、既然這樣，請讓我先到二樓、沖、沖、沖個澡……！」

「為什麼啦？（煙硝）味道等事後再消除就好了吧。（子彈）費用我會付給妳啦。」

「噫噫……！」

「……？」

我拉著不知道為什麼變得滿臉通紅、全身發抖的中空知，在半拖半就下帶到地下室。

這棟工廠有一間四邊各約八公尺左右的地下室，因為幾乎空蕩蕩，所以被我和中空知當成了放包包之類的置物室。而連日來都沒事可做的我又透過樂天拍賣買了幾個武偵廳淘汰下來的人型標靶，設置在那裡。

被我帶到地下室的中空知說著「請問你喜歡戴著嗎？還是不要戴？」並做出把瀏海底下的眼鏡拿下來又戴回去的怪異舉止，不過──

「把槍和子彈拿出來。經費我會給妳，妳儘管射擊沒關係。」

她聽到我這麼說之後，紅著臉愣了一下，接著露出像是大失所望又像是鬆了一口氣的表情。究竟是在搞什麼啦？

「手、手槍……拿、拿出來了！」

中空知說著，從她六百八十日圓的背包中拿出包在毛巾裡的粗獷手槍。

──中空知用的槍是柯爾特．巨蟒，不鏽鋼銀色，八英寸槍管。

那是使用點四四麥格農彈的大型左輪手槍。只要被擊中別說是人類了，連熊或野牛都會斃命──堪稱是一擊必殺的手槍。

雖然對於規定上不可殺人的武偵而言可以說是性能過度的一把槍，不過只靠一擊就能讓對手完全失去反擊能力在實戰上也很重要。畢竟如果是用小口徑子彈擊中對手，萬一對手忍住疼痛反擊，搞不好就會換成自己被殺掉啊。

「巨蟒以單手射擊來說太大了。妳用雙手射擊，訓練中不要拿錄音筆。上次我看到這把槍是去年在成田機場。那之後妳有試射過嗎？」

我用與其說是社長還比較像是隊長的態度，把中空知手中的香菇錄音筆換成隔音耳罩並如此詢問後──中空知抱著自己那把足足有一點七公斤重的手槍……

「不、呃、那個……我雖然有在保養，可是一槍都、沒開過……手槍、好恐怖……」

「什麼『手槍好恐怖』，那樣不行啦。今後我們公司應該也會接到實戰委託……

吧，我想。所以妳趁現在趕快練習。瞄準那個靶子射擊。那雖然是便宜貨，但不會讓子彈隨便亂跳啦。」

我說著，指向人型標靶催促中空知開槍。結果沒了香菇錄音筆的中空知頓時……從臉上——恐怕全身也是——冒出連漫畫中都沒看過的大量汗水。

我從紙盒中拿五發像蠟筆一樣的麥格農彈遞給她時……也發現她白皙無瑕的手掌上都是手汗。這女人膽子真的有夠小的，明明胸部那麼大說。

「既然是武偵，遲早會遇上必須戰鬥的時候。」

「嘶、素！」

大概是回應我『是』的中空知站到標靶前七公尺的位置，雙腳嚴重呈現X型，甚至讓身高都明顯往下縮了。然後用笨拙的動作「喀嚓、喀嚓」地打開好幾次左輪彈巢，把大型子彈一顆一顆裝進膛室，卻不小心把第五顆弄掉，「嘩哇哇」地趕緊蹲下去撿起來，好不容易才把全部子彈都裝好了。動作慢到教人想哭啊。

接著，明明沒有敵人卻看起來腳軟到不行的中空知——雙手握槍，彎曲手肘，擺出宛如在禱告的動作。

我想說她總不會打算用那種姿勢開槍吧？結果她竟然真的就那樣把不斷顫抖的槍口瞄向標靶，準備用手指扣下扳機……

「等等！喂，妳那樣會讓槍身因為後座力打到臉上，造成職業傷害啊！」

見到中空知那樣比射擊教科書上「不良動作範例」的照片還要不良的射擊姿勢，

我趕緊撲了上去。

「握槍時要左右對稱，雙腳打開與肩同寬，把雙手往前伸。就算害怕也不要把上半身往後仰。」

我雖然一點都不想碰女人的身體，但還是只好把手把腳矯正中空知的姿勢。

嗚嗚，她今天身上也香得要命啊。

而且我碰到她裸露出來的膝蓋後側時她又抖一下，害我也在意起來了。

「嗚嗚……對不起……如果在學生時代、我有好好、學習射擊……現在就、不需要這樣、給社長、添麻煩的說……」

「要是能好好學習，咱們兩人現在都還是學生啦。別擔心。妳絕對可以好好射擊。」

雖然因為會變成性騷擾所以我沒講出來，不過想要抵消開槍時的後座力最重要的就是**體重**。

像亞莉亞那種體能怪物就先姑且不談，通常大口徑手槍對輕盈的女生來講應該會很難使用……但畢竟中空知可是擁有豐滿到讓我會傷透腦筋的身材啊。

大概是即使戴著眼鏡也看不清楚標靶上目標部位的關係，中空知瞇著眼睛——

「——嗯！」

地下室「磅！」地發出開槍聲後——子彈「啪！」地射中了標靶的腹部。

不過是我叫她瞄準的那個標靶旁邊的另一個人型標靶。

「噫噫……我我、我射、射錯人、錯錯……射錯人了……」

犯下射錯失誤的中空知當場腳軟，靠到站在一旁的我身上……哎、哎呀，至少她順利開槍了嘛。話說，因為她靠到我身上的關係，水手服的衣領移位，讓她的右肩幾乎都露出來啦。結果害我清楚看到她肩膀上、一條俗氣的乳白色帶子……那、那、那不是、內衣的、呃、肩帶嗎……！

「噫、噫呀！對、對不起，社長，讓您見醜了……！」

中空知慌慌張張把她那條大概是胸部太重而斷過一次、留有縫合痕跡的肩帶藏了起來。而且是把槍握在手上，結果讓槍口有一瞬間指向我，害我都嚇了一跳。

假裝沒有看到那條帶子的我接著……

「呃、那個、我想──妳與其用眼睛瞄準，不如用耳朵射擊吧。拿掉耳罩也比較符合實戰狀況嘛。畢竟聽說有些人可以聽到目標物周圍的氣流聲音……怎樣？」

從夏洛克以前在伊．U的發言中獲得靈感而如此指導的同時──讓中空知閉上眼睛，但那樣她搞不好會射到我所以站到她背後，從後面抓住她的手腕或手肘調整位置，讓槍口重新朝向標靶。

姿勢上就像被我從背後抱住的中空知莫名害臊又開心似地臉紅緊張著，把頭低下……

接著再度把臉朝向標靶，露出將精神集中在聽覺上的表情。

「是、是的，我、我可以聽見。我可以聽到、標靶的位置。」

事實上，只靠視覺射擊的傢伙命中率都很低。我在強襲科也學過『要利用所有感

官射擊』，不過……就來看看中空知的狀況如何吧。

「好，開槍。瞄準肩膀試試看。」

「是……！」

——磅！啪！中空知射出的第一發子彈，擊中人型標靶的肩膀……下方，大約是上臂附近的位置。如果是考試勉強可以算合格啊。

「……我、我、我辦到了……！」

「很好，就是那樣。」

眼鏡移位的中空知露出笑臉轉回頭，而我也開心地看向中空知——

但因為我緊靠在她背後的緣故，讓我們的臉——近到幾乎要貼在一起了。或者說，鼻頭已經擦碰到啦。

我和中空知因此同時僵住，又同時慌慌張張拉開距離。

（好……好尷尬……）

……在沒有其他人的地下室，雖然是為了訓練但一對男女緊貼身體這種事情……仔細想想都讓我變得超級尷尬的。我們到底在搞什麼啦？

「呃……或許妳會覺得恐怖，但妳還是要多多練習，而且要把自己的命中率記錄下來。只要命中率上升，練習動力也就會跟著上升了。子彈費用由公司出錢，妳儘管用沒關係。」

「是、是。對、對不起……！老是讓您花錢……！」

臉紅到彷彿可以聽到心跳聲的中空知如此說著，不斷對我鞠躬低頭。

公司用的麥格農彈雖然是買雷明登公司的正規品，但一顆也才六十日圓左右。對這種價格的東西卻感激到這種程度，看來中空知的金錢觀是相當貧窮的類型。

而且我剛剛因為從近距離看才發現，她身上不只是防彈水手服而已，連內衣和襪子……感覺都是穿了很久的東西。

明明我有付給她薪水，卻都沒看到她有花錢的跡象。

也許……她有什麼想買的音響器材，所以把錢都存下來了吧。

後來又經過幾天，遠山武偵事務所……依然沒有委託上門。

即使這附近一帶的治安很差，感覺對武偵的委託全部都被阿久津搶走了。

在下午下過一場雨，不過現在已經放晴的星期五傍晚——我從車道抬頭仰望著那塊包子製造廠的生鏽招牌。照現在這樣看起來無論是誰都不會覺得這裡是一間武偵事務所，這也是個問題啊。

（雖然又是一筆開銷，但至少做塊招牌比較好吧……？）

在中空知清掃公司門口的同時，我把手臂交抱在胸前如此沉思著——忽然聽到從阿久津武偵事務所閃亮亮的入口處傳來……

「……妳這樣會妨礙到其他客人。去帶妳爸爸或媽媽一起過來。」

「我爸爸現在出差，暫時都不會回來……巧克力兩天要吃一次藥才行呀……！我們才剛搬家，牠肯定不知道怎麼回家的……！」

身穿西裝的須坂跟一名大概是小學低年級生的小女生在爭執的樣子。

（……？）

那名拿著貓型存錢筒、淚眼汪汪抬頭看向須坂的女孩子……總覺得有點眼熟。

她們雖然沒有注意到我們的存在，不過中空知還是對須坂表現出有點懦弱……心中有所起伏的態度，然後躲到我的背後。

「既然這樣，妳去找警察啦。」

「我已經去過了。可是，雖然這樣講有點失禮，但警察根本什麼都不做呀……」

「我們這裡尋找失蹤寵物的價格是三天五十萬，一週一百萬，再加上成功報酬八萬。是要・付・錢的。大人不會為了妳那一點點錢就工作。不要來鬧了。」

「……」

須坂把小女孩輕輕推開後，用鼻子「哼」了一聲並走回事務所中。

一臉絕望地抬頭仰望阿久津大樓閃亮亮玻璃外牆的小女孩……似乎是寵物失蹤了。

雖然尋找失蹤寵物對武偵來說是常有的工作，但這世上的規則就是沒錢沒有人會理睬。

不過……對小女孩的口頭禪以及「巧克力」這個貓名有印象的我……

「妳的貓又不見啦？」

走向小女孩並如此說道。

緣分這種東西真的很奇妙。這女孩就是我和亞莉亞合作解決的第一件案子——在台場找貓，當時的委託人。雖然我忘了她姓什麼，不過印象中應該是叫小愛。

「……啊！雖然這樣講有點失禮，但你是那個陰沉的武偵大哥哥……！」

轉回頭感到驚訝的小愛也記得我的樣子。看來我沒認錯人。

比以前稍微長高的小愛淚眼汪汪地對我和抱著掃把跟過來的中空知說道：

「巧克力在代代木公園看到一個像大鳥……？一樣的影子，結果逃走了……大哥哥，你現在還是武偵嗎……？」

「是啊，我還是武偵。這裡就是我的公司。」

「咦？原來這裡是公司嗎？雖然這樣講有點失禮，但我還以為是什麼廢墟呢……」

嗚……雖然我一開始也那樣覺得啦。

「我上個月也剛搬家到青山北町。大哥哥，雖然這錢很少……但是可以請你幫我去找巧克力嗎……？」

青山北町……舊公營住宅那一帶啊。即使不到鄰居的程度，但也不算遠。

「住台場的時候是爸爸幫我出錢的，可是現在……我知道我們家沒錢……剛才也被人家說，大人不會為了這點錢工作……」

小女孩說著，打開存錢筒底下的蓋子，把五十圓和十圓硬幣倒在手上給我們看。

她因為家境變得貧窮，所以不依靠父母——回想起去年的事情，自己跑來委託武偵了嗎？精神值得嘉獎啊。

「五、五百七十八圓……」

中空知計算出金額並小聲呢喃後，在瀏海與眼鏡底下露出傷腦筋的表情抬頭看向我。

「……沒關係，我接受委託。那金額對小孩子來說也是一筆大錢了。我不會根據金額多少來挑選工作，而是根據每分錢帶有的心意輕重來決定要不要接手。」

要是被以為武偵全都是像須坂那樣的傢伙也很討厭，於是我偷學以前加奈說過的臺詞——並收下了小女孩的錢。這下就像須坂他們之前嘲笑過的內容一樣，我真的接到小學生用零用錢委託的案子啦。

不過，這女孩剛才也有提到……我去年就聽說過那隻叫「巧克力」的貓肺部患有宿疾，如果沒定期吃藥會危及性命。所以還是趕快去把牠找出來吧。

過去我和優等生亞莉亞一起找過的貓，這次換成和退學生中空知一起找。

不過……這次巧克力倒是比上次更快被我們找到。

首先，中空知不知道為什麼跑到工廠二樓的陽台——正當從樓下仰望她的我不小心看到裙底風光而趕緊遮住眼睛趴到車道上的時候，她向我提出了「附近可以聽到幾隻貓在叫的聲音」這樣的報告。

於是我們讓小愛留在武偵事務所等待，並前往中空知靠聽音辨位的方向……來到起初來到這裡時也看過的那塊空地，發現有幾隻貓聚集在那裡。

空地角落有一灘較大的積水，而巧克力就在積水另一側的牆角邊。看來牠是下雨之前原本在那裡睡覺，結果下雨積水之後就回不來了。

雖然我完全搞不懂究竟是怎麼辦到的，不過據說中空知以前有在水灘溺水過的經驗，因此決定由身為社長的我光腳度過泥水灘——說著「你也長得比以前大隻啦」並把巧克力抱起來卻被牠抓了一下，但還是把牠救了出來。

因為我和中空知都是不受動物喜歡的類型，巧克力一路上都「嗚～！喵～！」地表現出不想被我們抱的樣子。就這樣好不容易送到遠山武偵事務所後，靠我和中空知的衣服把泥巴都擦乾淨的巧克力便立刻撲過去抱住小愛，全身縮成一顆球了。

「大哥哥，大姊姊……！謝謝你們……！」

看到小愛也把自己的上半身縮得像球一樣抱住巧克力，喜極而泣的模樣——我和中空知也互相露出笑臉。

「喂，中空知，拿武偵包來給她當禮物吧。今天早上我又做了幾顆試吃用的，就放在櫃子上。」

「是，社長。」

聽到我這麼指示，中空知便把雙手洗乾淨後，用保鮮膜包了一顆武偵包來……親切地遞給小愛。

「這附近不算很安全，妳回去路上要小心喔？」

「嗯，大哥哥。雖然這樣講有點失禮，不過你們要加油別讓公司倒掉喔！」

用一臉天真無邪的笑容丟下這句刺人胸口的發言後，小愛與巧克力便轉身離開……

我看向工廠牆壁上的時鐘，剛好下午五點。是遠山武偵事務所的下班時間。

「……今天總算有業績啦。五百七十八圓，扣掉稅金──五百五十圓啊。但反正一發子彈也沒用，就這點來講算是一件好工作啦。」

我能夠和小愛&巧克力偶然重逢，或許也是玉藻跟猴幫我去拜拜祈福的功勞吧？想著這種事情不禁露出苦笑的我，在敲打計算機的同時用眼神對中空知示意可以回家了。於是──

原本在工廠後方的水槽處用毛巾沾水擦拭裙子上泥巴的中空知，大概是為了不要加班害公司增加額外開銷，而趕緊開始收拾起東西。

「不好意思啦，還讓妳跟著我做這種工作。辛苦了，下禮拜見。」

背起破舊背包準備走出公司的中空知聽到我這麼說後──

「那個……」

她忽然轉身背對屋外的黃昏街景，看向我……

「……我雖然、沒有幫上、什麼忙……不過我認為、遠山社長、今天、做了一件很好的工作。不是為了金錢的分量，而是為了心意的分量而工作──那個、呃、我覺得那是、很好的事情。比起須坂教官，我認為遠山社長，呃……比較、正確。如果考慮到我的人事費之類，或許是很虧錢的工作。不過……那個……」

即使不擅表達，中空知還是扭扭捏捏地……努力想傳達自己的想法給我知道。

「……謝謝妳，中空知。唉呀，雖然那句話是我學大哥講過的話啦——不過我會牢記在心裡的。」

我也反過來注視著黃昏陽光中的中空知，露出笑容如此回應她了。

# 3彈 蘭徹斯特戰略

週三和週六是遠山武偵事務所的休假日。

而在其中的週六，同時身為一名考生的遠山社長——來到了位於御茶之水地區的駿台補習班。我雖然沒錢在這裡上課，不過這裡的模擬考費用還算便宜，因此我偶爾會來報考以測試自己自修的成果。而今天是可以根據自己的模擬考成績，向稱為「學習顧問（ＴＡ）」的大學生請教升學建議的寶貴日子。

在補習班大樓的電梯中，幾名應該是就讀同所學校的學生們開心交談著。孤零零的我則是默默走進ＴＡ房……把模擬考成績單交給顧問大哥看，並告訴對方自己想請教建議。

「呃～遠山金次同學……英文Ａ，其他全部Ｅ，綜合評價，Ｅ……咦！東京武偵高中退學，高認，第一志願東大文科第一類……？」

大概是真的打從心底感到驚訝的關係，身穿西裝的大哥講到一半聲音就開始發抖了。

我最近雖然為了逃避公司經營不順的現實而有在努力念書，但畢竟我想挑戰的對象是東大。

即使只是模擬考，我還是落得了慘敗的成績。

「請問我該怎麼做才好呢……？」

「呃，這個狀況我也不太清楚究竟該從哪個部分思考對策……更換志願學校應該會比較好吧？」

個性看起來很正經的大哥額頭冒著汗水對我如此建議，可是……

「……基於一些因素……我希望能維持這個志願學校。」

對卒、老爸、檢察局、武裝檢察官。因為這些事情我都不能講出口，只能含糊其辭了。

結果大哥露出一臉「是不是經濟上的問題只能就讀國立學校啊？」的表情，並親切仔細地向我說明了補習班的建議課程——但我還是只能選擇繼續自修啦。

這也不順，那也不順的我，本來打算直接回巢鴨老家睡彆扭覺的……不過今天還有其他地方要去，就是中空知的家。

因為昨天中空知找貓時身上沾到泥巴，然後大概是在公司擦拭裙子的時候——把裝卡片的包包從口袋拿出來，就忘記帶回家了。

雖然那只是生產自百圓商店，而且已經用到角落都破洞的塑膠卡片包……但畢竟裡面可能裝有什麼重要的卡片，讓中空知現在很傷腦筋也說不定。我是沒看過裡面裝了什麼啦，因為那是女性的東西。

從御茶之水到中空知家所在的秋葉原還算走路可以到的範圍，於是我在漸漸開始有夏天感覺的晴空下，沿外堀路、藏前橋路走著，從中央大道前進入秋葉原。

穿過一樓都是電腦零件店或高熱量食物店的住商大樓區域，來到有間小廟的街角，在我之前聽過的住址處——就能看到一間掛有『中空知音響』招牌的透天房子。

從店名便能知道是中空知家的那家店，是一間還殘留有八零年代第二次音響熱潮風貌的古典音響店。雖然感覺沒在營業，不過還掛著已經退色的 **Pioneer** 舊標誌招牌……是從秋葉原還純粹是電子街的時代就存在、有如文化遺產般的店家啊。

能夠在這種高級地段擁有這樣一棟店面兼自家的房子，可見要不就是以前生意非常興隆，要不就是家裡原本很有錢。仔細看看，房子的圍牆和一旁的小廟是連在一起的，或許中空知家也是什麼很有歷史的家族吧。

（而那樣的中空知一族——或許這樣講很失禮，不過——是跟不上時代變化，結果就沒落了嗎。）

店門的厚玻璃門上了鎖——讓我沒辦法進到陳列有雖然高級但舊型的組合式音響以及耳機等等商品的昏暗店內。於是我繞過小廟來到後門……發現門口名牌上只有應該是中空知母親的『美沙子』以及中空知本人『美咲』兩人的名字。原來中空知家是單親家庭嗎？

一方面也因為今天有點熱，房子的窗戶是打開的。

隔著紗窗可以聽到屋內的聲音。是成人女性的——聽起來很舒服的優美聲音。

「……美咲這年紀的女孩子應該會想好好打扮自己呀……」

「不、不，我才不適合穿什麼漂亮的衣服。給母親大人吃好吃的食物，讓您身體快點康復比較重要。」

聽起來是中空知和她母親在交談的樣子。家人之間也用敬語講話，果然是很有家教的家庭。話說，中空知跟母親就能講話那樣自然啊。

「妳不是也想去上說話教室嗎？上次我看到妳在讀宣傳手冊……可是現在錢都被花在醫療費上……」

說話教室……？真強啊，原來世上還有那樣的教育生意。真的是什麼都能當生意的時代。我要不要也來開個走路教室或是呼吸教室之類的呢？

「請不用在意。只要我的薪水可以付得起母親大人的醫藥費，讓這個家也不用被拿來抵押——我就非常幸福了。」

雖然我沒那意思，但還是不小心聽到了她們的對話——

（原來就是這樣……中空知才那麼需要錢啊。）

一想到自己前幾天還以為她是因為沒辦法再跟武偵高中租借音響器材，而想買什麼機器需要存錢之類的，我不禁羞愧臉紅起來。

就學中可以透過武偵高中介紹找到工作的中空知，在退學之後就失去了收入來源……所以才必須那樣努力找工作。即使知道自己做什麼都不行，還是拚命尋找。

一切都是為了母親的醫療費用。

從對話聽起來，中空知的收入全部都給家裡了。

她之所以看起來完全沒有把薪水用在自己身上的跡象，就是因為這樣的緣故啊。

「話說回來，美咲，原來真的有公司願意雇用妳呢。這真是一件值得感激的事情。畢竟妳遺傳到我的弱視，在別人面前總是難免會有瞇起眼睛的壞習慣……妳記得要繼續像以前一樣用瀏海遮起來，接待客人的時候尤其要注意喔。我們雖然眼睛不好，但相對地耳朵很靈。如果是在武偵企業，想必會有能夠活用這項長才的工作。」

「是，母親大人。」

「很好。噢噢，不過我還是好擔心呀。為了回報那位社長願意雇用妳這樣什麼都不會的人，妳可要好好努力喔。妳能夠勝任的公司不好找，要好好珍惜才行。」

「呵呵……母親大人總是愛操心。不過您放心，我表現得很活躍的。我陸續解決了好幾件大案子，讓街上的治安漸漸變好了呢。」

中空知雖然講得莫名誇大……但那想必是為了能夠讓母親放心吧。

從她溫柔的語氣上就能聽出這點。

「要是遇上危險的事件，妳可要小心喔。畢竟妳在運動方面有一點不擅長……」

不只是「有一點」而已啦！是連小學生都比不上好嗎！我忍不住在心中對中空知的母親如此吐槽。

「請不用擔心，母親大人。那個呀，現在呀，社長也會教導我射擊的技巧呢。從站立、握槍到瞄準的技巧，都教得非常仔細……找到工作時我也說過了，那位社長是我武偵高中時代同年級的同學……從那時候開始……他就是個很親切的好人……」

「唉呦……呵呵呵……原來是這麼回事呀。呵呵呵……」

「母、母親大人，您笑什麼嘛。」

「怪不得妳每天出門上班都那樣興奮呢。明明幼稚園和中小學時代總是經常拒絕上學的說……呵呵。美咲果然也是個女孩子……」

「母、母親大人！才、才不是那樣的！那種事情，對那樣優秀的社長——真的會很失禮呀。社長是個非常出色的人物，無論是訂下的社規，或是接受委託的想法，他做的事情總是讓我很感動。所以我才希望能夠為了這間公司努力……」

「好好好，我知道了。」

雖然我不太理解這段對話，不過聽起來中空知母女似乎在稱讚我的樣子……

不禁感到害臊的我，便躡手躡腳暫時離開了現場。

來到中央大道，從自動販賣機買了一罐咖啡後——

上班族、商人、顧客——我眺望著來來往往的路人，默默思考。

……自從創辦新公司後……我腦中想的都是公司的事情。

之所以給中空知那麼好的待遇，也是為了不要讓公司倒掉，簡單講就是為了保住武偵執照。換言之就是為了我自己。

然而——

雇用員工的行為，會關係到那位員工的生活。

有時候公司給的薪水也可能關係到員工家人的生命。

我本來抱著只要公司能撐到我個人取得配槍許可證就行，而每天過著遲早會讓公司倒閉的生活……但既然雇用了員工，我就不應該讓公司倒掉啊。

必須想辦法賺錢才行。就好像客人付給武偵的錢都沾滿淚水一樣，員工賺的錢也都沾滿汗水。那些錢能夠維持人的生命，成為活下去的動力。

並不是所有人到公司工作都是為了滿足私慾，為了奢侈享受——

其實大多數的人都是為了維持生計，為了賺錢而來到公司的。

因此我也必須賺錢分配給員工才行。那是我的責任啊。

在中央大道消磨了一段時間後，我再度來到中空知家。

接著按下後門的門鈴——

「……來了。」

身穿便服的中空知從屋內微微打開上有鍊條的家門。

「是我。不好意思假日還來打擾啦。妳把卡片包忘在公司了。」

假裝是剛剛才來的我如此說道後，中空知頓時「遠、遠遠遠山社長！」地嚇一大跳，慌慌張張把門打開。身穿和服的漂亮母親也從客廳走出來……

「唉呦，這位就是……小女平日受您照顧了。」

她說著，非常有禮貌地跪下來對我低頭致意。不是那種表面上的客氣，而是非常自然的動作。

「我這就去準備茶水，請您慢慢坐。不好意思，客廳因為做生意時留下的庫存塞得很擠……請您到那邊的房間吧。」

「呃不，請不用那麼客氣。我只是送這東西過來。」

我拿出卡片包如此表示——但中空知的母親向我示意一下房間後，便帶著中空知進到廚房去了。於是……我不得已只好進到中空知家的走廊上。

看起來應該是建於昭和中期的這棟房子雖然老舊但很清潔，串珠門簾或鮮花圖案的熱水瓶等等舊時代的東西都還保存得很好。蓋有自製蕾絲防塵布的舊式轉盤電話到現在還在使用。

我在中空知的母親指定的房間門前稍微等待了一下……

「母、母、母親大人，您、您怎麼、讓社長、男、男人、到我、我、我的房間。」

「我也會在。妳要加油喔。」

……從廚房傳來中空知慌張狀態時的聲音，還有她母親不知道在鼓勵她什麼事情。

隨後，中空知用超級X字腳端著放有涼茶與點心的端盤走了出來。

「……呃、那個、那個房間……是、是我的房間。不好意思、我家、因、因為沒什麼來客，所以客廳從以前、就拿來擺喇叭，喇叭都是、兩兩成對，很、很占空間。」

雙腳內八不斷發抖的中空知，以及不知道為什麼躲在廚房偷偷探頭出來彷彿在為中空知打氣的母親……在現場一股神祕的壓力下……

「哦、哦哦，那我就打擾一下啦。」

我只好進入中空知的房間了。

房間內鋪有地毯，上面有坐墊與矮桌。大概晚上是鋪棉被睡覺的關係，沒有看到床鋪。書桌看起來是從小學時代就一直用到現在的樣子。書架上……放有已經讀得很破舊的摺紙書與翻花繩書，以及《讓對話順利的二十一項習慣》、《兩個禮拜克服害臊症！》等等的指南書籍。

另外在架子上還有可以清楚象徵中空知內向個性的毛線手工藝品，以及用木頭或竹子削成的小裝飾。雖然很有女孩子的感覺，不過是比較像小學女孩子那一類。

「妳的手真巧啊，像這做得就很可愛。」

我拿起一個只有洗衣夾大小的竹蜻蜓，結果……

「那、那種東西、如果您喜歡、就、就請收下吧。」

把端盤放到矮桌上的中空知只是被我稍微稱讚一下，就變得面紅耳赤，然後慌慌張張地跪坐到坐墊上。於是我把竹蜻蜓捏在手指上把玩，跟著坐到坐墊上……

端盤上的茶點，是包子。我最近每天三餐都是吃試做包子地說。

但既然人家都端出來了，我就吃了一顆。沒想到……

「哦，真好吃。」

「是。我、經、經常會在這附近的、點心老店、買包子。而我想說、如果公司又要宣傳的時候、或許可以在武偵包的改良上、幫上一點忙。所以請教了一下、店裡的女老闆、讓包子好吃的祕訣之類。有些人就會告訴我。像那個、聽說是加了奶油。」

中空知似乎從平常就為了公司在做各種努力的樣子。

「——謝謝，這很值得參考。」

真的是……太讓人羞愧啦。我也必須為公司更加把勁才行。

雖然我通常和女生單獨對話都沒什麼話可聊——不過和中空知就有「公司」這項共通的話題。再加上我們都是個性陰沉的人，聊起來相當契合……

我只要開玩笑，中空知就會「嘿嘿嘿」地露出鬆懈的笑臉。那表情可愛得讓我重新認知到她是個女性……結果變得在意起她跪坐在坐墊上的豐腴大腿，以及彷彿會把夏季毛衣從內側撐爆的雄偉雙峰……明明對方母親就在門外走廊偷聽房內動靜，但我還是感受到爆發性的血壓開始上升。於是……

「那、那我差不多要告辭了。不好意思啦，休假日還來跟妳講工作的事情。」

「不、不會，我、我聊得、呃、非常開、開開心……」

我們起身後，中空知準備送我離開——可是她母親卻交代她把端盤收拾到廚房去……然後自己跟著我來到後門。從她的視線與走路方式我可以知道，她的眼睛也是只能分辨明暗，或是眼前有沒有人的程度而已。

「遠山社長，多虧有您，讓那孩子最近真的變得很有活力。這種事情以前從沒有過呢。還請您……今後也多多關照小女美咲。」

看到對方如此親切向我鞠躬……

「呃不，您多禮了……」

再加上中空知的母親是個美女，讓我一時講不出話來。

「那孩子一方面也因為眼睛的關係，從小就不太能加入群體，結果養成了那樣內向的個性……或許幫不上公司什麼很大的忙，但她絕對會盡心盡力為公司付出的。那孩子雖然有些懦弱，不過我相信我有教好她要為社會盡一份心力。」

中空知的母親……為了讓笨拙的女兒不要被開除，對我如此說情。

受到那樣的父母心感動的我……

「不，其實我才是……真的從美咲小姐身上學習到很多事情。雖然現在還只是間小公司，不過我絕對會讓它成功的。」

把剛剛在中央大道上對自己立下的誓言——清楚告訴中空知的母親。

結果中空知的母親看向我……

「剛才……呵呵，美咲編了很多自己在公司活躍的表現給我聽，不過——看來那孩子也有說到一件真的事情呢。」

說著，露出一臉明瞭什麼事的笑容。

「……真的事情。」

「聽聲音和講話方式我就能知道了。美咲說得沒錯，社長您……是個很出色的人物。」

通常一個人的人生中會有大半時間都在工作中度過。

如果工作很無聊，就是一件很不幸的事情。

畢竟那代表人生中有大半時間都很無聊的意思。

讓無趣之世變得有趣，一切乃隨心念而生（註3）——雖然我不是要學高杉晉作跟野村望東尼，不過首先就來做有趣的工作吧。之前我在義大利也學過這樣會比較好嘛。

在今天也同樣人擠人的通勤電車上，我腦中想著這樣的事情。

就跟念書一樣，要對工作變得積極必須在想法上下點功夫才行。然而如果懶得下那些功夫，繼續像以前那樣走一步算一步地經營公司，就會讓自己繼續吃上「不幸」的虧。

（主要因為亞莉亞的關係，害我的人生已經吃虧吃了一輩子的份。怎麼可以再讓自己吃更多虧啦……！）

雖然我除了爆發戰鬥時以外有百分之九十九的人生都很消極——但「工作」是一項重要的人生課題，必須積極仔細思考才行。

---

註3「面白き事も無き世を面白く、住みなすものは心なりけり」前句為幕末長州藩士高杉晉作的辭世遺詩，後句為幕末女詩人野村望東尼添筆詩句。

那麼，要怎麼做才能讓工作變得有趣？

中空知目前似乎很樂於為我的公司工作……但員工和社長是不一樣的。

在享受有趣的同時，我也必須穩定賺錢才行。這也是為了員工——為了中空知。

雖然這是個難題，不過跟「想辦法對付朝自己腦袋飛來的子彈」或是「死掉了想辦法活過來」這些我自己平常在幹的難題比起來，其實還算好的了。畢竟時間限制也不是只有零點一秒之類的嘛。

而且仔細想想——

（嗯？……其實比想像中的簡單喔……？）

一般會對工作感到無聊，是因為那是受人命令。如果是像泡沫經濟時代的高薪工作還沒話講，但現在經濟不景氣，領微薄的薪水還要被人命令東命令西的，當然會很無聊了。

不過社長就不一樣。沒有任何人會在上頭下達命令。

必須自己思考、行動，做自己認為會賺錢的事情。這就是社長的工作。

在這點上——其實就是很有趣的事情了。感覺起來就像現在電車上的女大學生手中在玩的電動一樣，而得分就是金錢。

我現在準備面臨難度很高的關卡，但只要過了這關，一定能得到分數。一直以來，我甚至連遊戲手把都沒好好握住，只會走一步算一步放任遊戲進行。但從今後我要仔細思考、行動，找出攻略手段，突破關卡。這想必會是比電動更有趣的事情啊。

當我到達位於北青山的公司時，中空知——以及今天可以過來的顧問華生也剛好到了。

我抱著全新的幹勁環顧工廠內，結果……

「是包子宣傳讓你們接到了什麼很大的案子嗎？怎麼你看起來幹勁十足的樣子。」

華生睜大她的雙眼皮大眼睛，訝異地看向我。

「我們沒接到什麼大案子啦。不過，我認為那樣不行。這念頭或許就是個大轉變吧。喂，中空知，既然華生也來了，就來開今天的工作會議吧。」

雖然只有三個人，講「會議」有點誇張，不過我還是如此宣告。

「啊、是，社長。」

趁著中空知準備紙筆的時候……我把手放到包子生產線上。

「像現在這樣繼續等人來委託也不知道要等到什麼時候。所以在思考什麼積極對策的同時，我們繼續用武偵包宣傳這間事務所。」

「可是之前在活動中發送包子，到頭來也沒什麼大案子上門不是嗎？你還想再來一次？」

華生老師如此吐槽我，不過……

「現在公司的武器就只有這個，所以我們只能靠這個戰鬥了。而且就像電動一樣，即使第一次遇上新手陷阱過不了——重複第二次就能知道較好的過關方式。上次的宣傳的確沒得到什麼效果，但根據我在社群網站上自我搜尋的結果……至少收到包子的人都覺得很有趣。然而在味道方面——沒有人稱讚過『好吃』。」

「味道……？你是不是把該專注的重點搞錯了？」

華生再度對我說出這種話，但是——

「不，就是味道。我上次滿腦子只想著要宣傳，沒把心力放在味道上。這附近到處都是好吃的點心店，女生們對甜食也很講究。如果能夠在這裡做出獲得好評的包子，至少可以靠糕點業賺些額外收入吧？」

「點、點心店……聽起來真不錯呢，社長……！」

明明身體那麼成熟，世界觀卻像個小學女生的中空知，對糕點業的點子表示贊成。

「維持『顧客拿著走的宣傳媒介』這項概念，同時提高食品本身的價值，積極販售……是嗎？到這邊是沒什麼問題，但正業的武偵業要怎麼辦？」

顧問大人對於武偵包企劃的味道改良案也姑且認同啦。

「那個在改良武偵包的同時一起想。總之光是坐著等案子上門一點都不有趣。搞不好在接到委託之前我們可以想到什麼適合自己的事業，又或許靠宣傳效果會有人來委託工作，然後隨著我們解決委託，這間公司擅長領域的形象就會建立起來也說不定啊。」

比起正業，先積極展開副業。我提出這樣一項又讓華生瞪大眼睛的營運方針之後——很快就和中空知一起動手製作武偵包改良味道的試製品了。

「試著在餡裡加醬看看吧。還有把海苔包進去如何？另外我也想試試看粗鹽。」

我把能想到的新食材點子都提出來，並且為生產線機器添油的時候，通信科時代當跑腿的資歷很深的中空知便從附近店家把材料都買來了。

接著我們便啟動生產線，製造新武偵包的試製品。這項作業相當有趣，在加入材料等待機器運轉的期間，總是會對成品感到緊張好奇。

但畢竟我和中空知以前根本就沒做過什麼和菓子，結果——

「嗚嗯……這、這不行。味道莫名其妙。那邊怎麼樣？」

「呃……那個……嗚噗……」

試吃了山葵口味的中空知頓時臉色發青，衝進廁所。剛才吃了洋蔥口味的華生也衝到洗手臺，彷彿要把胃都洗乾淨似地拚命漱口。

即便如此，我們還是要繼續嘗試。反正根本沒客人上門，時間多得是嘛。

隔天，再隔天，我和中空知兩人繼續嘗試製作第二代的武偵包。

加入白味噌或南瓜的試製品雖然姑且還算可以吃……但味道上並沒有改良。到頭來，還是感覺用原本在工廠的材料製作的第一代武偵包最可以接受。距離能夠製造話題的味道還差很遠。

但我們還是繼續在工廠裡「加入芋頭怎麼樣？」「改變烘焙時間試試看吧。」地不斷嘗試著。而就在這時——

「——這是在做什麼啊？」

從工廠角落忽然傳來男人的聲音。

我和中空知咬著梅肉包子趕緊把頭轉過去……發現在不知不覺間……

「……灘！可鵡韋……大門……」

「噫……！男、男、男人、的人、一、二、三……！」

讓人完全沒感受到氣息的前公安零課——三個月前跑來挖角過我的獅堂底下三名部下，居然進到工廠來了！

身穿白色立領制服的可鵡韋與和服配粗腰帶的大門坊都好奇地觀察著工廠各處，不過灘則是皺起眉頭看著我……讓我不禁害怕他們又是來「面試」而趕緊保護躲到我背後的中空知，同時臉色發青地往後退下……

「我不會加入，我絕對不會加入公安零課。我有我自己的工作了。」

聽到我這麼說之後……

「明明有月薪可以領的說。」

可鵡韋露出不輸給華生——雖然華生是美少女就是了啦——的美少年笑容，半開玩笑地對我如此說道。

「但相對地也要流血對吧。我的血已經流到沒有庫存了啦！話說你們到底是來幹什麼的！」

我靠平常狀態面對三名零課成員根本束手無策，只能不斷往後退下。而灘則是……

「咱們是聽說你不只留級甚至還退學了，就來看看狀況而已。雖然獅堂有提過如果你能來就把你帶回去，但看起來你根本沒那意思就算了，放心吧。是說，亞洲ＳＤＡ排行第七十一名的男人究竟在做什麼？」

「現在是四十一名啦。你看不就知道了，我們在做包子。不嫌棄試製品的話就拿去吃，吃完快點回去。」

我說著，把為了拿來比較而做好的第一代武偵包遞給他。

「才十幾歲就四十一名啊……」

自己本身也是ＳＤＡ第十九名排行者——換言之似乎同時也是武偵的灘露出有點驚訝的表情，收下了武偵包。希望他們快點走人的我也把包子拿給大門與可鵡韋後……

「要貧僧接受連吃飯恐怕都有困難的遠山大人施捨，實在有些於心不忍。」

「反正只是試吃品而已，不用在意那麼多吧？雖然不怎麼好吃就是了。」

他們各自的反應都有夠失禮……該死的零課。我要在至今已經寫了鏡高組、藍幫、納粹黨與Ｎ的「絕對不加入名單」之中，再添你們這一筆。

話說回來，這些傢伙真的到底是來做什麼的？為了守護日本免受內憂外患而繁忙的零課成員居然三個人一起過來，絕對不可能**只是**來看看我的狀況吧。

不過我還是別戳破這點好了。萬一又被捲入什麼麻煩事，搞不好會害公司倒掉啊。

「我現在要做包子很忙的。我已經創業在做生意，沒時間陪你們幹蠢事。你們三個快點吃完快點走，不要在這邊嚇我的員工。」

我甩甩手如此說道後——

咦？……明明剛才還一臉無奈的……灘先生……

……怎麼……露出了像鬼一樣的表情？

正當我因此感到恐懼的時候，灘忽然——「呸！」一聲把口中的包子吐到地上。

「遠山你這傢伙！這樣敢說自己在做包子？你耍人啊渾蛋！包子可不是加糖做得甜就可以啦！混帳東西！」

氣得將已經靠墊肩撐高的肩膀聳得更高的灘，一把揪住我的衣領如此怒吼起來。

呃呃……有必要氣到那樣嗎……？

「這是店內用的？還是外帶用的？」

灘接著用一臉比黑道還恐怖的表情問到這種事情，於是——

「外、外帶用。」

根本沒進入什麼爆發模式而束手無策的我只能乖乖回答了。

結果灘就像什麼開關被打開似地瞪大他嚇人的眼睛……

「——既然是在路上拿著吃就不能配茶了吧？你首先給我把甜度降低。還有，要試吃先等包子放涼再吃。同樣一顆包子在冷跟熱的時候，舌頭感受到的甜味會完全不一樣。客人是要在店裡馬上吃，拿在路上吃，還是帶回家再吃，要不要建議客人重新加熱再吃。做餡的時候就要考慮這些事情，照狀況做不同的調味。好的包子吃幾顆都不會膩，但是你這包子光吃第二口就不行了。明明這裡湊齊了這麼多好機器，簡直暴殄天物！像這個煮豆鍋，現在幾乎只有京都的老店才有保存——是二戰前福知山的鑄鐵師親手打造，煮出的豆子就像奇蹟一樣的國寶級玩意，如今已經失傳的技術文明，花再多錢也買不到啊！你乾脆讓給我行不行這個混帳！」

……咦、咦咦……？這位仁兄怎麼好像對包子莫名了解的樣子。

「啊～灘先生的開關被打開啦。大門先生，這下看來要花上一小時左右了吧？」

可鵡韋嘀咕一聲後，無奈地坐到椅子上。

——這麼說來，灘的老家好像是和菓子店。怪不得吃到不好吃的包子會這樣發飆了。

話說，原來這裡的機器是那麼優秀的稀有品啊。

「簡直教人看不下去！鍋子都在哭啦。」

因義憤咬牙切齒的灘從我身上把圍裙和頭巾搶走——並從自己的西裝胸前口袋拿出亞曼尼的手帕當成口罩。

接著……把一根根手指直到手腕都仔細清洗乾淨後……沒有接受任何說明之下就很熟練地開始操作起生產線上各處的調節開關。用宛如保險箱小偷般細心的動作轉動旋鈕——在較花時間的步驟上用手工配合輔助，製造包子。

灘的手工動作比機械還要準確而細膩，效率好到嚇人。光靠三、五年的修行可達不到這種境界。話說，我可不能只是呆呆看他做啊。

「灘，我、我可以把你的手指動作之類的攝影下來嗎？難得有機會可以見識到這麼厲害的技術，可是我的眼睛完全跟不上你的速度啊。」

聽到我拿出手機如此說道後……

「……武偵通常是不會讓人拍到自己啦。不過這次就特別讓你拍手部吧。」

灘大概是為了不要讓唾液飛濺，把臉轉向側面小聲這麼回應。

「謝謝。呃……灘……你是武偵嗎？」

「是啊。」

或許是聽我誇獎製作包子的技術而心情好的緣故，灘一下子就承認了。

看來他意外是個禁不起阿諛奉承的類型。

好，我就再多誇獎他，讓他給我拍更多影片吧。

「你的SDA排行……我記得是十九名對吧？比我還要高，真厲害。」

「在日本可是第九名。」

超強的……灘先生其實是個超級能幹的人物吧？

那樣一位非人哉超人，現在卻在我家工廠做包子。真是奇妙的情境。

如此這般，灘轉眼間就完成了一打的包子——於是我們拿來試吃。

「……好吃，超好吃的……！騙人的吧……？明明用的是相同材料的說……」

「好、好好吃呢……！」

我和中空知都瞪大眼睛，把早已吃膩才對的包子一下子就吃完了。

接著又吃了一顆，還想再吃一顆。感覺不管多少都吃得下。即使同樣是包子，這和我們做的東西根本完全不一樣啊。

——就是這個。

只要有這等級，絕對可以和附近的西點名店一較高下。我就是想做這個。

灘看到我們的反應，愉悅地露出得意的表情……

「稍微放涼一點後會更好吃。我雖然不能把我家的祕傳技術告訴你們，但你們就多練習幾次把剛才的基本做法學起來吧。還有——」

他把嘴上的手帕拿下來後，狠狠瞪向我。

「——剛才你在工作時的眼神，那可不行。你在做包子時腦子裡只想著錢對吧？那樣不對，要想著客人才行。」

「想著、客人……」

又拿起一顆包子的我頓時抬起頭。

「不管任何工作都一樣，只想著要賺錢的傢伙絕對不會成功。你根本在小看做包子這件事。聽好？包子如果做得好吃，可以讓客人吃完就變得有精神，甚至能讓家族間或生意夥伴間的感情變得圓滿。但如果不好吃就會完全相反。包子可是擁有能改變社會的力量啊。」

若沒有任何證據就聽到這段話，也許會覺得灘講得太誇大。然而吃過他做的美味包子後頓時湧起幹勁的我，倒是深深認同他的說法。

「糕點業可不是看數字。做的人的心意會反映在作品上。明白了嗎？」

「我、我明白了。」

見識到身為糕點師傅的等級差距，我只能乖乖點頭。

……當一扇門被關上時，也會有另一扇門被打開。即使同為武偵，相對於阿久津用騙術想要毀掉我公司——灘則是教育我又不求任何回報。雖然他教的東西不是武偵業而是糕點業啦。

感到當頭棒喝的我總覺得光是點頭回應根本不夠，於是——

「灘，謝謝你。你說得一點都沒錯。我今後會洗心革面，好好做包子。」

我說著，對灘鞠躬低頭。

「唉～灘先生心腸也太好了吧。要是遠山學長就這樣變成了和菓子師傅，你又會被獅堂先生罵囉？請問你這下是不是應該給我些封口費呢？」

「囉嗦，看不下去的事情就是看不下去啦！」

面對露出苦笑的可鵡韋，灘用一副的確像個老好人的態度生氣回嘴……而大門坊則是咧嘴一笑後對我說道：

「遠山大人，你果然是一位有才華的人物。」

「呃、怎麼說？」

「因為你此刻面對灘大人改變了自己的心態。很快便湧起了以師為尊、以客為尊的想法。那樣率直的個性，你要好好珍惜。從商之路亦與學佛之路無異。貧僧其實多少有猜想到可能會變成這樣——這想必也是佛祖的引導吧。」

大門說著……把他那對像棒球手套一樣大的手合掌了。

後來，我和中空知根據灘對生產線各處進行的設定以及手部技巧影片，一點一滴學習灘製菓店的技術……

一次又一次，在上班時間允許的範圍內，不斷試做包子。把企圖標新立異的第二代構想都暫時擱到一邊，以基本的第一代加上灘教過的東西而升級的第三代武偵包為目標努力——味道上明顯有了改善。

「灘也有說過，紅豆餡放涼之後舌頭會感覺更甜。因此必須把客人吃包子的時間也考慮進去才行。」

「畢竟應該不會在電車上吃，所以就是從這裡到車站為止的距離呢。」

「那就是地下鐵的表參道站、明治神宮前站，還有山手線的原宿站這三個車站吧。至於客人會往哪個區域走，就參考這本流行雜誌推敲看看。」

如此這般，正當我和中空知今天也在工廠研究武偵包的製作時——叩叩。

遠山武偵事務所破舊的大門忽然傳來敲門聲。

站在玻璃門外的人影，不是華生，是幾名年輕女性。難道是來委託的嗎——！

「中空知，把香菇拿好！」

我和中空知趕緊整理儀容，以槍擊戰的隊形衝向門口。

接著用滿懷心意的職業笑容拉開門，便看到外面是五名國中女生。

「歡迎光臨，請問是來委託案件嗎？」

拿著香菇型錄音筆的中空知以極為優美的發音如此詢問後……

「呃，不是，我們不是來委託武偵。請問有在賣包子嗎？」

「有印刺刺的武偵圖案的那個。」

「我們每個人要一個。」

看來……她們是來購買武偵包的客人。

明明還沒正式發售，為什麼會有人來買？這疑惑雖然一瞬間閃過腦海，但現在沒時間讓我多想了。

「啊，是！有賣有賣。一顆一百五十圓，我馬上拿來。」

畢竟是難得的寶貴顧客，於是我趕緊對年紀比自己小的女生們低頭哈腰，並回到工廠內。

中空知也翻著流行雜誌跟上來……

「從服裝看起來，她們應該是要到竹下通購物。拿著走的時間會比較長。」

「太好啦，剛好有適合溫度的包子。這樣她們搞不好會在人潮很多的地方稱讚我們的包子很好吃啊。」

我用原本這間工廠就有的包裝紙把溫度合適的武偵包包裝起來後——

「另外，社長，她們之中有三個人是回頭客。在呼拉祭當天有拿過我們的武偵包。」

「虧妳還記得啊。在我眼中看來每個人都長得一樣的說。」

「我是記聲音的。只要透過聲音，我可以百分之百認出對象。」

好強。原來她還會這種特技。

但現在不是讓我驚訝的時候。我趕緊把武偵包交給那些國中生，而中空知收下錢後……

那群女生竟然就「劈里劈里」地把我才剛包好的包裝紙當場撕開了。

或許因為包裝紙是土黃色，看起來很土吧。不對，她們不是那種表情，而是開心地看著大大烙印在包子上的武偵徽章。

老實講，武偵徽章一點都不可愛，因此我不覺得那會受女生歡迎。

然而對她們而言，那徽章似乎很重要的樣子。究竟是怎麼回事……？

「咦？變好吃了。」

「不可以現在就吃啦。」

那群國中生如此交談著，轉身離開——

我和中空知則是對第一次靠副業獲得的業績感到開心的同時，疑惑互望。

從對話聽起來，她們上次吃的時候好像覺得不好吃的樣子，可是卻還是跑來買。

雖然都賣出去了才講這種話很奇怪，但她們到底是為什麼會來買的？難不成是世間罕見的武偵迷女子嗎？

中午前華生也來到公司，於是我描述了剛才發生的事情，和他一起推理這個謎團的時候……叩叩。又有客人上門了。

中空知說著「歡迎光臨」並打開門，發現這次是前幾天委託我們尋找巧克力的小愛。

我一時還以為是巧克力又失蹤了，但並不是那麼一回事。牠好端端地趴在小愛肩上。

「妳好。雖然這樣講有點失禮，不過陰沉的大姊姊，請問之前那個包子有在賣嗎？」

「啊……有喔。不過因為開始販賣了，所以一顆要一百五十圓喔。」

中空知親切接待著，但看起來小愛也是來買武偵包的樣子。

於是我拿著包在紙袋中的武偵包，與華生來到店門口……

「巧克力看起來很有精神嘛。不過，呃……妳為什麼會想來買這個？我免費請妳吃，妳可不可以告訴我？」

畢竟是熟人，因此我把武偵包遞給小愛的同時乾脆直接開口問她了。

「咦？真的嗎？謝謝～！其實呀，今天我要跟朋友出去玩，所以想說拿著這個會比較安心。」

「……安心？」

華生疑惑回問後——

「上次你們幫忙找到巧克力那天，聽說在我住的社區發生了小學生被陌生人搭話的案件。然後那天回家路上，我也有遇到一個跟學校老師講過的特徵一樣的人好像要找我講話……可是那個人一看到這個包子，就逃走了。所以這是護身包子呢。」

……我……我知道啦……！原來是這麼回事……！

武偵在社會上給人的印象——並不算很好。也有不少人認為武偵是喜歡攜帶槍械的暴力分子，介於警察與黑道之間的存在。

而只要拿著印有武偵徽章的包子在路上走……就比較不容易被壞人盯上了。剛才那群國中女生之所以立刻把包裝紙撕開卻又不吃，就是為了走在街上時讓人看到包子上的武偵徽章。

小愛離開後，我和中空知與華生試著用『遠山武偵事務所』重新自我搜尋了一下。結果……

「社長，找到了。在Tabelog上。」

中空知把手機畫面拿給我看。

「Ta、Tabelog？」

那是讓會員可以在網站上針對餐廳、點心店、麵包店等等店家寫下留言或評價的美食網站。

而『遠山武偵事務所』竟然在不知不覺間也被人擅自登記在上面了。評價也有六篇。日期是呼拉祭那天，以及今天大概是剛才的國中生留下的一篇。

『可以吃的防身道具？（笑）』

『或許不會遇上色狼囉！』

顯示這些標題的文章內容中——寫有『只要拿著這個，路上看起來像壞人的人都會把眼睛別開。討人厭的拉客集團也能百分之百隔絕囉。』『雖然上次吃的時候感覺太甜了，不過今天變得很好吃，所以補加星星。』等等，都在稱讚武偵包。

評價點數是三‧四一，跟其他店家比起來也相當高。

雖然和遠山社長當初的構想不太一樣，不過確實在網路上開始獲得評價了。

「『可以吃的防身道具』嗎……！遠山，這搞不好是個商機啊。你和其他店家不一樣，為點心添加了**新的價值**。」

華生拿著向中空知借來看的手機，並彈響手指。

「而且這在武偵業方面也是個強項。雖然武偵市場最賺錢的是擔任大企業的警衛或是名人、富人的保鑣，但那方面絕對會輸給占有規模優勢——也就是像阿久津武偵事務所那些公司。然而現在這個生意的客層是一直以來武偵頂多只能開拓『對付跟蹤狂』這塊市場的年輕女性。因此可以採取『針對小眾市場』這種創新企業打贏大公司的典型手法呀。」

針對小眾市場。也就是像縫隙產業的理論嗎？

不是在廣大的戰場上正面衝突導致犧牲，而是將戰力集中在局部地區——只在那部分獲得壓倒性的勝利。手法類似軍事學上稱為「蘭徹斯特戰略」的弱者戰略。

年輕女性客層……我雖然不喜歡……但如今也沒辦法讓我挑剔客人了。

「好……就來試試看。從今天開始正式運轉生產線，大量製造包子吧。」

「你這個人果然對女性特別強呢。不管做什麼都是。」

——華生這麼稱讚了我一聲。雖然有點話中帶刺就是了。

# 4彈　黃昏襲擊

或許是Tabelog造成的效果，遠山武偵事務所陸陸續續有客人上門了。

女生們為了防身，會把買到的武偵包拿得很顯眼——也就是會在街上幫我們免費宣傳的意思。而其他人看到又會跑來買，生意齒輪就這樣轉動起來了。

工廠這套實際上是高檔機器的生產線不斷製作武偵包，我和中空知不斷把武偵包賣出去。當附近有辦活動的時候，擺在店門口的販售用桌子前甚至會排出一小段人龍。為了不要讓客人等太久，我們也把一開始擺在店門前的點心販賣機擦拭乾淨，拿來運用。

打烊後敲打計算機統計營業額——實在是很愉快的時間。

「今天賣得比昨天好啊。自動販賣機的零錢箱也滿滿都是錢。靠最近賺的錢應該可以修好入口大門，或許還能做招牌啦。」

「在Twitter上社長前天貼的那張『這不是吉翁軍徽章喔，是武偵徽章喔。』的武偵包照片也被轉貼超過一萬篇了。」

「咦！妳說那篇冷到要命的文章嗎……？」

我和講著這種失禮發言的華生，一起探頭看向中空知亮出來的手機畫面……

那篇我發的文章就姑且不講，但至少可以看得出來武偵包在網路上相當受到注目。不只是『在表參道的街上手拿包子』這種有趣的感覺而已，防身效果之高也造成了話題。

「雖然只是打電話來簡單詢問的程度，不過也有人向我們提出投資的提案。對方是鳥取縣的投資家，說願意借貸資金給我們，問我們要不要透過委託販賣之類的方式擴大事業規模……」

中空知說著，拿她接電話當時的筆記內容給我看。不過——

「……不，我們不向人借錢。妳幫我婉拒對方。」

對借錢這檔事有一套自我主張的我，決定不接受那項提案了。

遠山家的家訓中有一條就是「出錢的人也會出嘴」。其實我已經有想到擴大事業的計畫，目前正在試探實行的機會。我可不希望這時候被人插嘴干涉。

而就在我們討論著這些事情的時候……

（……？）

在今天已經打烊的遠山武偵事務所門前，有個女性的身影。對方站在自動販賣機前，遲遲不離開。那價格應該不到需要猶豫那麼久的程度吧？

感到奇怪的我偷偷上前一看……

——是阿久津武偵事務所的社長，阿久津珠穗。

她和一名臉白得像古代公家的瘦男子一起站在我們公司門前，皺著眉頭。

「這位客人，您只要投二百五十圓進去就可以買囉。」

我拉開門，語帶諷刺如此說道後，阿久津便伸手指向販賣機中的武偵包。

「這是什麼？」

「還真是個學歷高卻無知的女人啊。這叫『包子』，是一種食物啦。」

對我的嘲諷用鼻子「哼」了一聲的阿久津，表情看起來似乎對於我還頑強從事著武偵業的事情很不開心的樣子。

「這是啥麼標誌？」

「這是武偵徽章。」

和看著武偵包的白臉瘦男子——講話有京都腔——如此交談的阿久津，接著又對我說道：

「就讓我告訴你這個無知的男孩子。武偵業是靠解決案件的能力受到武偵廳評價，再利用那個評價與政府機關或大企業簽訂契約後，這才開始能賺到龐大收益的生意。這種玩意根本賺不到錢吧？」

哦～哦～講得還真是話中帶毒呢。

「不用妳多管閒事。我不是為了上頭的評價，是為了客人在做生意。只要能讓客人開心，自然就會有錢進來了。」

雖然阿久津做的是鈔票生意，我做的是硬幣生意——不過這對話更能清楚顯示出我們之間在思考順序上的差異。阿久津在工作上腦子只想著錢，而我則是一如跟灘的約定，首先考慮到客人。相信這樣做，到最後肯定可以賺錢。

「但願真的會有錢進去呢。」

阿久津一副「真是浪費了我寶貴的時間」似地用手指撥一下長髮後——轉身背對自動販賣機，走向她那棟華麗燦爛的大樓。白臉男子也跟在她後面。

……阿久津本人就算了。不過能讓社長大人親自出面招待的那名男子……究竟是何方神聖？

就連那個總是優雅又高傲的阿久津，面對那男子的態度也莫名親切。

雖然這點上教人起疑，不過阿久津好歹是一名武偵。我為了不要讓她發現我在懷疑，剛剛才會故意裝成笨蛋。這點應該沒有被看穿。畢竟阿久津一直都是把我當笨蛋嘛。

根據華生說，公司舉辦懇親會的費用可以歸為交際費或福利厚生費……也就是可以申報為公司開銷經費。

換句話說，就是可以用公司的錢吃喝的意思。沒有從公司拿過董事報酬、到現在還是為吃食而苦的我，就在請業者來修裝店門與招牌的那天中午——帶著中空知與華生，以懇親會為名義來到了代代木公園。

在最近這段梅雨季節中，今天東京難得放晴。氣溫也不會太熱，非常適合在外野餐。

華生把塑膠墊鋪在公園的噴水池旁。不小心把香菇錄音筆忘在公司的中空知則是……

「呃、那個……社、社長，連做便當的材料費、都、都讓公司出錢，這還是、很不好意思呀。我、我做菜、又沒那麼好吃……」

把我交代要提交的收據夾在她那對雄偉的雙峰間，怎麼也不肯交給我——但我還是小心翼翼不要碰到那兩顆大球，把收據抽了出來。

「不用擔心，最近公司每天都有賺到利潤。像現在裝滿自動販賣機的武偵包或許也在繼續幫公司賺錢啊。」

「在英國也有一句話說『金錢運用有三個S——Save（儲蓄），Spend（花費），Share（分配）』。反正照現在看起來公司保險和稅金應該都能如期繳納，就稍微拿公司的錢回饋給社會吧。」

華生笑著拋了個媚眼並脫掉鞋子，走到塑膠墊上。

接著便用像女孩子的姿勢坐了下去。穿襪子的腳看起來完全是女孩子的腳，身上又散發出像肉桂一樣可愛的香氣。妳真的有隱瞞自己性別的意思嗎？

「啊！對了。說到錢我就想到……難得賺到的這些錢，我希望能用在有意義的事情上。例如說，幫公司員工出進修費之類的。中空知，妳有沒有什麼想提升的技能？不准客氣喔，妳的成長對公司也有好處。或者說，我規定妳給我隨便挑一個去進修。」

我看準中空知把她肉肉的大腿跪坐下來的時機——盡可能假裝若無其事地把事前請東京工商會議所寄來的人才育成中心簡介手冊遞給她。

從簡介手冊的一覽表中，中空知一如我的預測——

「咦、咦、呃、那個、其實、我從很久之前、就想說……想要上上看、這樣的課程……」

——害臊地用手指著『會話能力UP　說話講座』的項目給我看。

「嗯，那妳就去上吧。那上面列的都是東商分部推薦的優良講座，妳可以放心去上。」

「真、真素、真素蟹蟹您……社長……！」

雖然這是我在中空知的老家門前偷聽到的情報，不過中空知的母親也說過她一直很想去上說話教室的樣子。

我事前也有透過網路查了一下，這個講座的評價很好。就用公司的錢讓她盡情去上吧。

中空知因為總算可以報名自己夢寐以求的課程，難掩開心地表現出興奮的態度——

「這、這個、是燉煮料理、便當盒是、這個、雖、雖然是我幼稚園時用過的東西。」

打開如今搞不好變得很值錢的甜甜仙子橢圓形便當盒，拿到我面前。

裡面是雞胸肉、香菇與蜂斗菜的燉菜。

「謝謝，太讓我開心啦。我已經好幾個禮拜沒吃到包子以外的食物了……！」

向中空知借了前端是叉子的湯匙把肉舀起來的我，眼眶滲出感動的淚水。

畢竟我明明連一塊錢生活費都沒給過家裡還每天在老家住宿，讓我實在不好意思吃家裡的東西啊。

而且現在這裡不像以前吃武偵鍋那時有會從一旁搶肉吃的笨狗（艾馬基）。是肉，我可以吃到肉啦……！就在我感動地把湯匙拿向自己嘴巴時——啪。

「——唔唔，還不錯呀。」

呀哇！明明沒有叫來卻不知道為什麼出現的——玉藻！從我的視線死角探出頭來，把我的雞肉吃掉了！

「混帳！那可是我幾百個小時沒吃到的動物性蛋白質啊！給我還來！」

「咱都已經吞下去啦！居然要咱吐出來嗎，這個無禮之徒。嚼嚼嚼。」

攤開迷你裙和服的衣襬跪坐到我斜前方的這隻笨狐狸，一直吃肉一直吃肉。

「哇、哇，玉藻小姐，好久、不見。」

吃著香菇的中空知以前在武偵高中的女生宿舍就認識過玉藻。但是從反應上看起來，玉藻並不是中空知叫來的。不過現在那不重要。

（玉藻……妳終究只是隻狐狸，想法太天真了。我其實還**藏有一手**啊。）

從甜甜仙子的便當盒中只能吃到剩下的蜂斗菜而垂頭喪氣的我——保持姿勢，並把手伸向我為了預防萬一而事先準備好的隱藏糧食。

那是表參道上超人氣店家的高級BLT三明治。因為可以用公司經費，我就奢侈一點買了這個營養滿分的食物。比起捶打玉藻肚子讓她吐出來的肉，這些三明治絕對比較好。

於是我把裝三明治的塑膠袋拉過來……咦？……怎麼感覺空空的，只有、袋子……

「嚼嚼嚼，這真是好吃呢。」

「嗯，以遠山買的東西來講還算GOOD啊。」

啊哇……！這邊又是不知何時冒出來的猴，還有華生……吃掉了……！我祕藏的培根（Bacon）、生菜（Lettuce）、番茄（Tomato）三明治……！

「華生──就算了，但是猴！還有玉藻！妳們要吃就自己花錢買香蕉跟稻荷壽司吃啦！為什麼……為什麼……妳們會來啦……」

面對全身趴在塑膠墊上抱怨的遠山社長，玉藻和猴的說詞則是……

「當然是因為有食物才來的……是開開玩笑。其實是咱最近感到這附近有邪氣。」

「還有莫名懷念的妖氣，讓猴感到很在意。所以猴這幾天都跟著玉藻小姐一起在附近巡邏，不過剛才看到遠山就來這裡休息一下了。」

邪氣……妖氣……？把我公司的糧食吃光的**邪**惡**妖**怪們在講什麼鬼話。

我帶著怨恨的眼神抬起頭……但玉藻和猴都沒有再進一步說明。

「話雖如此，但巡邏也到今天為止了。咱預定要前往西方，與伏見商議。出發上路前剛好讓咱填飽肚子，很好很好。就讓咱誇獎你吧。」

「猴也會跟著玉藻小姐一起去。聽說伏見小姐是很漂亮的狐狸，真是期待呢。」

玉藻和猴感覺好像故意把話岔開——

這種……S研系統的傢伙們所謂『多多少少感受得到，可是不完全清楚』的感覺。也因此沒辦法向我說明，而講得含含糊糊的氣氛……就跟我以前在羅馬的泰斯塔西奧市場從卡羯身上感受到的一樣。

不過，超能力方面的事情不是我的專業領域。而且現在比起那邊的納粹（Nazi），跟這邊的小空空（Nacchii，中空知）一起經營生意比較重要。為了不要被捲進麻煩事，我還是別問太多吧。

到頭來我只吃到蜂斗菜的懇親會結束……傍晚在明治神宮前站與華生道別後……我本來以為中空知會走向原宿站，但她卻跟著我一起來到了表參道。

「下午我有收到作業已經結束的簡訊，所以我要去看看店門跟招牌做得如何……不過現在已經過下班時間了，妳可以不用跟著我回公司喔？」

「呃、那個、我是想說、如果武偵包還有剩、我、我想以客人的身分、買武偵包回家……給我、母親吃吃看。因、因為最近、做得真的很好吃……」

中空知扭扭捏捏地低著頭，用瀏海完全遮住眼睛如此說道。

「原來是這樣。那如果自動販賣機裡的包子沒賣完，妳就儘管拿走吧。」

「不，我會、付、付錢的。」

「那算妳半價就好。」

「怎麼可以。」

「員工價啦。」

聽到我這麼說，中空知就沒再繼續跟我堅持……而是嘀嘀咕咕地自言自語著「社長果然、從以前就、真的、很溫柔……喜……喜……」然後紅著臉露出她特有的那個討人喜歡的笑容。

「怎麼？」

「沒、沒事！我、我是、社長的員工，所以、那個、不是那種事情……可是、那、怎麼辦……社長、我喜……啊、沒事……」

她一旦沒有香菇錄音筆就是這副德行。不過我也已經習慣，反而漸漸覺得她這種講話方式其實也頗可愛的。等她去上了說話教室，這講話方式也會被改掉嗎？這倒是讓人覺得有點寂寞呢。

我們走到表參道車站附近時——遇上了背著小學生書包的小愛。

包括在她肩上的巧克力，都表現得莫名慌張。

「妳怎麼啦？」

我穿過紅綠燈對她如此搭話後……

「啊！大、大哥哥！大事不好了！雖然我從剛才就有打一一○報警！有、有好多壞人、在破壞大哥哥的店呀！」

——拿著兒童手機的小愛臉色發青地衝到我面前。

中空知立刻朝公司的方向豎起耳朵……

「社、社長！我聽到——可疑的聲音……！從公司的方向、有玻璃破掉的聲音、金屬跟金屬碰撞的聲音，數量眾多。還有機車、單汽缸、引擎的聲音……！」

緊接著慌慌張張對我如此報告。

「——小愛，妳多久前報警的？」

「十五……二十分鐘前左右！」

小愛聽到我慌張詢問而這個回答。既然這樣——從表參道的派出所應該已經有警察過去了才對。

「謝謝妳，小愛，妳快點回家吧。中空知，我們走！」

——我掀起西裝夾克，用手機聯絡華生「抱歉，麻煩妳到公司來一趟！」並快步趕往北青山。

轉過彷彿被規定禁止通行般看不到半個人影的店門前轉角後——

「……！」

「……噫……！」

我和中空知都頓時瞪大眼睛。

店面……還有自動販賣機都被破壞了。才剛修好的店門也變得歪七扭八。還有一臺TOYOTA bB——前門鑰匙孔遭到破壞，應該是遭竊車——從店門前撞了進去。

在悽慘無比的遠山武偵事務所前，聚集了幾名表情憤怒的壯碩年輕人。

另外還有個人頭上沒戴安全帽、跨坐在引擎沒熄火的大型速克達Majesty上。人數總共七人。雖然有人身上有刺青，不過他們不是黑道。但既然會這樣光明正大向武偵找碴，代表他們也不是不良少年程度的普通人。

（準暴力團——所謂的**半流氓**嗎……！）

所謂的半流氓是黑道與一般人的特質各占一半、位於灰色地帶的傢伙們。

近年來取代因暴力團對策法而逐步沒落的黑道，漸漸崛起的新型組織犯罪集團。

那些傢伙因為沒有隸屬於暴力團，讓警察難以出手，而且又熟知法律的漏洞。在暴力行動上不是像黑道那樣當成『組織工作』，而是採取『個人打架』的形式，喜歡使用金屬球棒等等和手槍或刀劍比起來罪刑比較輕的武器。而且當中有許多都是未成年人，即使被抓到也很快就能獲得釋放，因此組織戰力不容易被削弱。

像現在眼前這群傢伙的武裝——也是短金屬球棒。一般稱為『不良少年』的業餘分子通常拿武器是為了嚇唬對方，所以會選擇較長的球棒。然而像這些半職業分子就會選擇實際毆打人或東西時比較好用的短球棒。

在外觀可見的部分看不到槍。不過既然會襲擊這種地方，就應該判斷他們有把槍藏在身上的某個地方。

而現在的我——不是爆發模式。

要一打七對付準暴力團，有點辛苦啊。

「——你們就是在賣那些怪東西的武偵咩？」

看到在沒有人敢靠近的襲擊現場大膽顯身的我們——坐在大型速克達上、應該是他們首領的男人便下車走過來。因為他那個動作讓我看到了，果然在腰帶上有一把菲律賓製的拷貝槍 Squires Bingham。

我立刻用武偵式的手勢暗號對背後的中空知指示：『小心槍。背後交給妳。』

穿著似乎有裝鐵板的靴子站到車道上的那名平頭男子……大概是平常就有瞪人的習慣，眉毛間可以看到很深的皺紋。露出肩膀刺青的無袖皮夾克前面也敞開來，感覺像是故意要讓人看到他腹部不知道是打架還是動手術留下的傷疤。

「你們啊，根本妨礙生意啦。現在這些人很難做事知不知道？啊？」

從那首領指著部下們如此說道的語氣中，感覺不出有詐。看來他們是因為被武偵包搞得不方便做壞事，所以火大跑來找碴的。畢竟店家住址只要看 Tabelog 就能知道了。

「還敢說我們，你們才真的是來妨礙生意吧。不對，剛好相反。是給了我們一樁生意啦。畢竟逮捕現行犯可以從武偵廳領到獎金。雖然你們這種貨色的金額沒多少錢就是了。」

我首先試著用口頭威嚇，可是……

「——啊?小心我宰了你!」

果然很難。對方的平頭上冒出血管,把槍都拔出來了。這根本是用人話講不通的類型啊。

「我就說你別把槍拔出來嘛。這種狀況下我有警告義務所以先跟你講清楚,你要是敢開槍我也會開槍。別以為武偵就沒辦法殺人喔。畢竟我是個吊車尾,搞不好會**出錯**啊。」

我一邊靠近平頭男,一邊繼續威嚇。很好,感覺他稍微開始害怕了。

「你昨天睡覺時,認為明天一定會來對吧?確實,每天的『明天』都會到來。不過**這個**——會讓那樣的理所當然就此結束。」

我微微掀開夾克,露出腋下槍套中的貝瑞塔手槍。

「你的明天不會到來。今天就會結束。你想做的事情,能做的事情,一切都會結束。本來還能再活幾十年的——但只要你讓那玩意發出聲音,下個瞬間就會全部完蛋。」

我用視線示意平頭男手中的槍,漸漸讓語氣變得嚇人……說著稍嫌囉嗦的威脅話語,並繼續往前走。對方沒有靠近過來。於是我接著朝向其他人——

「——你們也是一樣!」

如此大吼一聲後,他們所有人都嚇得抖了一下。在這方面他們果然還是比不上職業人士啊。

「……**只要對一個人出錯**，武偵就難逃極刑。所以接下來我們就故意對全部的人都**出錯**，然後乾脆逃到國外去。對吧？」

我說著，把上半身轉向背後的中空知——

……居然不在！

中、中空知……逃掉了！這只不過是街頭打架的程度而已啊。怎麼會有這種武偵啦！

我會威嚇得那麼有聲勢，也是因為我認為有中空知在背後支援地說。

即使不要求她開槍，只要有她那把大型槍威脅，就能大幅限制敵人的行動。然而現在託付死角的中空知竟然不在——

「——喝啊！」

痛啊！

就在我猜測對方差不多要動手的時機，一名半流氓從死角把球棒丟了過來。

似乎原本是瞄準我頭部的那根球棒，卻擊中了我的背部肩胛骨下方。

「去死啦！」

在我的勸說下似乎失去了開槍覺悟的平頭男也跑回去騎上大型速克達——朝我衝了過來。雖然說是速克達，Majesty 的車重也有一百八十八公斤。而我準備躲開的方向上，又有另一名半流氓拿著球棒牽制，害我「磅！」一聲被 Majesty 的前車罩撞了個正著。不過撞到我的 Majesty 也當場倒下了。

因為當我察覺自己無法躲開的瞬間，就故意用會讓車子倒下的角度給對方撞的緣故。

「嗚喔……！」

從倒下的 Majesty 上被甩出去的平頭男刺有部落花紋刺青的肩膀摔在地上擦傷，讓他痛得用另一隻手摀著。而原本插在他腰帶上的槍也掉到地上——喀！

——被趕到現場的華生一腳踢到遠處了。

然後明明對手沒有拿槍，華生卻一副理所當然地拔出她的 SIG 手槍——「砰砰砰！」地連續開槍。大概是為了用槍聲嚇唬對手，所以瞄準的是大型速克達的車輪或坐墊等部位。

「嗚、喔喔！」

在近距離聽到槍聲的首領抱住他的平頭，嚇得縮起身子。

即使如此，還是有個傢伙拿球棒朝我揮來——不過這次多虧對方很準確地攻擊我腦袋，倒是讓我及時做出對應了。我爬起身子的同時，用右手碰撞對方的手臂而不是球棒，讓攻擊路徑被別開。

仔細一看——這個手下的長相我有見過。雖然不太確定就是了，不過……

「……你以前是不是待過鏡高組？」

我對緊接著被我抓住手腕輕輕一扯就放掉球棒的那傢伙如此問道。

「是、是又怎樣！」

啊啊，果然。是從黑道小弟淪落為半流氓的傢伙。

在另一邊，動手比動嘴快的華生「砰！磅！」地用拳擊的肝臟攻擊把半流氓接連擊倒。那傢伙也很熟悉打架嘛。自由石匠是不是粗暴的任務也很多啊？

前鏡高組的男人這時朝我抓來——結果我的身體擅自做出強襲科訓練出來的動作，把對手過肩摔——讓那傢伙的背部重重摔在柏油路面上，同時又被我用手肘擊中了胸口。糟糕。因為以前蘭豹經常當作好玩對我施展過所以我很清楚，這招會讓肺臟從前後遭到壓迫，短時間內陷入呼吸困難啊。

「渾蛋——！」

平頭男帶著豁出去的態度抓起球棒朝我衝過來——但已經稍微抓回感覺的我彎低身子躲過對方橫揮的球棒，並使出一記掃腿。

然而如果又只是讓對方跌在地上就跟剛才一樣，沒什麼創意。於是我抓住那傢伙的腰帶，把他像敲鐘的撞鐘槌一樣引導向Majesty——「磅！」一聲將他的臉撞在剛才撞到我而裂開的前整流罩上。

因為在武偵高中如果不追擊也會被蘭豹揍，所以我習慣性地橫踢一腳，打算把他的頭埋進機車——不過就在快要踢到後腦杓的時候成功停下了。

我看對方完全沉默下來，還以為他已經昏過去，於是學亞莉亞扯了一下他耳朵……結果平頭男自己把臉從整流罩上拔出來了。原來還醒著啊。

「嗚……該死……」

「白痴要耍白痴沒關係，但也該有個限度吧？如果你不想讓那個帥氣的刺青被磨得更慘，就別再到武偵事務所找碴。聽到沒？」

雖然我被球棒敲到的背部還有被 Majesty 撞到的側腹都痛得要命，但我還是假裝一點都不痛，並對平頭男暴力怒吼。

「聽、聽到了……」

從嘴巴流出鮮血的平頭男看起來動也沒辦法動。

被華生痛毆的其他六個人也都倒在路上呻吟著。

到這時候，警車才總算慢～慢地接近——

我把湧上口中的血「呸」一聲吐在地上。

平頭男的血只是口中受傷流出的鮮血，但我的可是身體更深處的出血啊。看起來都是深紅色，有夠討厭。

「遠山，你還好嗎？」

「謝啦，華生。這傷害大概就像去上喝醉的蘭豹上的課吧。話說回來……真受不了，那群警察再怎麼悠哉也該有個限度啊。」

這裡是東京的幾乎正中央。畢竟是近年來治安急速變差的區域，或許這種程度的鬧事根本習以為常——但警察來得也太慢了。

根據小愛的證言，應該二十分鐘前就有接獲報警，而且應該也有其他市民打一一〇才對。

（……唉呀，畢竟警察光是開個槍就會很麻煩。所以大概是想說跟武偵相關的案子就交給武偵去處理，故意先喝杯茶才慢慢到現場的吧？）

我本來想說至少先進店裡把口中的血漱掉，可是撞在店門口的 TOYOTA bB 卻害我沒辦法進去。於是我無奈回到路上，便看到正在為半流氓們銬上手銬的警察們……的後面，阿久津與須坂把手臂交抱在胸前觀望著。那兩個傢伙也是等事情都平息後才出來的啊。

阿久津和須坂一邊眺望著亂七八糟的現場，一邊與似乎認識的警察交談。看起來關係莫名友善的樣子。

明明武偵和警察因為工作上經常重複，所以基本上感情很差才對。

「喂，阿久津，須坂，妳們剛才為什麼沒出面幫忙？可別跟我講妳們沒注意到隔壁鬧得這麼大喔？」

我靠近那兩人如此抱怨後……

「真是一場災難呢。我謹在此表示同情喔。」

「不過這樣反而剛好吧？這下你們就能乾乾脆脆關門大吉啦，遠山。」

阿久津與須坂完全表現出隔岸觀火的態度。這兩個傢伙……

「要是這群傢伙在搞破壞時有人不小心經過而受了傷，妳們是要怎麼辦？即使再小的惡棍也要逮捕，這可是身為武偵的大原則啊。」

「為錢行動才是武偵的大原則。遠山有付給我任何一毛錢嗎？就算採取事後付帳，你也付不出來吧？」

面對抗議抱怨的我，阿久津卻用不懷好意的笑臉回應。真教人火大。

「就只會講錢、錢、錢。要說錢的話，武偵廳也會給獎金啊。」

「抓這種程度的貨色也拿不到多少錢吧？而且又有像你這樣受傷的風險。要考慮清楚成本效益呀。」

「虧妳在警察面前還講得出那種話。」

我說著，用眼神對一旁的警察表示『拜託你也罵一下她啊』……

然而這位感覺工作意願很低的中年巡查部長卻……

「……你不要那麼吝嗇，乖乖拜託阿久津小姐不就好了？」

這邊也腐敗的很徹底啊。受不了。雖然我知道社會上也是有很多警察會努力為人民工作啦，不過這樣我們到底是為了什麼在繳稅的嘛。

拖吊車把 TOYOTA bB 挪開後，為了確認災情……我撬開才剛換新又壞掉的店門，進入店內。因為破壞大門的手法太差勁的緣故，那群半流氓似乎反而沒能進到店內的樣子。店裡沒有受到破壞，生產線也平安無事。藏在地下室彈匣箱底下的手提式保險箱也沒有被動過。

然而……店鋪一樓的外側簡直就像被爆破過一樣變得歪七扭八。

這下從明天開始要暫停營業一段時間啦。必須加把勁修理才行。

「遠山，像這種器具毀損可以申請火災保險。雖然會讓公司的財務印象稍微變差，不過要不要聯絡看看東京海上日動保險？在權限上，這種狀況下我可以幫忙。」

對於如此安慰我的華生，我回應一句「哦哦，謝謝。畢竟跟準暴力團搞民事訴訟根本划不來啊。」之後——為了至少先把店門前的碎玻璃收拾乾淨，而拿出竹掃把與鋁製畚箕。就在這時……

「……社……社、社、社長……對、對不、對不起……」

似乎總算回來的中空知躲在自動販賣機後面如此說道。

她抱著雙腿把臉埋在膝蓋間，嚶嚶啜泣著。

仔細一看，她衣服上黏有杜鵑的葉子和小枝條，可見她剛才是鑽進人行道旁的樹叢躲起來的。畢竟她本來存在感就很稀薄，似乎擅長躲在有植物的地方，所以身上毫髮無傷。

「我、我明明、是個武偵，卻、卻連槍都拔不出來……身、身體、擅自就逃跑了……我、我、我果然……是隻又笨、又蠢、又廢的烏龜。沒資格、當武偵。要扣我薪水也可以，要開除我也……」

中空知害怕被我責罵而不斷發抖，擠出微弱的聲音如此說著。

剛才那群對手頂多只是比外行人稍微強一點點而已。面對那種傢伙卻連槍都拔不出來，以武偵來講確實有問題。不過——

「我不會開除妳。」

開始動手打掃的我，唯獨在這點上明確強調。

那種事情，我才不會做。我在貝瑞塔公司就見識過了，一間公司最重要的就是人。我絕對不會在人事費上吝嗇削減。社會上一般公司是怎樣我不知道，但這就是我的絕對規則。

「……」

中空知抬起哭喪的臉看向我。

「我和妳一樣。我們兩個都是被武偵高中開除的人。當被宣告退學的時候，我雖然表現得逞強……不過那真的是讓人很難受的經驗。」

把碎玻璃掃成一堆的我，抬頭望向才剛做好的當天就歪掉的『遠山武偵事務所』招牌。

「所以──不論發生什麼事，我都不想讓人遭到同樣的感受。將來不管雇用了誰都一樣。我也不會扣員工薪水。因為我一直以來都為錢而苦，所以不希望讓別人也嘗到同樣的辛酸。畢竟我們做的是這種生意，我就趁這機會嚴格下令……即使將來我遇上什麼萬一，必須由妳來繼承這間公司──這項社規也絕不能改變。」

聽到我這麼說……中空知抬起她哭腫的臉。

沒錯，中空知。這世界很嚴峻，不幸的事情、不講理的事情隨處可見。

在那樣混帳的社會中，大家都棄妳不顧。

但我絕對不會捨棄妳。所以──

「——站起來，中空知。我創辦公司後才知道，商場也是戰場。既然是戰場，日常中自然危機四伏。但我相信每個大人們或多或少都是克服著那些危機在生活的。」

在路上穿著皺巴巴西裝的大叔也是，在人擠人的電車上疲憊不堪的ＯＬ也是——大家都在戰鬥。

不是用刀槍，而是用電腦或帳本，在比槍戰還激烈的戰鬥中努力求生。

學生時代的我不明白這點，所以看待那些人的眼光或許太冷淡了。

然而被世間的寒風吹襲過幾次後——我總算體會到啦。大家每天都在戰鬥。

「身為武偵不讓自己陷入危機固然重要，但遇到危機時的補救行動更重要。我們就從這裡捲土重來吧。」

我說著，對中空知伸出手。結果剛才還一臉感動地聽著我講話的中空知頓時……

「……社長……」

……嗯？怎麼跟我期待的反應不太一樣，臉頰莫名泛紅啊？

不過她依然用她沾滿淚水的手抓住我的手——站起身子。

即使還是老樣子雙腳呈現Ｘ字型，但確實站起來了。

那樣就好，中空知。淚水大家都流過，也有逃避過、倒下過。

但那樣並不代表就是廢物。真正的廢物，是不願重新站起來的傢伙。

「——我也有以參考人的身分被條子找去問了一些話。咱們家之前的小弟給你添麻煩了。」

這裡是我因為以前寄宿過妖刕家而熟知地理的墨田區・錦系町——一間樓上都是高利貸公司的一樓咖啡廳。事務所遭到襲擊的兩天後中午時間，我被前指定暴力團鏡高組的組長——鏡高菊代約到這裡見面了。

「這代表不要隨便跟黑道扯上關係。讓我學到一課啦。」

我說著這樣有點挖苦對方的話，並喝了一口意外好喝的冷泡咖啡。

今天在菊代身邊跟著一名大概是黑道時代忠臣的光頭壯漢，表現出黑道社會常見的那種宛如侍奉宗教領導人似的態度。

既然菊代會帶著前組織成員來——代表鏡高組雖然已經解散，或者說已經被我毀掉，菊代還是把這次的襲擊事件看作是組織的事情吧。畢竟她身上穿的也不是武偵高中的制服，而是看起來很昂貴的高級服裝。

話說回來，我本來還覺得這間咖啡廳怎麼莫名讓人感到放鬆……結果才發現店裡除了我們以外只有一位打扮講究的老人，以及穿黑衣服戴墨鏡的大哥站在可以從出入口方向保護那名老人的位置。簡單講這裡就是給**那方面**的人物利用的咖啡廳。怪不得店員看到菊代那名手下脖子上——不是那種廉價的圖案刺青，而是紮紮實實的整片刺青，也完全沒有表現出驚訝的感覺。而在那種店裡反而感到放鬆的我也很奇怪就是了。

「話雖如此，但這也不是妳需要道歉的事情。既然組織已經解散，成員就等同已經被開除了。我也沒有要向妳抗議的打算。」

「但事情也不能那樣講。黑道的世界沒有那麼單純。所以我已經稍微教訓了他們一頓。那七個人都是。」

「手腳真快……」

「沒有你快吧？」

「那什麼意思啦。妳從國中時代就一直對我有誤解喔？」

怪不得那個應該原本是職業摔角手的部下身上的襯衫可以聞到還很新鮮的血味。雖然他好像有洗過，但我鼻子可是很靈的。

「話說，既然妳可以出手——代表那些平流氓已經被釋放了？」

「警察好像有受到上層施壓的樣子。」

菊代點頭回應的同時，在熱咖啡中只加入牛奶，拿茶匙攪拌後……

「你現在開業了對吧？可以委託你一個案子嗎？我會付酬勞。」

用她習慣窺視別人表情的眼神對我說出了這樣一句話。

「要看內容而定。」

「……無論任何時代都會有惡棍，所以取締那些惡棍的壓力也一直都存在。善與惡是一種平衡。就像自然界的生態系一樣，有所謂的連鎖與循環。要是那樣的平衡遭到破壞，也會影響到我現在的工作。」

菊代現在的工作——雖然沒有明講，不過她現在應該是個專門處理暴力團相關任務的武偵。

和無秩序可言的**準**暴力團不同，**純**暴力團是一群會和公權力交涉，在行動上有所緩急的精明傢伙。

在那樣的關係中，無論如何都會需要像菊代這樣能夠搭起雙方橋梁的專家。

「表參道，那一帶地區有點奇怪。警察機關在那裡根本沒有施壓，讓流氓惡棍過得太舒適了。在那樣的狀況繼續蔓延到澀谷、新宿之前——你去調查一下你的鄰居，阿久津。」

——阿久津。阿久津珠穗啊。

「阿久津武偵事務所……有什麼嫌疑嗎？」

「沒什麼特別的嫌疑。但是自從那間事務所開張後，那塊地區的犯罪率反而節節上升。通常大間的武偵事務所開張後，附近的犯罪率應該會下降才對。」

「會不會是討厭武偵的惡棍們為了毀掉事務所而聚集過來……之類的？」

「或許吧。像我們家之前那個小弟，也因為**某人**的關係很痛恨武偵呀。」

這次反過來挖苦了我一下的菊代接著——

「不過這樣想你覺得如何？或許阿久津是黑道的偽裝表面企業，靠著招攬犯罪行為，自導自演解決案件，從居民身上騙錢。」

——這也不是不可能的事情。

「不管是暴力團還是什麼，如果阿久津上頭有那樣的組織——就切斷那條線。武偵憲章第八條，任務必須徹底完成。你要徹底截斷那個根。如果沒有根，也要徹底確認清楚。方法交給你決定。」

「了解。反正武偵調查武偵這種工作，在業界也不足為奇……哦哦對了，或許當作是感謝委託的謝禮有點奇怪，不過這個妳就收下吧。雖然沒用高級禮盒裝起來就是了。」

我說著，把原本就打算要給菊代而用免洗餐盒裝來的武偵包遞給她。

「這是什麼？」

「就是我在賣的包子。現在我們店面變成那樣，想賣也沒辦法賣啦。」

「總不會加了什麼奇怪的東西吧？」

連一旁的光頭男也說著「大小姐，請交給我試毒……」這種失禮的話。不過菊代撕開一小塊武偵包嘗嘗味道後——「唉呦，真好吃。」地誇獎了一聲。就連平常總是吃高級食物讓舌頭被寵壞的黑道大人，也為我們家的包子掛保證啦。這下我更有自信了。

回到北青山的遠山社長……從暫時用藍色塑膠布與膠帶修補，或者應該說是遮掩破損的入口進入事務所內。

「啊，社長……歡迎回來。」

「中空知，好消息。我今天接到一份委託了。」

一方面因為屋內有點悶熱，我把外套脫下來交給中空知掛到衣架上。

我本來還以為因此把香菇錄音筆放下的她講話方式又會變得很奇怪，可是——

「哇……真是恭喜您。要好好、慶祝一下呢。」

……哦？讓她去上說話教室好像有點成果囉。

「跟我一起到二樓去吧。雖然會變得悶熱，不過妳確認一下窗戶和窗簾都有關上。」

我稍微鬆開領帶，為了預防萬一別被阿久津聽到我們接下來要講的話，而對中空知如此指示後……她卻當場僵住，思考了一下……

接著「啵啵啵……！」地轉眼間就臉紅起來。呃，怎麼回事？

「怎、怎、怎麼可以、慶、慶祝、我很高興、謝謝您、願意、願意對我、可、可是、今天、華、華生同學、也、也會過來的。」

「啊～這麼說我才想起來。」

那也剛好，就找華生一起討論吧。

「那、那、那麼、我我我會、盡快！不、不過、我、我我我之前就想說、這種事情如果真的發生就好了、不對、是為了預防萬一，在、在天氣比較晴朗的時候、已經晒好了。」

「晒好？晒什麼東西？」

「嗚哇哇……就是……那個、呃……被、被、被子……」

「那我是很高興啦。不過我沒有要午睡喔？」

大概是自從找貓以來久違的委託讓中空知太開心，結果她腦袋好像嚴重秀斗了——於是我只好自己上二樓進行準備。因為要對外保密，我把窗戶緊緊關上，並攤開摺疊矮桌後……不知道為什麼把黑色長髮梳得整整齊齊的中空知走了上來，全身顫抖到幾乎可以看見分身的程度。而且額頭也莫名緊張地冒出大量汗水。

「壞掉的店面雖然可以用保險金修理，不過如果拜託和上次同一家公司，應該可以打折吧。好啦，等華生等一下到了——我們就來針對這次的委託開個會。」

聽到我坐在坐墊上很起勁地說著工作的事情，中空知忽然就「……啊，是……」地恢復冷靜了。

而那樣的她在一旁跪坐下來後……從她流過汗的上衣與裙子內側，飄、飄散出來啦！……像個女生，或者應該說是貨真價實的女生氣味……！

（不妙。二樓沒有空調……嗚……危險……！）

等我察覺時已經太遲了。中空知的雌性氣味漸漸瀰漫這間兩坪再大一點的房間。現在的體感室溫大約二十八度。因為中空知就跪坐在我正面讓我看到了，在她雙峰間的深谷——有一粒粒的汗珠。對我而言就像是一顆顆子彈般的危險存在。

但如果我現在為了換氣又打開窗戶，搞不好會讓中空知以為我嫌她汗臭。那樣可能會造成某種意義上的性騷擾啊。

於是我只好忍受著中空知超香的氣味，靠嘴巴呼吸努力撐了一段時間後——

「哈囉～遠山，中空知。今天因為一樓壞掉所以在二樓開會嗎？嗚～這房間會不會太熱了一點？」

華生來了，害得室內的女生人口密度又增加啦。

趁華生坐到坐墊上的時候，我本來想說要假裝若無其事把窗戶打開。可是——從現在開始才真的要進入對外保密的時間，不可以打開窗戶。實在太不幸了。

「……我就來說明一下這次接到的委託。」

假裝冷靜的我開始說明菊代委託的案子。

門窗緊閉的二樓，現在體感室溫三十度。連華生小妹妹也開始流汗了。

雖然穿著西裝假扮成男生，但是沒辦法連氣味都改變的華生——身上飄散出宛如肉桂般，高貴中莫名帶有可愛的香氣。

中空知嬌豔的氣味與華生高貴的氣味互相混合，讓兩坪大一點的室內有如香氣的反天堂。

「調查阿久津武偵、是嗎。確實，這邊遭到襲擊的時候她也沒有行動啊。」

華生小妹妹拜託妳不要把外套脫掉！啊啊！居然連襯衫的第一顆釦子都打開了！話說妳雖然在襯衫底下似乎有穿較緊較厚的內襯衣掩飾胸部——但妳的雙峰還是有把襯衫稍微撐起來好嗎！那樣反而讓人更在意啊！拜託妳別那樣啦！

「根據委託人菊代的假說，阿久津或許和黑道有掛勾，靠自導自演增加附近一帶的犯罪率，然後解決案件從居民身上搶錢上繳給黑道組織——的樣子。」

我一方面為了從室內的甘甜氣味轉移注意力，對委託內容如此說明後……

「不……如果來襲擊你店面的那些人是黑道手下，手法未免太粗糙了。」

「沒錯。我的看法也跟她不一樣。」

奇怪……怎麼感覺該講的話陸陸續續湧上我腦海，好像變得比平常聰明了？

「請問會不會是阿久津小姐直接給那些壞人們錢，要他們來襲擊這間店的？」

手拿香菇錄音筆的中空知舉手如此發言。不過……

「阿久津會和無法期待確實成果的準暴力團積極扯上關係的可能性很低。」

啊～……我這是進入輕微爆發啦。在有如女生運動社團的置物間一樣，熱呼呼的女生空間中。光靠氣味就能爆發的自己真是教人怨恨又可靠啊。

「阿久津不但化妝仔細，車子也一道傷痕都沒有——是個完美主義者。另外就像會趁我剛創業時立刻設計陷害一樣，她在個性上習慣先發制人。對於半流氓的襲擊行動則是抱著『如果能把業績開始成長的我們毀掉也好』的想法，故意放著不管。不予插手是合法的消極性干預。我們會遭到襲擊應該是那群半流氓的私人恩怨沒錯。」

「那麼，代表阿久津是清白的嗎？這附近一帶的犯罪率會上升也是……」

華生用手帕擦拭著脖子上的汗水並如此說道……但我搖頭回應。

「不，是黑的。在阿久津上頭有另外的組織——我猜應該是警察。」

我把靠著爆發模式的腦袋想到的這個假設小聲說出來後——

華生和中空知都頓時緊張起來。

那也是當然的。在這次案件中有可能敵對的對手……如果是警察，規模就太過巨大了。全國警察約有三十萬人，而我們即使加上華生也只有三人。

「雖然既沒證據，也不知道警察方面的動機是什麼。但姑且不論關係是否密切，我認為他們之間有關聯是幾乎可以確定的。」

這個地區的犯罪者不受警察管束，讓居民們必須花錢拜託阿久津的狀況一直延續。阿久津因此賺了大錢。

而阿久津的部下・須坂──在祭典當天與推測是刑警的男人走在一起。

遠山武偵事務所遇襲的時候，接獲通報的警察抵達現場的速度慢得異常。

爆發模式下的我可沒遲鈍到會把這些線索當成完全不相關的個別事件。

話雖如此，但武偵如果只是覺得可疑就對警察出手，只有反過來被逮捕的分。

而且更重要的是，警察很難檢舉。再怎麼說處理檢舉的人就是警察啊。

「畢竟對手不好惹，我今天就只說明到我這項推測為止。不過中空知，遠山武偵事務所從今天開始──要伺機調查阿久津和警察之間的關係。」

「遵、遵命……！」

櫻代紋──這是因為警察的旭日徽章看起來也像櫻花，所以把警察比喻為黑道的時候會用的講法（註4）。不過……遠山武偵事務所和你們這些警察，就來看看哪邊的櫻花會先散落吧。

──『如果你有辦法讓它散落，那你就試看看吧』的對決──是嗎。

註4「代紋」是日本黑道組織用來象徵自己組織、類似「家紋」的徽章。

# 5彈　射穿地標

雖然對阿久津的調查行動感覺會很困難，不過我同時也要想辦法讓糕點業重新開張才行。

畢竟要讓公司持續獲得利潤，才能穩定員工的生活。

隔週，業者再次來修理店面門柱的那天——我在工廠角落把這幾天來調查資料用的手機「啪」一聲闔上後……

「我們到銀行去借錢。」

在銀色塗料有點腐蝕的鏡子前把外套穿整齊，並且對今天也有來的華生如此宣告。

事前就已經有聽我說過這件事的中空知用為我打氣的表情走過來……於是我帶著她和「銀行？」地瞪大眼睛的華生，三個人一起走出工廠。

「保險金和之前提過那件委託的報酬都預定會進帳不是嗎？財務狀況應該不差才對，為什麼現在還要籌措資金……」

「因為這計畫是即使把那些錢全部投入也不夠啊。」

我和華生如此交談的同時，走過購物客與觀光客來來往往的表參道——進入位於神宮前交叉路口對面的一間購物中心——Laforet原宿。

外觀設計像是把幾根圓柱組合在一起的這棟大樓，是這個地區的地標。持續發布最新流行，堪稱是「流行源頭」的終極時尚大樓。

我們一進入裡面，就看到樓層內五顏六色的服飾商品陳列得非常講究。幾乎全部都是女性商品。簡直就像不小心闖進了什麼巨大的糖果盒一樣。

與這空間格格不入的中空知身上穿著跟流行時尚毫無關係的紅色水手服……用瀏海與眼鏡底下的眼睛不斷東張西望。

「怎麼，你是來買東西嗎？能夠和你一起逛街我是很高興啦……但現在是上班時間啊……」

我才想要講妳，既然知道是上班時間就不要臉紅啊。受不了，來購物的女生們見到我和臉紅的美少年走在一起，都說著「那男人在做什麼？」「會不會是想要讓那個美麗男生扮女裝之類的？」等等莫名其妙的想像，然後紛紛臉紅了。我到底是什麼？是會讓女性變紅的紅色食用色素嗎？

在都是女生的大樓中只能用嘴巴呼吸的我，搭手扶梯來到二樓——

「——二樓1C區。三十九平方公尺，十二坪。就借這裡。」

伸手指向現在還用工程木板遮起來的一塊店鋪租借區，對華生與中空知如此說道。

這裡原本是一間裝飾品店，但因為發生女顧客之間為了搶奪折扣品上演槍戰的事件而關門大吉了。我之所以能這麼快發現這地方，是因為我身為武偵知道了開槍事件的情報。

「這、這麼好的場所！地點好到不行啊……！」

「沒錯。現在實際來勘查也確認了，這棟 Laforet 原宿中都是有可能成為我們顧客的年輕女性。而且店鋪就位於手扶梯旁，與購物客的動線也重疊。順道一提，因為這裡是出過問題的地方，租金應該可以很便宜才對。」

「還真的呢，後面的牆上好像可以看到彈痕……不過即使便宜，對你來講還是很貴吧？」

透過木板縫隙窺視內部的華生雖然嘴上這麼說，但我可以感受到她反而漸漸興奮起來了。

「所以才要去借錢。你在武偵高中應該也學過吧，華生？遭到攻擊之後的反擊行動，就算必須硬撐也要搞得轟動。我們就在這裡開店賣武偵包，建立新的收入基礎。」

「……如果借貸資金，同時也會產生利息負擔。萬一在這裡失敗——可是會破產喔，遠山。」

「是啊，這是一場關鍵勝負。不過店鋪印象還是很重要對吧？在北青山，我和中空知一直都被大人們瞧不起啊。」

「那是因為你還年經——」

「不只那樣。一方面也是因為店面沒有店面該有的樣子。雖然那對我而言已經是產生感情的工廠——但俗話講入境隨俗。在這個地方，就是需要像這樣華麗的店鋪。」

對於開店意志堅定的我，華生把雙手交抱到胸前……

「那樣的獨裁經營已經跟不上時代囉？」

還很可愛地鼓起臉頰對我如此說道。

「這公司也只有兩個人，哪有什麼獨裁不獨裁的。」

「……中空知，妳怎麼想？從遠山武偵事務所的規模來看，這件資金籌措案將會影響公司本身——也會關係到妳的將來喔。」

華生對於我這項放手一搏的計畫，也詢問了中空知的意見。

看著打扮得漂漂亮亮的女生們在通道上來來往往而呆住的中空知——重新把香菇型錄音筆握起來，伸直背脊。

「我在武偵高中時代以通訊員的身分也見識過很多次，社長是個決心要做就會做到底的人物。別說是將來了，就連在攸關性命的現場也是一樣。而現在，遠山社長還活著。我想那就代表了一切。我——會追隨社長。」

中空知露出士兵決心跟隨隊長般的表情如此說道。好……就這麼決定了。

「……好吧。既然你們兩人的意志都這麼堅定，我也就不反對了。不過就算要借貸，日本的銀行做事也是一板一眼，只要公司業績不符合他們的內部基準就不會借錢。所以與其要向金融機關申請借貸，不如找個人，例如以前提議過出資的那位鳥取縣的武裝律師——」

華生對我提出這樣非常有道理的建議。然而……

「不，我不向個人借錢。出錢的人也會出嘴。要是借來的錢不能照我們意思自由運用，借錢就沒有意義了。但如果是銀行，就算業績尚淺……只要能提出有價值的抵押品，就能以此為賭金跟對方交涉吧？」

「有抵押價值的東西……」

聽到我說的話，華生稍微思考一下後──很快就察覺了。

「就是我們的工廠。就把武偵包的生意連同生產線全部拿來當抵押品。鳥取縣的那傢伙肯定也是為了得到這個，才向我們提議借貸融資的。換言之，這也證明了這項生意具有對商機敏感的人看一眼就能知道的價值。」

我把之前多虧這兩人讓我進入輕微爆發時注意到的這些事說明給華生聽，結果華生也露出了稍微對我刮目相看的表情。

「我們的生意──武偵業的工作是助人。剛才到這邊的路上，你也看到街上大家的表情了吧？只不過是聽到一點聲響，就表現得很不安。在這裡的客人肯定希望能更安全地逛街。這裡賣的衣服我雖然不明白有什麼好，但對於想要的客人來說也是高級品。如果能夠讓那些人更安心地買東西──我們在這裡開店也是有社會意義吧？」

我身為社長，像是率領武偵小隊攻入敵陣前的訓示般如此說著。

「老是向人借錢的我很清楚。這次的借錢是為了購買田地與種苗，是有意義的借錢。也就是所謂的種子基金。」

華生解開抱在胸前的雙手，又瞄了一眼現在被木板遮住的店面後……

「好，走吧。這面牆的另一側，就是新的戰場。不過身為顧問，我有一項提議。你的舊店鋪還是要繼續裝潢。萬一這計畫不幸失敗，你還是要回到北青山一邊償還借貸一邊思考下一步。畢竟武偵要準備好退路，才能安心強勢進攻。」

針對這個計畫的守備方面，她也對我提出了確實的建議。

「我會那麼做。謝謝你，華生。」

——畢竟不管怎麼說，我絕不能讓中空知失業啊。

華生因為要去學校，隔天沒辦法過來。不過——

「如果要向銀行借貸，我會建議你們與其找大銀行不如找地方銀行。小型銀行在公共資金造成的不良債權上處理得比較順利，現在正處於巴不得把多的錢借出去的狀態。」

她在昨天已經給了我們這樣的建議。

「我查了一下，這附近有對企業進行借貸的銀行有八千代銀行。那裡好像也有針對偵探業、武偵業的負責專員……」

我聽中空知這麼說，選擇打電話預約融資商量的八千代銀行……是一家主要以東京與神奈川為地盤的地方銀行。而它的原宿分行就在距離 Laforet 不到一公尺的隔壁大樓。

因為對方表示馬上就能安排會面，於是當天下午——

我穿上感覺已經跟大哥借了不還的西裝，中空知則是穿上用公司經費買來的女性用西裝，提著裝有華生幫忙製作的 Laforet 開店收支試算表、透過網路訂作的名片、公司章程與登記簿謄本以及製造業許可證影本等東西的包包，來到銀行。

在分行二樓的『融資』窗口表示「我是遠山武偵事務所的遠山，剛才有打電話來預約。」之後——

「歡迎光臨。融資專員很快就會過來，在那之前請您先填寫這份資料。」

銀行員工大姊說著，把武偵業專用融資申請書連同咖啡一起遞給我們。於是……我在申請書上陸續填寫包含個人資料在內的欄位。有姓名住址、公司地址、電話號碼，畢業大學欄我只好填上『東京武偵高中退學』。至於武偵等級與資格欄……我本來以為沒什麼需要多寫的東西，卻沒想到上面有註明『如有ＳＤＡ排行名次也請填寫』這項多餘的要求。因此我雖然很不想寫，但還是把『亞洲』圈起來並寫上『四十一名』。希望借貸金額……要是一下子就被拒絕也很悲哀，於是我暫時先填上了較少的金額。

接著與手拿香菇型錄音筆的中空知等待一會後……

從不算大的樓層深處走來了一名年輕的銀行人員。

戴著一副黑框眼鏡，一頭短髮用髮膠固定，身上樸素的西裝也穿得整整齊齊，一副就是工作正經八百的感覺。不過——我聞得到他身上有防鏽油與火藥的氣味。雖然故意微胖隱藏身材，但藏在薄薄脂肪底下肌肉非常結實。

（——這時代連銀行也有養武偵啊。真是恐怖。）

對方似乎也察覺到我有注意到他，於是露出苦笑對我行禮示意。

然而這男人看來並不單純只是銀行保鑣，辦公業務也很行的樣子。明明我今天早上才剛預約——他就已經準備好遠山武偵事務所的Twitter、公司網頁還有甚至Tabelog網頁的列印資料，而且到處貼有標籤或標記附註。是武偵中很難得的能幹類型。

「初次見面，我是融資課的武偵業專員，敝姓辻。」

「我是遠山武偵事務所的遠山。請多指教。」

我們交換名片後，面對面坐下來——好，要開始了。

「謝謝您填寫資料。呃～……嗯……東京武偵高……」

辻先生雖然讀著申請書唸出聲音，不過到一半就沒把『退學』唸出來了。真是一位懂得禮節的人物。

「嗯、嗯……咦！……」

讀著我個人資料的辻先生，到途中忽然用力瞪大眼睛。然後推了一下眼鏡……他的手指在發抖啊。怎、怎麼回事？難道已經有什麼問題了嗎？

「呃、那個～這個SDA名次，上面寫四十一名……請問是您不小心填錯了嗎？恕我說明晚了，我畢業於武偵大學。所以很清楚這個排行，呃……是多誇張的名次……」

一臉苦笑抬起頭的辻先生，看來是對這點感到疑惑的樣子。

「不……那是對方擅自把我登記上去的，我也很困擾……」

這麼說來——我想到自己之前把Moody's寄來的SDA排名證明書折成小錢包拿來裝收據的事情，於是從錢包裡將它拿出來攤開。辻先生看到那證明書，大概是為了讓自己鎮定下來而喝了一口咖啡，卻不小心嗆到，激烈咳嗽起來。

「請、請問您還好嗎？」

狼狽到連中空知都如此擔心的辻先生接著……

「呃、貴公司的網頁上、完全、沒提到這點啊。咳咳咳！」

「啊～……怎麼說……因為我覺得不好意思……」

畢竟像這種——在『永別了人類排行榜』上榜上有名的事情本身，感覺就像自己那段黑歷史的證明啊。然而，辻先生卻忽然有點火大地正眼看向我……

「遠山先生！您這根本就像開設運動教室的國家選手——不，奧運選手——居然不把自己的資歷拿來宣傳一樣啊！」

咦……原來我是……放棄做人奧運的選手嗎……？嗚哇……

這下我更加不想把這件事寫到網頁上了。可是——

「如果貴公司希望向本銀行申請融資，有個先決條件。請您將自己的SDA排名確實寫在社群網站與公司網頁上宣傳。」

辻先生卻對我提出了這樣的要求。

唔唔唔……

但既然對方說這是借貸條件，我也只能接受了。畢竟我已經出社會，要懂得忍耐啊。

於是我不甘不願地在Twitter的資料欄加上『亞洲SDA排行四十一名的遠山將會全力保衛您的安全！』這樣一句話。真是討厭啊。而中空知也在旁邊用手機修正了公司網頁。

「請問這樣可以嗎……」

看到我們亮出來的手機畫面——辻先生「嗯嗯嗯」地點了好幾下頭。

接著就像真的把我當奧運選手還是日本足球代表隊員一樣盯著我……

「本行有調查了一下貴公司的業務內容，包含近期相當高的評價。我想日本再怎麼大，擁有包子工廠的武偵也只有遠山先生了。而且其他公司就算想要隨後跟進購入工廠也很難，換言之就是在加入市場上有難度。貴公司是『可以吃的防身道具』的領先企業，也可以說是獨占企業。不過別因此大意，還是要請您們進一步改善包子的品質。我整理了一份針對這個地區女性顧客飲食喜好的市場調查資料，請收下。」

辻先生說著，遞給我一份紙本資料。上面用圖表整理了各年齡女性『喜歡吃什麼點心』『喜歡什麼口味』『喜歡什麼顏色』等等內容，是相當寶貴的資料。

「謝謝您，我會多加參考。這份市調資料……簡單講就是『顧客們的聲音』吧。中空知，妳也要好好讀一遍，活用在今後的武偵包改良上。」

「是。」

辻先生接著又向我們詳細說明了街上的經濟情勢、消費動向等情報。另外也拿地圖告訴我們武偵業界在原宿開店的人很少。對於一看就知道是外行人的我和中空知，他解釋得相當淺顯易懂。真是感激不盡。

「辻先生……真不愧是專業人士啊。」

我忍不住把心中想的事情脫口說出後——辻先生咧嘴一笑。

「銀行職員可不只是算算客人的存款收取手續費而已。我們——也會對具有潛力的生意進行投資。只要遠山先生的事業獲得成功，我也會受到公司評價。雖然現階段還言之過早，但還是請您加油喔。」

之前因為阿久津的事情，讓我對所謂『職業武偵』有了警戒心。不過——從他會將這種事情講得如此明白來看，我應該可以信任這個人。

「不過如果是Laforet二樓的1C區……把保證金等等的初期投資金額也算進去……照您提出的希望借貸金額，資金短缺的風險會很高喔。」

進入認真模式的辻先生「啪啪啪」地敲打計算機後，拿筆指向我填得較少的希望借貸金額。

「我會立刻製作簽呈公文，不過小額借貸其實在公司會議上反而容易被擋下。我個人也不希望錯過這項合作計畫。我們可以借貸給貴公司到這個金額。利息就請參考這張表。」

看到辻先生提出的龐大金額，中空知差點坐在椅子上昏過去。

——好誇張啊。地方銀行的錢多到巴不得借出去的說法看來是真的。

如果有這麼多錢，不只是新店鋪的租金而已，甚至可以拿來開發新的武偵包啦。

好，就上吧。勇往直前。

「非常感謝。那麼我就申請最上限的金額了。」

我說著——修改借貸申請書上的希望金額，並蓋上印章。

「太棒了。懂得當機立斷的經營者，是很好的經營者喔。」

「比起看到子彈飛向自己的狀況，這次讓我思考的時間可多啦。」

面對一副想要立刻向公司報告並借貸資金給我，充滿幹勁希望與我們一同成功的辻先生……我說出這樣一句稍微像個亞洲四十一名的發言回應了。

大概也是因為我之前工作太閒而努力念書的成果，這禮拜到代代木講座中心參加的模擬考——英文A，其他E……不過世界史B的成績進步到D了。對於參加過好幾次東大模擬考的我，代代木中心的助教大姊還送了一支祈求上榜的鉛筆呢。

「恭喜你們啦，能夠這麼順利簽到租約。」

「據說是Laforet方面剛好也希望能改善一下店內治安的關係。」

如此交談的華生與中空知加上我，三個人聚集在Laforet二樓，借了手扶梯旁這個好地點的遠山武偵事務所二號店預定地。

現在因為已經打烊，四周沒有客人——只有設計裝潢的女性設計師，以及工程業者的肌肉大姐們和我們在一起。

不擅於面對女性的我把跟業者間的交涉工作全都交給中空知負責了。不過……

「店面施工期間共十四天。請每天等大樓閉館後再進行施工。插座與開關的位置、照明印象與裝潢材料的顏色請參考委託契約書的附錄。」

其實只要有香菇錄音筆，中空知就能發揮出優秀的指揮才能。畢竟她原本是戰鬥通信員，本來就很擅長掌握狀況並對複數對象正確發出指示。總覺得比起一般員工，她更適合當管理階層呢。

「每坪的租金——十二坪、押金、水電費、廣告費、人事費……每月營業維持費……然後用預估銷售量粗略計算獲利，商品成本是……營業獲利是……嗯，嗯。遠山，果然如果租了這樣的黃金地段，就必須每個月維持以前高峰期五倍的銷量才行。」

把 iPhone 當成計算機的華生對我提出的這項條件，難度很高。

不過，這裡的人潮流量和北青山的小巷子也完全不同。絕對沒問題的。

「難得在這麼好的地方開店，請問要不要試著擴展更廣的客源呢？例如說，開發組合套餐給男性顧客……」

確實，表參道也有很多男女走在一起的人，因此中空知如此提議。但是——

「不，我們的客層就鎖定在年輕女性。就是為了這樣才會進駐到 Laforet 的。什麼目標都想對應的戰術只會讓子彈分散，降低命中率。因此應該要專注一點，集中砲火。再說，雖然這種講法或許有點性別歧視的感覺，不過……應該保護的對象果然還是女性啊。」

聽到我轉回頭這麼說……中空知不知道為什麼忽然就「嗶……」地臉紅起來。

而真面目是女性的華生也……

「我贊成把目標鎖定在年輕女性。想要進攻小眾市場時，必須對市場有一定的了解與關心，也就是要能夠巧妙對應顧客。不過在這點上，遠山也不需要擔心嘛。」

雖然講法上聽起來帶有微妙的誤解，但至少是對我的想法表示肯定。

站在二號店預定地前的我——有種拿著強大武器挑戰強大敵人的感覺——另外也能聽到身為武偵的直覺告訴我『可行』。好，就跟他拚了。

在二號店施工的期間，我同時也利用銀行滿額融資給我的錢著手開發新的第四代武偵包——為了讓武偵包達到更高的境界，我首先除了參考八千代銀行提供的定量調查（問卷資料）之外，也決定進行定性調查（訪問）。因此我向武偵高中提出了指名委託。

在那份委託下，禮拜天中午過後……回到東京的白雪、理子以及開業時約定好『等哪天能夠正式提出委託時會叫來』的麗莎來到了我們整修完畢的北青山總店。

「能夠為小金大人社長貢獻一份心力……我真是太開心了～！」

「嘻嘻嘻！理理在召喚下登場囉～！」

「主人，感謝您實現了那天的約定，麗莎感到 heel mooi 呢……！」

那三人各個都很有精神地進入工廠後，首先開開心心參觀了一下包子生產線——

接著加上華生共六個人來到擁擠的遠山武偵事務所二樓，召開大會議。這次我事先就把窗戶打開，準備工作萬無一失。

就在中空知端出堆成小山的武偵包與茶水給白雪她們的時候……

「委託時的資料上也有寫到，我現在從事的是稱為『防身糕點業』的新型態工作。配合下下週在 Laforet 開張新店鋪，我想要推出全新的商品。妳們三位女高中生覺得如何？味道上我還算有自信，不過若是有什麼需要改善的地方——」

聽到我這麼說……理子連吃都還沒吃就……

「——顏色再花俏一點比較好！這是要拿在原宿街上邊走邊吃對吧？那就要可愛一點的顏色！這樣也感覺比較能引誘人按讚嘛！」

把白色的武偵包像古代揭示身分的印盒一樣抓起來亮在面前，嘰哩呱啦開始講了起來。

「顏、顏色喔？」

「粉紅色好了！另外今年的流行色是黃色，所以配合衣服做成黃色的也不錯！」

被她從這樣教人意外的觀點切入的我，不禁當場感到困惑……廚藝很好的莉莎則是「有點像包了紅豆餡的荷蘭炸油球（Oliebollen）呢……」地用荷蘭點心形容包子後……

「粉紅色或許可以用甜菜根，黃色可以用萬壽菊的色素染色喔。如果使用天然材料染色，重視飲食健康的女性應該也比較不會有排斥感。」

提供了如此寶貴的建議。我們家的生產線也有染色功能，因此不是什麼不可能辦到的事情。好，就筆記下來吧。

「白雪，怎樣？難道妳覺得不怎麼好吃嗎……？」

我接著對相較於理子和麗莎，吃武偵包的速度感覺較慢的白雪這麼詢問後……

「不、不是的。這很好吃。只是……其實我現在正在減肥……想說這個包子一顆含有多少熱量……」

對啦。女生也很在意熱量的。我都沒想到。

「社長，我們在三號店標示熱量吧。」

「就這麼辦。不過，那樣會不會反而變得不好賣啊？」

就在我和中空知如此商量的時候，體型像個寫真偶像的白雪接著又……

「最近也有使用不會有味道的蒟蒻或是豆渣製成的麵粉，熱量非常低喔。使用比較不容易提高血糖值的稀少糖也能產生甜味，只要利用紅豆皮做餡，一樣可以保持味道呢。」

大概是體質上容易胖的緣故，她對減肥食材相當熟悉。這也幫上我們很大的忙。

「另外呀，對女孩子來說危險的還是走夜路。所以我覺得如果晚上可以看清楚或許也不錯。」

一方面也因為之前粉雪在台場走夜路被壞人纏上的事件，白雪又講出了這樣的想法。

「做會發光的包子吧！」

對於理子再度提出的難題……

「這麼說來，之前我看過槍砲店在賣螢光快速裝彈器用的夜光塗料……當中有使用自然材料，即使吃下去也沒問題的螢光塗料。那成分是什麼啊？」

「我記得應該是來自水母的酵素，那也有使用在給小孩吃的發光點心。」

我和中空知發現了這項難題其實也有解決手法。太厲害啦，第四代的武偵包和標新立異的第二代或重視用心製作的第三代都不一樣──感覺將會是以市調資料為基礎開發出的嶄新商品。非常有創新企業的感覺呢。

接下來約兩個禮拜，我和中空知每天都窩在工廠努力開發新的武偵包。

使用天然材料的粉紅武偵包、黃金武偵包──雖然是黃色而已啦──另外還有天藍色、彩虹色等等，各種彩色武偵包首先完成。

接著就像是對武裝輕量化時每一公克都斤斤計較一樣，一大卡一大卡努力削減熱量的低卡武偵包。在極盡可能維持口感的條件下，成功減少到一顆武偵包七十七大卡的程度。而且富含植物纖維，應該會很受女生歡迎。

甚至連抗議武偵包『形狀不夠可愛！』──簡直像徹底否定「包子」這種存在的理子所提出的貓耳武偵包也開發出來了。我們家的生產機器不愧是菁英機，對於各種亂來的要求都能實現給我們看。彷彿是在期待著新時代的到來般。

「夜光武偵包，真的在發光呢……好厲害……！」

「成功啦，中空知。這就取名為武偵包Starlight吧……！」

武偵徽章的部分不是用烙印而是用螢光食材印上去，讓夜光武偵包的開發也獲得成功的我和中空知——在故意關燈的工廠中看著輸送帶上陸續出來的發光包子，開心得互相握手歡呼。

就在這時……

「咦？有人在嗎？……你們好。」

明明已經快要到下班時間，遠山武偵事務所卻有客人上門了。

話說這聲音——於是我點亮工廠內的日光燈……

「……嗯……我是不是打擾到你們了？」

把雙手交抱在胸前的——山根雲雀，就站在稍微拉開的店門前。還是老樣子穿著緊身西裝，把裝有Nikon D3的相機包像女性包一樣掛在肩上。

「——雲雀，好久不見啦。上次是在護衛艦的那時候吧？」

平常會來這間事務所的好像幾乎都不是客人而是我的關係人啊。還有準暴力團。

「……是沒錯。我一如往常在找有什麼武偵相關的新聞可挖的時候，發現這間店在網路上好像很紅。調查一下發現好像是你開的店，就來看一看了。那位是你的員工嗎？」

雲雀對中空知瞄了一眼後，走進店內。

「店門入口那麼新，裡面卻感覺很舊呢。」

「那個店門之前被流氓打壞，才剛修理好沒多久啦。」

「真像你會遇到的事……這是什麼？」

「既然妳有調查過就應該多少可以猜到吧？這是武偵包的新商品。下禮拜我們要在Laforet開二號店。妳在文秋週刊上幫我宣傳一下吧。」

我說著，像在賄賂般把普通的武偵包遞給雲雀，結果……

「我說你喔，現在這個時代寫廣告新聞反而會得到反效果好嗎？刻意製造好的形象賣東西，已經是昭和時代的做法了。現在人們追求的是『真心話』和『話題性』呀。」

雲雀卻朝我額頭賞了一記手刀。呿！小氣鬼。

她接著用身為記者的眼神環顧店內——的彩色武偵包與夜光武偵包。

「不過這些倒是應該可以引起話題。等大家討論得稍微再熱烈一點的時候，讓我寫一篇報導吧。」

說著，她便表示「那我走囉。今天我在朝日電視預定要採訪結城未來。只是順路繞過來看看而已。」並準備離開了。

「這麼忙還特地跑來啊，謝謝妳啦。妳說結城未來……是那個吧？結城琉璃教官的妹妹。」

我送她離開的同時，不禁湧起懷念武偵高中的心情如此說道。

結城琉璃老師是武偵高中特殊搜查研究科（ＣＶＲ）的教官，原本是個女影星。

而妹妹未來則是武偵高中一年級生，據說同時也是個偶像的稀奇學生。外觀和亞莉亞也有點相似，綁水藍色雙馬尾的女孩。

「那麼妳……大概連吃包子的時間都沒有吧。不過這個，味道上我很有自信，試作品就給妳吧。雖然賞味期限是三天，但我建議妳盡早吃喔。」

我用如今變得相當熟練的動作把幾顆彩色武偵包裝入紙袋……

「謝謝。總之，你就加油吧。」

遞給如此對我說道的雲雀。

希望有一天，妳寫的報導——這次換成對武偵業界有正面影響啊。我也不會再為了大哥之類的事情跟妳講什麼怨言了啦。

遠山武偵事務所二號店——Laforet原宿分店開張的日子到來了。

Laforet位於從北青山工廠走路就能到的範圍內，因此不需要負擔額外的開銷，能夠自己製作、自己送貨、自己販賣，這也是我們的競爭優勢之一。

開店前，我和中空知一起將改名為武偵包Plain的普通武偵包、彩色武偵包、低熱量的武偵包Light以及夜光的武偵包Starlight等等商品排到陳列架上。

二號店招牌的變更也及時趕上，根據抱怨「店名太死板了！」的理子提出的點子，取遠山武偵事務所（Tohyama Butei Jimusho）的字首設計成『ＴＢＪ』的標誌大大印在上面。而且不知道為什麼，ＴＢＪ好像要念成『TaBeruJye（吃吃囉）』的樣子。雖然這店名讓我眉頭皺得很深，不過白雪、麗莎和中空知卻都「感覺像外來語又像日文，很有趣呢。」「真不愧是理子大人，既有創意又好記，麗莎認為這店名很好喔。」「……變得很符合在 Laforet 賣的甜食給人的印象呢……」地大受好評。女生們的品味我真的搞不懂。

我和中空知都為了故意讓人知道是武偵而穿著防彈制服——開店時間十一點，決定勝負的時刻即將到來。

現在心情簡直就像準備開戰前的武士啊。中空知的雙腳也在發抖。

——館內響起開店的音樂，從手扶梯下……開始有女生上來了。

「購物時的好夥伴，請參考看看 TaBeruJye 的武偵包喔～」

「請參考看看～」

我和握著香菇錄音筆的中空知適時發出聲音招攬顧客。

然而，似乎原本就在外面等待 Laforet 開門的第一批客人中，卻沒有任何一個人來光顧TBJ。

後來零零星星上樓來的女性客人們……也沒有過來。大家都快步走進服飾店中。

等到開店後一個小時——十二點。

——目前的業績……是零。

接著又經過兩個小時、三個小時，依然賣不出去。

（……該死！為什麼……！）

雖然沒辦法像在戰場上那樣把髒話罵出口，不過我和中空知內心都開始焦急起來了。

武偵包Plain一顆一百五十圓，其他商品因為成本較高所以賣兩百圓。我認為這個價格應該不會太高才對。我們賣的包子比一般市面上的大，而且這條街上賣的其他甜點像是可麗餅或蛋糕都動輒五百圓，貴一點的搞不好要一千圓。從相對物價來想，我們的商品甚至很便宜。

後來……我觀察一下顧客，漸漸明白原因了。

講起來很理所當然的是，光顧Laforet的客人都是來買衣服或裝飾品的，所以會以那些店家為優先。而且這條街的治安不好是眾所皆知的事情，因此大家即使表情上看起來其實很想買零食邊走邊吃……但還是不會額外逛其他的店，早早買完東西就早早離開了。

另外……

最大的原因，似乎是我的存在。感覺光是有男性店員，客人們就會不敢靠近的樣子。看看周圍的其他店家也是，店員幾乎都是女性，而且多半是美女。

於是我試著躲到店後觀察一下……到了下午三點左右的點心時間，才總算有一對女高中生上門，各自買了一顆粉紅色的武偵包。

等客人離開後，我偷偷摸摸回到結帳臺前的中空知旁邊……

「……開店後四個小時，總算賣了兩顆……」

她臉上露出雖然能賣出去很高興，但幾乎沒有客人上門還是心情複雜的表情。

「先為這項戰果開心吧，中空知。關於剛才的客人，妳有注意到什麼事情嗎？」

「呃～……剛才的客人都是祭典當天有來拿過武偵包的人。我聽聲音就知道了。」

是呼啦季那天的客人啊。她們應該是記得武偵包的效果吧。

也就是說……顧客的回頭率肯定會很高才對。沒問題，一定能賣出去。

去年秋天──和蕾姬一起遭遇的那場狙擊戰，是和昭昭比耐性。我想這工作現在肯定也是考驗耐性的時候。哎呀，跟持續處在狙擊恐懼中的那晚比起來，這狀況輕鬆多啦。

心思轉念新開張的ＴＢＪ──第一天的販售成績……只有八顆包子。

完全不行。之前在北青山賣得還比較好啊。

我和中空知拖著沉重的步伐，逃回位於北青山的總店……兩人埋頭吃著賣剩的武偵包。

總覺得只要開口就會提到陰暗的話題，於是我打開老舊的映像管電視──隨便轉到音樂性節目MUSIC STATION。

話說回來，就算武偵包再怎麼好吃，像這樣每天三餐都吃武偵包，感覺身體都要變奇怪啦。

中空知也變得有一點點發福，害我本能性地忍不住一直瞄向她肉肉的身體。而且她上圍也明顯有增加，我推測應該已經到達G罩杯。與我有交流的女性之中，史上最大的行星就此誕生了。

說到這我就想起來，以前武藤好像有說過男人當遇到工作不順而壓力大的時候，渴望找女性撒嬌的心情就會提升之類的。在我被巨大行星的重力圈捕捉到之前，必須盡快改善生意才行啊。

……我為了逃離中空知身邊，走向生產線開始保養起機器。

（開新店的決定，該不會是一項錯誤吧……）

就在心情消沉的我躲在煮豆鍋後面垂頭喪氣的時候——

「……社、社長……塔、塔摩、塔摩塔摩……塔摩……！」

中空知忽然看著電視的方向當機了。

「怎麼啦？從電視後面爬出什麼蜘蛛（Kumo）了嗎？」

於是我抓起衛生紙走過去一看……

……塔！……塔摩……在電視畫面中、MUSIC STATION的、塔摩……塔摩利……！

——居然、在吃武偵包……！

「塔摩……！塔摩……！」

這下連我都變得像中空知一樣，目不轉睛地盯向電視畫面了。

『哦～這味道不錯嘛～原來還有這種顏色的包子啊。上面還有印跟未來小姐的衣服一樣的標誌。』

『是的～我就是想說務必要請塔摩利先生也吃吃看這個呢～』

在塔摩利身邊一起吃著武偵包如此表示、頭上綁有一對大大雙馬尾的偶像——是結城未來。以「武偵偶像」為主打形象的、結城琉璃的妹妹。

『——什麼？妳說這叫「可以吃的防身道具」？』

『是的～今天我的經紀人有去看過，在 Laforet 有開店呢～』

『在 Laforet？賣包子？』

『店名叫 TaBeruJye，這個好像叫彩色武偵包的樣子喔～』

結城未來說著，拿起水藍色的武偵包後，觀眾席上的女性們也紛紛『好可愛呦～』地叫了起來。

這是、雲雀……幫我把武偵包、介紹給結城未來的……！

而結城未來也覺得武偵包很好吃——而且認為可以幫自己「武偵偶像」的形象加分，所以現在拿到節目上介紹了。

手握兩把天藍色手槍的結城未來接著開始又唱又跳——

『機會來了♪開槍開槍♪射穿你的心♪』

——現在、就是大反攻的機會……！

「社、社社社長、請請請、請問該怎麼辦？」

「……增加生產量……！把現有的材料全部倒進機器……！」

我再度衝向生產線，把十勝紅豆倒入鍋中。

「我、我今晚也留下來加班、可以嗎……！」

「謝啦，中空知！不過記得之後要增加休息時間補回來喔。」

——明天就是關鍵。

然後……既然是關鍵，就要想辦法解決二號店目前最大的問題——男性店員，也就是**我的存在**。

不過解決方法我其實早已經想到了。雖然是我希望盡可能不要用的手法啦。

（但現在可不能挑剔那麼多……！反正是華生平常也在做的事情啊！）

今晚——熬夜準備開店用的東西後，我就搭早上第一班電車回老家沖澡，然後從武偵高中宿舍送回來的私人物品中把「那玩意」挖出來吧……！

隔天上午，開店前一個小時。

我特地叫了一臺休旅型計程車把大量武偵包從北青山運送到 Laforet，接著從員工出入口靠推車和背架把武偵包分成好幾趟搬運到店內。

而商機真的來時擋也擋不住。大概是有什麼活動的關係，大樓正面入口前已經有大量女性客人在排隊。只要那當中有人昨天看過 MUSIC STATION，應該就能把武偵包賣出去了。

就在我一口氣也不歇地把彩色武偵包陳列到ＴＢＪ的展示架上時——

「那個……請、請問您是哪位……？」

來上班的中空知見到我，疑惑地眨眨眼鏡底下的雙眼。

「……這件事，妳不准跟任何人講喔？」

「是、是！這、這聲音是、社、社長……！」

向中空知坦承真實身分的我，現在的外觀打扮是——來自荷蘭的日僑，克羅梅德爾‧貝爾蒙多。通稱「小克」。是我今天一大早把封印在老家壁櫥中的「小克套件」挖出來喬裝而成的。

「畢竟在這地方，如果店員是個矬男人，會影響到生意啊……」

中空知看到我這番為了客人犧牲小我的覺悟後——

「真是、漂亮的變裝……原來社長、還有如此、厲害的特技呢！」

或許是我在外觀上至少看起來不像男人的緣故……她平常扭扭捏捏的動作明顯減少，發揮出擅長的拖把功，把店內清掃得一粒灰塵也不剩。

就在這些準備工作都完成後，室內響起有如上課鐘響的開店曲——

「我昨晚自我搜尋了一下，ＴＢＪ……遠山武偵事務所的 Twitter 追蹤人數暴增了。『武偵包』甚至有一時間登上熱門關鍵字。今天絕對會賣得比昨天好。但我這個打扮的時候聲音會很小，所以這部分要靠妳加油了。握好香菇。」

「是，社長……！」

在我指示前就已經握起香菇錄音筆的中空知，用她傲人的美妙聲音如此回應。

隨後……從手扶梯……有女性客人……零零星星……

（……嗯……？）

今天不是零零星星了，是陸陸續續上樓來。明明手扶梯已經有在動，她們還甚至自己動腳爬上來。如果是來參加活動的人，目的地就應該是位於六樓的 Laforet 活動大廳吧？那麼或許會有人順路買個武偵包喔。

正當我這麼想的時候，發現自己錯了。

那些女生們——竟是紛紛朝ＴＢＪ蜂擁而來！

「就是這個！」「是未來拿的包子！」「我要跟她一樣顏色的！」「還有彩虹色的包子呢！好炫喔！」「喂，不要擠好嗎！」「請給我這個、這個還有這個！」「請給我十個！」「架子上全部顏色都各一個！」

噫……！簡直就像從兩棲突擊艇衝上岸的一大群士兵……！

在開店同時，不下一、二十人的女生們你推我擠地衝進來了。

客人們從四面八方拿著手機瘋狂拍攝店內照片，我和中空知則是趕緊分頭把武偵包賣出去後——大家又爭先恐後地拿著武偵包自拍，把照片貼到社群網站上。

我這時聽到「哇，那個外國人店員也太美了吧。」「是混血兒嗎？」「超漂亮～！」之類的聲音而嚇得全身抖了一下才發現……呀哇！克羅梅德爾小姐的照片也被拍了！大家請別這樣呀！人家害羞死啦！

話說回來——仔細一看，中空知即使忙碌到把香菇錄音筆都放下來，用雙手作業——也還是能把「歡迎光臨。」「十顆包子總共兩千圓。」「謝謝惠顧。」等等都講得很好。看來她去上說話教室的成果終於在實戰上發揮出來了。

因為場面太過混亂的緣故，連大樓警衛們都緊急出動幫忙對應……還在店門前擺設了整理隊伍用的伸縮圍欄。不過MUSIC STATION造成的效應實在驚人，不管過了多久客人還是源源不絕，包子賣了又賣。從一號店搬來的自動販賣機前也排出人龍，每當顯示硬幣已經裝滿的燈號亮起，我們就必須跑去回收。

「把這拿在手上走吧！我在Twitter上有看過，聽說這樣比較不會被恐怖的人纏上喔！」

「這家店的社長是亞洲排行第四十一名的武偵對吧？那肯定連怪獸看到都會逃掉呢。」

「人家本來打算只逛Laforet的，不過這樣乾脆也到裡原宿跟竹下通逛逛吧！」

聽到女生們這些對話我才知道——看來她們來買武偵包的動機並不只是因為在電視上看到而已。

另外也是期待武偵包本來的功用，也就是防身效果……為了在這塊以前買完東西就必須趕快逃走的地區能夠自由自在地逛街，所以才買武偵包的。對她們而言，那或許是投資個一百五十或兩百圓也值得的事情吧。

就這樣——

我們不斷補充新子彈（包子）到架上，賣了又賣，賣了又賣……

到了 Laforet 關門前五分鐘。

子彈全部用光了。明明昨天整晚通宵製作的大量包子，全數賣完啦。

「……這、這種事情……」

「……居然、真的會發生呢……」

——在寫有『今日結束營業囉☆』的遮簾已經拉下的店鋪後方，克羅梅德爾與中空知背靠著背癱坐在地上。

我們兩人合作計算了一下今天的進帳，跟華生之前提過的高額目標比起來……竟整整超過了五百六十八％。

短短一天內，就賺了五十萬圓以上。盈餘豐厚啊……！

我本來以為那樣的奇蹟只會發生一天而已——但沒想到隔天之後，武偵包做越多賣越多的盛況依然持續。

如今武偵包已經漸漸成為這條街上女生們必備的防身道具了。

而今天結束營業後，Seventeen 與 an-an 等女性雜誌還跑來採訪——教人驚訝的是，連卡莉怪妞也來拿武偵包在店內拍照，據說會用在下個月 Zipper 封面的樣子。

不過在這之前，文秋週刊就已經刊登過『吃防身道具的少女們』的報導——跑來採訪的雲雀還看著克羅梅德爾氣憤抱怨過「遠山同學跑哪去了？真受不了，那個人總

是動不動就能找到這樣的美女。」之類的話。而且不知什麼時候還拍了照片，讓小克達成了她一點都不想達成的「登上雜誌」成就。要不是我太忙碌，小心我告妳侵害肖像權喔？

另外，我昨天抱著恐懼的心情偷瞄了一下武偵高中情報科以前設立的克羅梅德爾粉絲專業——『最愛小克！』，發現那邊同樣也活動興盛。怪不得最近偶爾會有武偵高中的男生跑來店裡。那些傢伙……給我等著瞧喔？我總有一天要讓克羅梅德爾當成是踩到香蕉皮跌倒摔死，再喬裝成別的打扮。

在女生之間成為火熱話題的ＴＢＪ——遠山武偵事務所的財務狀況急速改善，預估在下個月就能把八千代銀行的貸款全數提早付清了。

從那之後就是無貸款經營，換言之每天的收益都能進到我們自己的口袋。

「跟您確認一下，一打裝的武偵包共六盒對嗎？總共一萬四千四百圓。」

因為是防身包子，甚至還有從其他縣市來校外旅行的女生學校派班長來買武偵包給全部同學。

今天的ＴＢＪ依舊生意興隆。而就在克羅梅德爾與中空知忙著販賣五顏六色的武偵包時……

（唉呀……）

連不速之客也上門來觀察狀況啦。

不對，畢竟現在也有菊代委託的案子，所以要說值得歡迎也算值得歡迎的客人——也就是阿久津跟須坂。

大概是因為不久前還如風中殘燭的遠山武偵事務所竟然如浴火重生般復活的緣故——那兩人臉上表情都很焦急呢。哈哈～當時鬱悶的心情現在爽快多啦。

中空知正忙著招呼客人，似乎沒有注意到阿久津跟須坂。

克羅梅德爾也只有禮貌上對她們表示了一下『請問是來買東西的客人嗎？歡迎光臨。』之後，便假裝在整理展示架中的武偵包。同時因為隔了一段距離，加上店內大量客人吵雜的聲音而聽不清楚對話，所以努力靠唇語解讀阿久津和須坂講的話。畢竟展示架的外框是不鏽鋼製，可以像鏡子一樣照到那兩個傢伙的臉。

「……居然還雇用了新店員。好漂亮的美女呢。」

「八成是為了吸引客人，從什麼藝人經紀公司借來的吧。看起來生意很好的樣子……阿久津小姐，請問怎麼打算？」

「要是讓他們藉此獲得資本，轉型為和我們競爭的多角經營企業可就不妙了。」

「我們必須先下手為強呀。話說好像沒看到遠山的樣子……該死！要是因為這傢伙做的這件事，讓計畫被拖延……甚至萬一失敗的話……」

萬萬沒料到克羅梅德爾就是『那傢伙』的阿久津與須坂，沒什麼警戒心地講著這些話。但再怎麼說好歹也是武偵，這時接到一通電話的阿久津——在講電話的同時也用手遮住了嘴巴。那感覺看起來與其說是避免打擾周圍顧客，還比較像是在講什麼祕密電話。

她大約講了一分鐘左右的電話後——又對同樣用手遮著嘴巴不知說了什麼話的須坂點點頭回應。臉上表情看起來有點傷腦筋的樣子。

（……她究竟是跟誰講了什麼電話……？）

在這點上不得而知的我，很遺憾地只能眼睜睜目送阿久津與須坂急忙搭著手扶梯下樓離去。

後來又過了三分鐘左右，正在把新一批客人購買的武偵包裝進盒子的中空知忽然——

「克羅梅德爾小姐，不好意思，可以請妳來幫忙一下嗎？」

那明明是一個人就能完成的事情，她卻招招手請我過去。

我雖然感到奇怪，但還是走到中空知旁邊，與她手靠手、肩靠肩、頭靠頭地一起進行作業。

結果……

「……我剛才聽到了阿久津武偵的通話以及須坂教官的發言。雖然因為雜音干擾，聽不清楚詳細內容……不過電話的對象似乎是一名叫『Houjyouinsensei』的人物。而須坂教官也是向阿久津武偵確認這件事情。『sensei』的發音應該是對教職員等人物的稱呼。」

中空知伸手摸著香菇錄音筆，用只有我能聽到的聲音對我如此說道。

——原來她也有注意到那兩人啊。真了不起。就算成了包子店員，武偵依舊是武偵呢。

話說回來……Houjyouinsensei……？到底是何方神聖……？

# 6彈　吹掃吧鐵風，貫穿吧巨蟒

在Laforet準備迎接拍賣時期前的清掃休館日這天，遠山武偵事務所為了慶祝武偵包熱賣而舉辦了一場懇親會。

舒適的初夏天空下——我們來到的是日暮里南公園。

也就是我和中空知遭武偵高中退學處分而不知所措時，決意創業的地方。

「人生真是有山又有谷。中空知，還好妳這時候沒死在這裡啊。」

「是的……社長是我的救命恩人呢。」

為了不要因為生意太順利而忘記初衷，我和中空知才會故意選在這個地點的。

就在華生把塑膠墊鋪到草地廣場上，中空知也像上次一樣把裝料理來的便當盒與保鮮盒拿出來排好的時候……因為今天我們邀請了不少人來參加，所以……

「對了，中空知，趁大家還沒來之前這個先給妳。員工獎金。」

收下信封的中空知打開一瞧，差點當場昏過去，被華生趕緊撐住背後——

「請、請、請請！請問我真的可以收下嗎？這這這、這麼多錢。」

「你的公司在人事費用上會不會放的比率太高了一點？」

中空知全身不斷顫抖，看到信封厚度的華生則是瞥眼看向我如此說道。

「沒關係，比率就是要高一點。我們公司的方針就是獲利要分配給員工。再說，公司能賺到這麼多錢也是多虧中空知勤奮貢獻啊。」

「可是一開始說要做包子的是遠山社長，決定要進駐 Laforet 也是社長。所以這些錢應該給社長當董事報酬——」

「不，這間公司能夠有現在，都要歸功於妳毫不抱怨地一路追隨我。在這點上我絕不讓步。」

被中空知稱讚而變得害臊的我用力把臉別開，一屁股坐到塑膠墊上。

「遠山也真傲嬌啊。唉呀，以稅務觀點來看，我也認為與其要被政府徵收高額的法人所得稅，不如給中空知收下確實比較有利啦。」

聽到華生如此幫我講話，中空知似乎才總算願意把這筆暑期獎金收下了。只要有那筆錢，她應該也付得起她母親接下來好幾年分的醫藥費用吧。

另外剛才華生也有提到，公司應該要在被徵收稅金之前撥算好必要經費。

換句話說，在武偵業務上會用到的武器彈藥也要趁現在買好——因此我已經有透過網路購買了經常會不夠用的武偵彈。而且不是中國製的便宜貨，而是日本企業——京菱武裝的閃光彈、音響彈、燒夷彈等等。在與外國產品的價格競爭下，日本製產品現在價格也壓得很低，也多虧如此讓我補充了相當數量的子彈。另外我也有向東京、華盛頓來來去去的平賀同學購買了纖維彈與氣囊彈。即使現在幾乎都在做食品販賣，本公司依然隨時歡迎武偵方面的委託工作啊。雖然目前接過的只有小愛和菊代的兩件委託就是了。

「華生也謝謝啦，其實我很想要也發獎金給妳。」

「不用啦。在創新企業的成功上有所貢獻的事情，已經讓我受到老家稱讚了。表參道的治安似乎也改善了不少的樣子喔。」

華生害臊地笑著，坐了下來——

就在這時，受到邀請的理子和麗莎來了。不過白雪似乎因為受到亞莉亞什麼委託所以正在出差中，這次沒辦法出席的樣子。

「呀喝～！ＴＢＪ現在很熱門嘛！我要開動囉～！話說話說～小克呢？」

理子一到場就抓起飯糰開始大快朵頤，不過……呃……難道連喬裝高手的理子也還沒看穿嗎……？我的克羅梅德爾變裝簡直真的是天賦之才了啊……

「主人，中空知大人，您們好。呵呵，畢竟克羅梅德爾小姐個性害羞，或許今天是請假沒來吧。還是說，其實已經到場了呢？」

麗莎輕輕攤開裙襬，用人魚坐的姿勢坐下來，並笑咪咪地看向我。妳這傢伙，或許是因為自己知道真相而很開心，但少在那邊給我講這麼危險的發言啊。小心我把妳的白屁股打到變紅喔？

……除了白雪以外，還有一位很可惜沒有到場的人物。我有透過可鵡韋邀請過之前指導我們做包子的灘——但後來卻收到可鵡韋回訊說『灘先生好像不去的樣子』。

「呀哈～！理子也要吃這個～！理子就是為了這個，今天早上什麼都沒吃呢～」

「理子我說妳啊，稍微考慮一下別人行不行——喂！別搶我的起司竹輪！」

如此這般，正當大家——或者應該說主要是愛參加宴會的理子開心玩鬧的時候……

「遠山，恭喜你。萬有引力、青黴素、相對論，世界歷史上有過許多教人驚訝的發現，看來今年要多添一筆了。那就是發現你似乎很有生意才華呀。」

受我邀請的貞德隨著搞不清楚是褒還是貶的招呼聲現身了。

其實我前幾天——有委託這位貞德幫我調查一下，跟阿久津通電話的『Houjyouinsensei』究竟是何許人物。用公司的名義。

「上次真是謝謝妳啦。其實那時候，我被阿久津擺了一道……」

留下在塑膠墊上開始跳起ＡＫＢ舞蹈的理子以及愉快圍繞著她的其他人……我從保冷箱拿出白熊冰淇淋給貞德，並走到稍遠的一棵樹下聽她報告調查結果。

不過因為貞德身上會飄出柑橘類的女生氣味，所以我還是跟她保持一點距離——

「然後呢，妳有查到嗎？只靠『名字』這點情報，應該讓妳查得很辛苦吧？」

「不要因為我還是學生就小看情報科的能力。我已經查到對方是什麼人物了。首先，『Houjyouinsensei』這個詞可以分成兩部分，就是『Houjyouin』和『sensei』。而會被人稱呼為『老師（sensei）』的職業並不多，有教師、醫生、作家以及——**政治家**。」

聽到貞德刻意強調最後的『政治家』，我不禁稍微皺起眉頭。

「在日本，通常會在『老師』這個敬稱前加上對方的姓氏。我向武偵廳提出申請，根據職業排序搜尋……畢竟這姓氏很少見，最後搜尋到的日本人名只有一個。就是前參議院議員——中間黨的寶城院良司（Houjyouin Ryouji）。」

中間黨——我聽到這黨名，頓時露出『真的假的啊』的表情。

日本的中間黨跟國外同名的自由主義政黨毫無關係，甚至反而是個激烈的傾右政黨。以「日本第一主義」、「全民武裝」、「恢復徵兵制」等等——超級保守派的政策為黨綱。年輕的黨魁對於幾乎會把人嚇呆的種族歧視發言毫不忌諱，也有狂熱的支持者因為仇恨言論遭到逮捕，堪稱是個瘋狂的組織。

因為是這樣一個政黨，當年飽受世人冷笑，最後淪落為泡沫政黨之一……不過在二〇〇一年的參議院選舉中，黨魁曾經當選而獲得一個席位。雖然之後就沒再取得過議會席位，但畢竟是主張「全民武裝」這種瘋狂政策的政黨，因此我們武偵至少都知道黨名。

而原來當年當選的參議院議員，就叫寶城院嗎？

「寶城院從喬治華盛頓大學畢業後，在祖父經營的貿易公司名義上擔任華盛頓分公司的社長。後來在當時有交流的幾名共和黨議員的影響下，踏入了日本政界。是個熟知美國文化的人物。」

阿久津雖然給人的印象只是個生意人，感覺不是會跟政治扯上關係的類型。不過……

這下變得更可疑啦。又是警察，又是政治家的。

——阿久津，妳在那樣華麗的外表底下，究竟藏了什麼祕密……？

大型補習班——河井塾有專為在職學生舉辦的夜間模擬考可以參加。雖然單純只是在教室中安安靜靜受考，然後把填好的答案紙投入講臺上的收件箱而已，不過模擬考就是模擬考。

而我預定今晚十點要去參加，因此TBJ打烊，回到北青山的總店後——我本來打算隨便找家咖啡店臨時抱個佛腳。可是……

跟我一起回到總店填寫帳簿的中空知忽然小聲「啊」了一下……

「——呃、那個、社長……在阿久津武偵事務所前，來了一輛原宿警察局的車子。」

因為接了菊代委託的我以前有指示過中空知『找機會試探調查阿久津與警察之間的關係』，於是她對我如此報告。

「妳怎麼知道？妳又沒看外面。」

「我聽引擎聲知道的。和前幾天在街上看到的便衣警車是一樣的聲音。」

「引……引擎聲？真虧妳分辨得出來啊。」

「每輛車的聲音都是不一樣的。」

對於聽覺靈敏的中空知而言或許是這麼一回事吧。不過話說回來——警察、嗎。

畢竟武偵和警察合作的例子也不算少數，所以在一般觀點來看這沒什麼不自然的地方。然而……

如今我已幾乎可以確定阿久津與警察之間有掛勾，因此現在或許是個好機會。

「就來稍微調查看看吧。」

──我說著，拿出初次見面的時候阿久津給我的名片。

接著把中空知的立體聲耳機插到手機上，並且和中空知各自把一邊的耳機戴到耳朵上之後──撥電話給阿久津……稍微等了一下……在響到第五聲時，對方接起來了。

「阿久津，我是遠山。」

『──遠山？好久不見。你的生意似乎經營得不錯呢。』

通話另一頭混雜有周圍的聲音。聽起來像是在室外，而且是人很多的地方。

另外還有電車的聲音，以及即將發車的響鈴聲。很近，應該是在車站月臺上。

中空知這時用通信科的手勢暗號比出『捕捉，聽音中』的動作。

「是啊。關於那件事情，我們就盡釋前嫌──在工作上我有件事想找妳商量。妳今晚有空嗎？」

『唉呦，真可惜。我現在因為工作的關係人在靜岡呢。今天不會回去。』

靜岡……嗎。雖然車站廣播聽不太清楚，不過聽起來確實很像是新幹線的廣播。

那也就是說，現在警車到她的事務所……是交給員工出面處理就可以的案件嗎？

既然如此，我還是別貿然追問太多比較好，以免讓對方起疑心。

畢竟電話都已經打了，不能再露出更多馬腳。

「那麼就延期吧。我改天再聯絡妳。給我的伴手禮只要鰻魚派就行了。」

『誰要買伴手禮給你啦。再見。』

通話就此掛斷——確認這點後，中空知立刻對我說道：

「社長，對方雖然播放的手法很巧妙，不過那些車站聲音是過去錄音下來的東西。不是現在這個時刻的車站廣播，而且回音的速度是冬季氣溫下的速度。」

從滿是雜音的聲響中聽出這點的她，抬起變得有點精明的臉蛋。

……居然給我來這招啊。阿久津跟我隱瞞了自己的所在地。

而且明明只要跟我講『今晚沒空』就好的，卻如此大費周章向我撒謊。

「——中空知，抱歉了，妳今天可以臨時加班嗎？」

「是！」

「我們去調查阿久津。以可能需要進行竊聽為前提，準備裝備。」

中空知向我點頭回應後，檢查自己的防彈制服，並且從她的置物櫃中拿出聽音器材。不過看起來感覺她會忘記帶槍的樣子，於是……

「為了自衛，把槍帶在身上。要裝滿子彈。」

「遵、遵命！」

在我提醒下，中空知用不太熟練的動作把柯爾特巨蟒收到水手服的後衣領底下，然後用她的黑長髮遮住突起部分。這是武偵高中的女生偶爾會用的一種叫『衣領槍套』

的收槍方式。

（……畢竟中空知在戰鬥方面是外行人。我還是別把她列入戰力，讓她只負責調查工作就好吧。）

阿久津雖然是諜報類武偵但好歹也是A級，而須坂也是足以在武偵高中擔任教師的高手。

因此──萬一演變成戰鬥，就必須靠我來撐了。

我如此想著，並穿上藏有八岐大蛇的防彈外套，然後……撥電話給GⅢ。這邊倒是響不到一聲就接起來了。

『Yo. Bro. What's up?（嘿，老哥。最近如何？）』

「給我講日文。你現在在哪？」

『嗯？在澀谷，跟部下們一起觀光。哈哈，這裡的車站前交叉路口無論在平面上還是立體上都呈現不對稱，給人一種亞洲的美感。簡直就是日本的時報廣場啊。』

澀谷嗎……那一帶最近變成了觀光景點，是外國旅客必到的場所。不過這樣正好，從澀谷到表參道的路程只有一公里半而已。話說老弟啊，你總不會看著交叉路口就爆發了吧？哥哥我有點擔心起來啦。

「……很抱歉要打擾你的享受時間。你們有沒有帶光曲折迷彩裝過來？就是那個像藏身布一樣、可以隱形的披風。」

『來度假怎麼可能帶那種東西啦──跟你開玩笑的。我有帶兩件。』

「少跟我開無聊的玩笑。那麼你兩件都借我一下。」

『能借的只有一件。另一件沒辦法從我身上的背部護具上拆下來，而且現在有點故障，偶爾會變得看起來像空間扭曲啊。』

……GⅢ，難道你是穿著那套像鎧甲一樣的護具在澀谷車站前逛街嗎……？要是在街上遇到，我還是裝作跟他不是什麼兄弟好了。

「那就把能用的那件借我。我會付租金。」

『免費借你啦。向吃飯都有問題的傢伙收錢會害死人啊。』

華生也好，大門也好，每個傢伙都跟我講一樣的話……！

「用不著擔心。現在我公司的防身商品賣得很好，有的是錢。」

『老・哥・有・錢？喂喂喂，講那種不合體質的發言可是會起蕁麻疹喔？要不要我拿過敏藥給你？』

「小心我揍你！」

『好啦好啦知道啦。那一天租金五十美元怎樣？』

呼……看來總算可以借得到東西了……話說，為什麼只是跟弟弟講個電話就要這麼累啦？

後來沒過多久，金女就穿著光曲折迷彩衣來到公司了。她一開始隱藏著身影打開店門，等我把頭轉過去才「哇！」一聲把像雨衣的迷彩衣脫下來露出臉——結果害中空知當場被嚇得腳軟了。不過也多虧如此，讓我省去了確認功能是否正常的麻煩。

「哥哥，你要發動攻擊性作戰嗎？」

金女把不帶電的狀態下看起來就像一塊鏡面布的迷彩衣遞給我，笑咪咪地如此詢問。

「或許狀況會變成那樣，不過基本上是入侵作戰。畢竟是基於委託的搜查行動，所以就算入侵目標設施也不算違法。有個叫阿久津的武偵跟警察似乎有掛勾——有故意惡化地區治安的嫌疑，所以我要去調查一下。」

「這樣喔。咦？可是哥哥你現在是在賣防身道具對吧？要是抓了那個人結果讓街上治安轉好，哥哥就賺不到錢囉。這樣不會很不合理嗎？」

腦袋轉得很快的金女睜大圓滾滾的眼睛對我這麼說道。不過……

「金女，做人可不能老是只想著錢。如果是因為那些傢伙做壞事讓我賺錢，我心情也很不舒服。人家也常講，『醫生和武偵都最好閒著沒事做』啊。」

我說著，把租金四千五百日圓交給金女，讓她回澀谷去之後——和中空知兩個人拿著重新帶電的光曲折迷彩衣交談起來。

「這東西好厲害呢。布料狀的顯示螢幕上，會顯示出另一側的景象……」

「是啊。話說……雖然我順勢只借了一件，不過這應該可以藏兩個人吧。怎樣？」

經過討論，我們決定像雙人羽織一樣前後靠在一起披上迷彩衣了。

畢竟中空知跌倒的時候多半都是往前跌倒，因此由我在前方，中空知站在後方，把迷彩衣從頭上蓋下來……看看鏡子，雖然有些角度會露出一點鞋子——但應該可行。

然而我才剛這麼想就發現，因為這狀態就像兩人合套一件雨衣而且蓋住頭……中、中空知的、女人氣味……會悶在裡面啊……！為什麼在做之前我沒想到！

數質數！——第一個質數是、2！但就在我數到這邊時……

「社長，鏡子上……會看到腳。不好意思，我稍微再往前一點。」

背、背上……！中、中空知、那兩顆、鬆軟的夢幻行星……！

（2……2……！）

我全身的注意力都擅自集中到背上，讓質數就這樣停在2了。

現在——拿著香菇錄音筆的中空知感覺就像是從背後抱住我的姿勢。

「好像……還看得到一點點。請問是不是要再稍微彎低一點？」

專注看著鏡子的中空知似乎沒有注意到，自己那兩顆巨大奶球已經緊貼到我身上。雖然被她注意到我也很傷腦筋就是了。

「哦、哦哦。把身體稍微往前彎，迷彩衣的衣襬應該就能再往下降……」

不、不妙。嗅覺與觸覺的兩好球，打者遠山陷入危機了。現在已經到爆發前的危險邊緣，快盯著鏡子，把注意力集中到視覺上……！

正當我這樣想的時候，因為姿勢變得像是我把中空知背在背上的緣故——她馥郁的黑色長髮便輕柔地覆蓋到我兩側臉頰上。百分之百天然材料的中空知紅豆餡把我的頭有如栗子包的栗子一樣包覆起來。就這樣——打者出局了——

我們兩人彎著身體、披著光曲折迷彩衣，走出遠山武偵事務所——

在雲層降得很低的天空下，移動到阿久津武偵事務所前。

亮燈的房間有一樓幾乎整層，以及三樓和最高樓各一間……的樣子。

因為營業時間已經結束，正面出入口的自動門緊閉著。不過爆發模式的觀察力讓我發現，監視攝影機有一、二、三……總共六臺。

（——這裡不是單純的大樓，簡直就是一座要塞啊。）

留在櫃檯的一名女性武偵身旁，也能看到一把裝彈鼓的粗獷連發霰彈槍——前鋒型霰彈槍（Striker）架在桌邊。

「有人在呢。會不會是因為剛才的電話讓對方起疑，提高戒心了？」

「可能性是有，但如果是那樣反而很奇怪。對方明明知道我們這邊至少有兩個人，現在卻只有一個武偵留守。這狀況真要講起來……比較像是把公司的其他員工都支開了。」

——不管怎麼說，正面突破都不是明智的選擇。雖然也要看那把槍裝的是什麼類型的霰彈，不過要是讓那女武偵發現有入侵者而拿槍亂開總是不太好。因此我們繞過車道，往地下停車場移動。

這邊同樣裝有很多臺監視器……但並沒有警衛人員。於是我們一邊注意狀況，一邊調查停車場中的一臺 TOYOTA MARK X。這應該就是剛才中空知聽到聲音的便衣警車。

「車內什麼都沒有呢。」

「車門上有指紋……照這大小，應該是個大塊頭的男性。」

正當我和中空知保持隱身如此竊聲交談的時候——

——又有一輛車子來到停車場。是小型卡車，佐川急便的ＩＳＵＺＵ　ＥＬＦ。

一名佐川的業務員下車後，按了一下非接觸式ＩＣ鎖入口上的門鈴。送來的東西是包在透明塑膠布中的洋酒型錄。

我和中空知移動到那扇門旁……大約等了兩分鐘後……

「好，辛苦你了。」

須坂出來接應，打開入口用自己的背壓住門板。

明明是不怎麼重要的型錄，卻由副社長出面來收。看來她們果然把其他員工們都支開了。

在收件單上簽名並抱住型錄的須坂……瞥眼瞄著佐川的業務員回到車上，並轉身走回室內。

趁門還沒關上之前，我和中空知趕緊溜進走廊中。剛才我靠天花板上的監測器型號就已經知道，這裡並沒有防止帶人連同入內的監測系統。

「……」

「……」

走遠的須坂搭上電梯……我們則是留在地下一樓，確認電梯門旁的數位式樓層顯示。最後停在三樓了。

我從迷彩衣底下觀察四周，發現室內的警衛系統沒有屋外那麼森嚴。只有跟一般的大樓建築相同程度。

「……雖然在詳細捕捉範圍之外，不過在三樓可以聽到須坂武偵的聲音。正在和一名男性交談。」

中空知這時壓低聲量偷偷對我這麼說道……她、她耳朵真強啊，居然連四層樓上方的聲音都能聽到嗎？我就算在爆發模式下也辦不到那種事情地說。

我們雖然從逃生梯輕易就上到了三樓，但再上去的樓層則是被門擋住，必須用鑰匙才能開啟。

居然不惜透過這種違反消防法的手段也要進行封鎖，可見這裡果然不是什麼普通的大樓。

「中空知，聽得到阿久津的聲音嗎？」

「不，始終沒有捕捉到。」

「……須坂在哪裡？」

「須坂武偵的聲音——在樓梯出去的走廊右轉，走到底的轉角處再右轉，數過去第三扇門內側。從回音推測，那裡應該是一間長寬六公尺左右的會議室。」

中空知的耳朵似乎可以比樓層平面圖更詳盡地掌握這棟大樓的構造。

「會議室雖然有隔音牆，不過還是可以斷斷續續捕捉到對話聲。須坂武偵正在和警方關係人交談中。另外還有一名男性，也在講話。但不清楚是什麼人物。」

我雖然也想知道對話內容是什麼，但如果要中空知一字一句轉告——三個人的對話也太難了。我必須接近到自己耳朵可以直接聽到的距離才行。

「我想竊聽對話。會議室隔壁有房間嗎？」

「沒有。不過……這是……有一間細細長長、不清楚是什麼用途的……空間。從回音可以聽得出來。」

因為中空知這麼說——於是我們稍微打開從樓梯通往走廊的門……

走廊上雖然沒有裝監視器，不過我們還是披著迷彩衣走向那個『會議室隔壁的空間』。彎過走廊轉角，最後來到的是一扇勉強可以讓一個人進去的門前。

這裡多數的會議室都標有『QUARTZ』、『GARNET』、『TOPAZ』等等的寶石名稱，但唯獨這扇門上沒有標名稱。而且看起來並沒有平時經常開關的痕跡，也沒有上鎖。

我輕輕打開一看……內部一片黑暗。在靠近門口的地方堆有折疊式的會議桌椅。看來這裡是間倉庫，用來收納這些當遇上大量人數參加會議時追加用的桌椅。從灰塵厚度推斷，應該有一年沒使用。搞不好連這裡有間倉庫的事情都被遺忘了。

我和中空知進到裡面關上門後，脫掉迷彩衣。因為眼前變得一片漆黑，我為了不要發出聲音而盡可能小心注意。不過……即使在黑暗之中，中空知也什麼東西都沒撞到。或許她不是用眼睛，而是用耳朵在看東西的吧。

我靠著手機副螢幕的亮光走到靠會議室那一側的牆邊，把耳朵貼到牆上——但因為另一側是隔音牆的緣故，我幾乎什麼聲音都聽不到。

而在我旁邊，中空知小心翼翼從背包中拿出聽音器材。以前在女生宿舍我也見識過，中空知似乎在黑暗的空間中比較能夠專心的樣子。她很快拿出一個單耳用WiMAX耳麥，「咚咚」地用敲指信號對我表示『請戴上』。

於是我把那耳麥戴上之後，中空知便把吸盤型的震動收音麥克風靠到牆上，經由增幅器，將分支出來的音源線接到香菇錄音筆上，利用錄音筆的WiMAX功能建立連接我這支耳麥的網路連線——

然後用手指比出『3』『2』『1』後，『連結』——用日本式的手勢，雙手圈成一個圓。

『還真是嚴格啊。身上的金屬有……手槍、錢包、手錶……』

『非常抱歉。因為最近連極小型的竊聽器都製造得出來了。』

我的耳朵清楚聽到一名中年男子以及須坂的聲音。

這聲音……是祭典那天把我的炒麵弄到地上、體格壯碩的平頭男子。他果然是警界關係人啊。

中空知對我比了一下用手輕搧耳朵的手勢——這是在向我確認『聲音清楚否？』的意思。

因此我對她眨了眨點點頭後，把注意力集中到室內的對話。

『眼鏡要否也拿下來？』

另一個人的聲音。是剛才中空知提過的第三位人物。是個年輕男性。這京都腔調，我有印象。就是之前和阿久津一起在看武偵包自動販賣機的白皮膚瘦男子。

『眼鏡就不必了。真是不好意思，寶城院老師。我由衷為這些沒禮貌的行為致上歉意。』

寶城院老師——前參議院議員，中間黨的黨魁寶城院。原來那名瘦男子就是寶城院啊。

聽起來須坂是正在對那兩位男性進行搜身檢查……用手持式探測器調查他們身上是否有藏竊聽器的樣子。或許也有使用廣域收訊器，不過電波式竊聽器使用的頻率和WiMAX是完全不同的。

『沒關係，那就是妳的工作唄。哦，日向，原來你用的是那樣小口徑的手槍啊？』

寶城院的年紀應該比那位叫『日向』的刑警小才對，可是卻直呼其名而且不用敬語。

反而是日向對寶城院講話時會使用敬語——

『是的。近期內預定還會實施更嚴格的口徑管制……組織犯罪對策課的裝備不斷受到火力上的限制。』

『必須買更好的東西來用才行啊。東京都不是有構想要爭取舉辦奧運嗎？』

『是的。不管再怎麼晚，都必須在那之前強化裝備才行。不只是手槍或衝鋒槍的程度，最好是可以配發自動步槍——M4卡賓槍一千把左右。』

『車輛想要什麼？』

『配備白朗寧M2重機槍的特裝警備車M20，至少想要個十五輛左右。』

……呃，我說警察先生啊，您想裝備的玩意也太誇張了。

M4卡賓槍可是在阿富汗戰爭中表現活躍的美國軍用槍。而M20的原型可是M8灰狗裝甲車——裝有戰車砲的戰爭用裝甲車啊。雖然在治安極度惡劣的地區確實有國家將這些列為警用裝備，但對於日本的組織犯罪對策課——對付黑道的組織機關來講，這些武裝未免太誇張了。

『畢竟在這時代，日本也差不多該開始思考本土恐怖主義對策了。』

原本安靜聽著寶城院與日向對話的須坂，這時說出了很像個武偵的發言。

自從修改槍刀法使國內武裝解禁以來，強化裝備一直都是警察們的宿願。然而政權輪替之後，警備武裝反而更加受到了限制。反正暴對法的實施已經讓暴力團弱化，而且也有許可佩帶國際水準高火力武裝的武偵，所以應該沒必要配發什麼強力的裝備給警察吧——在這樣天真的想法下，日本警察正受到所謂『事業分攤』政策的影響。

而警察……日向希望透過政治手段解決這項問題。

藉由把眼光放得更長遠，不只是為了對付黑道，更是為了預防恐怖主義在日本崛起的名目。

──現在的民主黨政權能不能撐到四年都教人懷疑，甚至謠傳可能會提早實施解散總選舉。如果真的發生那種狀況，寶城院的中間黨搞不好就能靠反動保守勢力再度獲得議會席次。在自民、公民黨重握政權的日本，若能巧妙與執政勢力互動並帶動輿論風向──寶城院的影響力也有可能變得不可小看。

萬一中間黨主張的『全民武裝』……受到人民接受的時代到來。

萬一寶城院得以在聯合政權中占有一席之地。

現在講的這些話就不是開開玩笑可以帶過的了。日本將會變成人人手上都拿武器，在都會區甚至能看到警察手握自動步槍，坐在裝甲車上往來巡邏的國家。

然而我這次的工作──並不是阻止寶城院的政治野心。菊代的委託內容……是如果阿久津在背後有和什麼人聯手惡化街上的治安，就切斷那條線。雖然很難想像，不過還是有這些行動是須坂自作主張的可能性。

（不管怎麼說，現在首先要確認阿久津在哪裡才行。）

我透過敲指信號將這想法告訴中空知，另外因為這裡算是安全空間所以指示她『妳留在這裡繼續竊聽』之後，披上迷彩衣──一個人再度回到走廊。

大樓內果然沒有其他員工的氣息。大家都被吩咐離開了。因為今晚有這場會議。

（如果阿久津在這裡……應該就在樓上。我記得剛才看到有開燈的房間，是位於最上層的七樓。）

中空知給我的對講機耳麥，是設計成可以在乘車移動的狀況下使用的 WiMAX 連線型。因此全身透明的我單手懸掛在電梯天花板上解開逃生口的鎖，並沿著電梯井攀爬到七樓的這段期間，依然可以繼續聽到會議室內的對話。

『不只是警察，一般人民也應該要攜帶更多槍械才行。就像瑞士那般，要把國防規定為國民的義務才行。畢竟我可是收到ＮＲＡ的捐款啊。』

原來寶城院——是ＮＲＡ（全美步槍協會）以及以其為票倉的美國共和黨的手下啊。

美國為了加速對日本的武器出口——所以透過金錢將如果外交風向帶得好就有可能成長的政治家寶城院收為傀儡了。不過話說回來……就算在形式上是捐款，但這簡單來講就是來自國外的違法政治獻金嘛。

而今晚的這場會議，一方面也是那位寶城院老師與武器大宗顧客——日本警察之間的生意對談。

『原宿、表參道的現狀，以實驗案例來講進行得相當順利。只要將犯罪，尤其與槍械有關的案件都交給武偵處理，社會輿論就會漸漸變得支持讓我們強化武裝了。唉呀，雖然在這段期間內我們必須強化對其他方面的取締好彌補業績，有點辛苦就是了。』

從對話上聽起來應該是組織犯罪對策課高官的日向——果然一如之前我們店面遭半流氓襲擊時我所感受到的印象，似乎把這個地區的治安工作都全部丟給阿久津的樣子。

『也多虧如此，阿久津武偵事務所這一季創下了歷年最高的收益紀錄呢。』

根據語氣開心的須坂這句發言，我看清楚全貌了。

寶城院收受來自美國的獻金，希望讓日本大量購買武器。警察想要有光明正大購買那些武器的理由，所以故意讓治安惡化，煽動人民的危機意識。而阿久津就是在這期間負責保護人民，但保護的對象僅限於能夠付出高額酬勞的富裕客層。

這機制——是政治家、警察與武偵聯手演出的犯罪操作。不是親自犯下什麼罪，而是對自然會發生的犯罪案件進行**對應操作**，使三方各自都能獲利。

『下一屆的政權會制定反恐法，屆時日向先生也會變得比要好做事唄。至於須坂小姐、阿久津小姐這邊，可以轉為從事武器販賣業。我會幫妳們跟美國方面講講話。』

『是。表參道——將會從時尚街轉型為槍械街。對澀谷與新宿等地區的擴張也已經進入倒數計時了。』

他們是打算讓這裡成為只有富裕人士受到保護，其他人則必須抱著恐懼走在街上的地區嗎？

而且還企圖把這樣的景象擴展到全東京，不，全日本。

阿久津，妳現在到底人在哪裡？關於這件事，我可要好好盤問妳一番。

『啊，對啦。我在週刊雜誌上有看到，武偵的包子店是唄？那好像在降低原宿跟表參道一帶的犯罪率，很不好啊。』

『那篇報導的內容似乎是真的。須坂小姐，可以麻煩妳跟阿久津小姐講一下嗎？請她去把遠山好好處理掉。雖然前陣子有一群愛鬧事的傢伙已經擅自去處理過一次就是了……』

寶城院和日向提起關於我的話題後，須坂便——『那是當然的了。畢竟阿久津小姐也非常討厭那孩子呀。』地帶著笑聲回答。

想笑就趁現在笑吧。那個孩子現在可是和妳在同一棟大樓中啊。

我從電梯井內側用撞匙打開電梯門，來到鋪有桃花心木色方塊毯的七樓走廊後，走向剛才從樓下看到有亮燈的房間——掛有『CEO's Office（社長室）』牌子的柚木製房門前。

房門是兩側張開式，而且在左右門板之間微微有一條縫隙……沒有上鎖。

我試探了一下房內的氣息，聽到從深處傳來意外清楚的聲響。想必就是阿久津了。

於是我把手伸向鍍金的門把，準備握住時——

（——嗚……！）

我趕緊把手縮回。

要不是在爆發模式下就沒能發現了。

在快要觸碰到的瞬間，我發現門把的溫度比室溫略高一點。門把上有通電。

——是陷阱。怪不得我到這裡一路上都這麼順利啊。

我對通話器「呼呼」吹氣送出摩斯密碼後，很快就聽到中空知「哈哈」報告平安的回應。看來中空知的存在還沒有被發現——也就是說我……

（是在進出電梯的時候被發現的。）

房間內接著變得異常安靜……可見剛才的聲響是故意想引誘我進去的。

既然如此，光曲折迷彩衣就沒必要了。我利用武偵手冊的絕緣部分打開門……為了對付遮蔽物而拔出沙漠之鷹後進入房內。另外為了不讓對方察覺中空知的存在，我把通話器保持在通話狀態下藏到口袋中。

採用間接照明的社長室——看起來就像高級飯店的豪華套房。全真皮的貴妃椅沙發，鏡面的黑色橢圓形桌子。酒櫃中優雅的燈光下，可以看到滿滿都是感覺很昂貴的洋酒。

透過從地板到天花板的整面落地窗，可以眺望到六本木新城與東京鐵塔。

看來是連窗外景象都講究之下，故意選這裡當社長室的。

（我的公司遭到半流氓襲擊的那時候，她也是從這地方悠哉欣賞的是吧。）

這麼一想，就教人莫名火大呢。

在寬敞的房間中，有一部分就像圖書館般擺設有好幾排高高的書架，上面陳列的都是精裝版的西洋書籍……但看起來不太有讀過的痕跡，只是裝飾而已。

推測應該是社長桌的窗邊玻璃桌上，有一臺筆記型電腦——MacBook Air打開著螢幕放在上面。畫面還沒有進入休眠模式，映在窗玻璃上。就在我為了確認那臺電腦

而走向桌子的時候──

「紅酒有所謂最適合品嘗的時候。」

──是阿久津的聲音。

我趕緊轉回頭，看到阿久津無聲無息地坐在剛才我看過的那張沙發上。

哦？真不愧是前諜報科的A級武偵，隱藏氣息的技術堪稱一流啊。而那臺電腦看來也是陷阱。這下我傻傻被引誘到房間深處，無路可逃啦。

不同於以前的打扮，身穿西裝配裙子的阿久津……在沙發上妖豔地換翹另一邊的大腿。對美女大姊姊很沒抵抗力的我還真應該感謝這房間光線昏暗呢。

「遠山，這件事情，還不能把瓶栓拔掉喔。唉呦，真是的，一下子就拔槍出來。好野蠻……」

嘴上這麼說的阿久津──手中也握著一把裝了滅音器的小型自動手槍，雖然是不鏽鋼滑套上有鍍鉻加工過的裝飾槍就是了。原來她握槍的時候也有翹起小指的習慣啊。

（卡爾PM9……）

那是一把女性也能輕鬆使用，輕量小型的複動式手槍。設計優美，重量平衡也就是精準度又優異。不過價格很貴。裝彈數六發。

「畢竟武偵很講究道義，所以我來答謝之前在招標會的事情啦。靜岡的夜景也不賴嘛。」

「我似乎太小看你了，還以為老鼠只要用捕鼠器就能抓到的說。」

聽到我挖苦諷刺，阿久津飄動她閃耀的卷髮瞄了一眼電流門把。於是……

「在樓下的對話我已經聽到了。另外……虧妳是前輩卻學識不足啊，阿久津。在這世界上，也有老鼠是有毒的。」

我偷學了以前在橫濱陸標塔上與弗拉德交手時亞莉亞講過的臺詞。

「唉呦，那就必須把老鼠的嘴巴封起來呢。」

「妳封得住嗎？」

「當然。只要稍微折磨你，然後給你灌藥。還是說你要舔我的鞋子，跟我道歉呢？雖然根據你的個性搞不好對你反而是種獎賞，不過只要那樣做我就原諒你吧。」

總覺得話題好像要被帶向爆發性的方向，於是我——用上膛聲讓她閉嘴了。

「我姑且跟妳確認一下，想跟我打嗎？武偵之間玩真的，在日本可是禁止行為喔？」

「對一個社會新鮮人根本沒必要玩真的吧。而且武偵法第十二條第二項有寫，如果是因為工作上的衝突則不會問罪呀。」

聽起來阿久津已經猜到我是受人委託而行動的。不過那樣反而比較好辦事。

「說到罪我就想起來。你那把槍……該不會是你父親的遺物吧？」

阿久津說著，同時用睫毛很長的雙眼估測與我之間的距離。

「妳怎麼查到的？」

「以前……因為收賄罪被遠山金叉逮捕的父親大人，有跟我提過金叉的武裝。」

哦哦，原來如此。怪不得阿久津從初次見面那天就把我視為眼中釘。

不過，如果阿久津的父親是被我老爸抓過的男人……跟她多講些話搞不好可以套出一些關於老爸的情報。就在我因此露出一臉想聽阿久津繼續講下去的表情時……

「對了對了，說到父親大人——」

發言途中——啪嘶！阿久津忽然開槍了！

——磅！沙漠之鷹在千鈞一髮之際趕上迎擊，在我面前僅僅三十公分處把九毫米子彈撞了回去。

幾乎正面撞擊而黏在一起的子彈「啪！」一聲在阿久津背後的牆上開出一個黑色的洞。

「……！」

光是如此……阿久津就轉身逃跑了。而在她背後，似乎是用來分隔這個房間的防彈門板從左右兩側的牆壁冒出來，漸漸關上。位置剛好可以隔絕我和阿久津。

我趕緊鑽過防彈門板間的縫隙——的時候，「啪嘶！」一聲，早料到我會通過那道縫隙的阿久津又再度朝我開槍。

然而這次根本沒必要躲開。我用藏有八岐大蛇護甲的前臂「啪！」一聲把子彈往旁邊彈開。

阿久津剛才為止的從容態度頓時盡失，用憎恨的表情朝我一瞥後——躲進了書架與書架之間。然後在我追上之前，又從書架後面「啪嘶！啪嘶！」地連續開槍威嚇。

妳是在浪費什麼子彈啦？

因此稍微被拖延了幾秒的我，接著衝到有如走廊般的書架與書架間……

阿久津的身影竟然消失了。左右兩側是書架，前方是牆壁，應該無路可逃才對。

就在這時……我爆發模式下的視覺發現了。那些感覺沒被讀過的西洋書，果然只是裝飾品。而阿久津剛才似乎動過的一本書，比剛才稍微往前位移了一點。

於是我移開那本書，看到底下藏了一顆按鈕……喀搭……正面的牆壁同時發出輕微的解鎖聲響。原來阿久津剛才的威嚇射擊，是為了掩蓋這個聲音啊。

在隱藏門的另一側，有一道鋁製的梯子。

我沿梯子往上爬，最後來到的地方——是周圍有鋼索圍繞的寬敞屋頂。

夜空中，低到彷彿伸手可及的灰色雲層不斷流動，教人毛骨悚然。

屋頂上除了外圍的鋼索之外，也有只要用手抓住就能翻過去的鋼索圍欄……圍欄另一側是為了屋頂綠化用的草皮。

在耳邊用手壓住隨風擺盪的長髮，站在那塊草皮上的阿久津……發現我追上來後，便丟下了ＰＭ９。

而且是丟到她自己前方相當遠的地方，正好在圍繞草皮的圍欄底下。接著舉起雙手……

「我果然還是贏不過ＳＤＡ排行第四十一名呢。」

並對我露出年長女性做出來反而異常可愛的吐舌頭表情。

然後朝我的方向走過來，到圍欄邊……站在只要撲過去就能重新撿起手槍的位置。

我用沙漠之鷹牽制阿久津，同時走過去準備奪走掉在鋼索下方的槍——

「喂，阿久津，妳給我差不多一點。我可要生氣囉。」

——之前，先抓住了阿久津的手臂，把她拉向鋼索。

結果阿久津「呀哇！」一聲變得異常驚慌——因為腳下穿什麼高跟鞋的關係，當場摔坐到地上。

連散亂的頭髮都不想碰到鋼索的阿久津，勉強用翻仰般的姿勢倒下上半身——結果運氣很差地「咚！」一聲把頭撞在從草皮下凸出來的脫氣筒上。

似乎因此稍微流血的她，痛得用手按著頭……而她剛才這動作就代表，這些鋼索上也有通電的意思。雖然我從她把槍丟到讓我去撿的時候會觸碰到鋼索的位置，有已經察覺這點就是了。

「妳是靠陷阱和計策的武偵吧。那麼當妳和我進入正面對決的局面時，妳就已經輸了。不要再浪費力氣，乖乖——」

當我如此說到一半……

「騙人……我、流血了……？這種事、怎麼可能……不要……嗚嗚！嗚嗚……」

阿久津發現手上沾到自己的頭流出來的血，竟哭了出來。

……這傢伙搞什麼？難道她沒有在實戰中流過血嗎？明明讓別人流血時一點都不

猶豫地說。

「呃……喂，阿久津……」

在爆發模式之下對女性的淚水很沒抵抗力的我，頓時變得不知所措……

而阿久津啜泣了好一段時間後，把手伸向自己耳朵，用頭髮隱藏起來的某個東西。是武器嗎——應該不是。接著，她忽然就停止裝哭……

「……須坂，妳順利把話套出來了吧。到那邊就好。接下來讓他們在委託估價單上簽名當作證據之後——就請他們回去。我不想再繼續對付遠山了。這孩子好粗暴，我會受不了呀。」

看來她是用耳塞型的無限耳麥在跟須坂通話的樣子。

剛才看到映在窗戶上的電腦畫面時，我靠爆發模式的視力速讀就已經知道了一件事……

——阿久津並不是警察或中間黨的爪牙。

她是假裝與那些人合作，但實際上在探查對方。

因為她身為一名諜報武偵，接到**武偵廳的委託**。

而今天就是確立證據的日子。

「妳那個臥底搜查——是從哪裡開始的？」

我為了進行確認如此詢問後，阿久津毫不在意頭上的傷站起身子……

「……從原宿警局的日向開始。而既然接到任務就必須徹底完成，所以我又查出在背後的人物寶城院——從那之後為了得到他們的信任，花了我不少時間呢。我之前已經警告過你了，但現在再講一次。不要礙事。」

如果成功逮捕了警察內部，甚至前議員等級的犯罪者，武偵廳給的獎勵金將會相當優渥。

阿久津想必就是為了那筆錢在工作。順便在任務過程中使街上的治安惡化，讓身為武偵的自己又額外獲得龐大的收入。

「就算獵物再怎麼大，妳這種手法還是不可取。妳應該要用別的方法告發日向跟寶城院的。阿久津，我要以違反武偵法的名義逮捕妳。」

「……成大事者不拘小節。你要是在這裡逮捕我，就等於放走日向跟寶城院囉？而且你接下來還想跟我打官司嗎，遠山？」

——她打算主張自己無罪，把問題搬上法庭是吧？

阿久津雖然與警察掛勾使這條街上犯罪瀰漫，不過也一直都有出面解決問題，即使要收錢就是了。而且她的行動是基於委託的搜查行為，有正當的動機。為了讓犯罪者信任自己，視情況也有必要一時性地幫助犯罪，這在臥底搜查行動上是常識。光從這些點來看，阿久津會被判有罪的可能性就在五成以下了。再加上她有錢，肯定會雇用優秀的律師團。

而一旦阿久津被判無罪，接下來就會換我被她告，立場反轉。

就算我現在獲勝——也不代表事件可以就此落幕的意思。

不愧是大人，防禦力真高啊。

「若你覺得那樣也沒關係，就請便吧。哦哦對了，這些鋼索已經沒有通電，你放心吧。這個電池只能維持九十秒而已。」

阿久津觸碰鋼索給我看之後，對我伸出雙手，是「你想銬我手銬就銬吧」的動作。

我……沉思一段時間後，從口袋中拿出手銬。

雖然考慮到之後的事情，會感覺這是很衝動的行為，但對於爆發模式下的我來說——我無論如何都想保護此時此刻依然在這條街上為犯罪而害怕的人們，也就是女性們啊。

——然而就在這時……

阿久津忽然睜大眼睛。

不是看著手銬，而是看向我背後。

「……！……騙、騙人……那是……什麼……」

她接著把伸向我的手又縮回去，趕緊蹲下身體把槍撿起來，顫抖著穿高跟鞋的雙腳往後退下。

我靠爆發模式的感覺可以知道，她這不是想要騙我的演技。

——是有某種值得她如此害怕的存在出現在我背後。

——從氣息上我也注意到，有人……不對，有**某種存在**在我後面。

巨大的**振翅聲響**。是鳥嗎？不對，體型很大。從高度很低的雲層中緩緩落下，在我背後十公尺左右的夜空中拍打著翅膀。

（……！）

我顧不得阿久津手上有握槍——趕緊跟著轉身看向背後。

結果在我眼前——

「——嗚……！」

以燦爛的六本木新城與東京鐵塔為背景，一名年輕的女性……**漂浮在半空中**。

那女性沒有雙臂。

取而代之的是一對像鵰的巨大翅膀，緩緩拍打。

在胸前與跨下等等本來應該穿貼身衣物的部位長出金褐色的羽毛。大概是為了在空中安定姿勢，從臀部還長出尾羽，頭的側面也有小小的翅膀。短短的頭髮呈現橘色。

望向我的那對紅色眼睛，從瞳孔發出宛如小小紅燈般的光芒。

（這、這是怎麼回事……這女人，不對，這生物、到底是什麼……！）

我急忙用爆發模式下的腦袋搜尋記憶——總算想到了。

以前理子玩過的奇幻類遊戲中有出現這樣的怪物。

（……哈比鳥……！）

——不管怎麼看，都是那種怪物。但那玩意為什麼會飛在東京的天空？

與腦袋陷入混亂的我對上視線的瞬間，那怪物就不發一語地——啪唰！

用力拍打一下翅膀後，朝我飛了過來。為什麼！

「──遠、遠山！危險！」

阿久津大叫的同時，「啪嘶」一聲對鳥人開槍。但鳥人一瞬間收起翅膀旋轉身體，躲開子彈之後──把目標轉向攻擊自己的阿久津，有如襲擊獵物的巨雕般從上方把腳踹下。

她的裸足──不知道能不能這樣講，但總之從小腿以下的部分都是猛禽類的腳。

「阿久津！」

鐮刀般的四根利爪彷彿要撕碎阿久津的頭部般狠狠抓住──之前，我用手往鋼索上一推，讓全身側面旋轉，並順勢把腳伸出，「砰！」一聲踢中哈比鳥的左翼。鳥人的利爪因此在千鈞一髮之際劃過阿久津的頭邊……

「──快逃！」

我對阿久津如此大叫，並插入她與哈比鳥之間。

哈比鳥的體重很輕，結果比我預測還要大幅劃過空中──把雙翼包成像外殼一樣保護身體，最後滾落到草皮上。接著順勢站起身子……啪唰！

大大展開雙翅後，她張開長有尖牙的紅色嘴巴，抬頭仰天……

「──噫呀啊啊啊啊啊啊啊啊啊──！」

發出有如女人尖叫般讓人不舒服的叫聲……！

阿久津聽到那聲音頓時臉色發青，全身畏縮。

這也不怪她。畢竟連我都基於本能往後倒退了一半步。

（該死——到底為什麼……究竟是發生什麼事了……！）

我不知道。

什麼都不知道。即使靠著爆發模式的腦袋。

和這種生物的戰鬥，我既沒經驗也從沒遇想過。雖然在「長翅膀的怪物」這點上很類似希爾達，但希爾達的翅膀是為了使人類為基礎的動作增加機動性的玩意。而哈比鳥的動作是以鳥類為基礎，在動物學上的設計概念本身就不同。

「啪！」一聲跳起身子的哈比鳥就好像在半空中踩踏什麼看不見的腳踏車——而且是以加速播放影片般快速的動作，朝我的頭踢下利爪。

——好快！目標又瞄得很準，再加上她拍打翅膀使全身在半空中不規則地上下擺動，讓我難以掌握她腳踢的節奏。即使靠爆發模式下的反射神經，光是閃避攻擊就很吃力了。

啪嚓啪嚓啪嚓！哈比鳥揮空的爪子接連把鋼索像風箏線一樣輕易切斷。

從正上方來的腳踢，我幾乎沒有經驗過。

在被擊中之前，用手槍進行牽制吧——就在我這麼想的瞬間……

飛在天上的哈比鳥毫不放過我因此露出的短暫破綻，用左腳朝我右手臂踢了下來。

立刻取消用槍的我，把身體縮到比敵人的利爪更內側——雖然對女性，或者應該說對雌性對象做這種事很沒禮貌，不過我還是——讓右手臂通過對方胯下，抓住臀部的尾巴。同時用左手掐住對方脖子，形成鎖喉圈的形狀。

接著就像鎖喉摔一樣，準備把對手壓倒在地上的時候——

「……嗚……！」

啪唰！哈比鳥忽然用力振翅，讓抓住她的我跟著從屋頂的地板上懸浮起來。

我趕緊放開她的尾巴，為了防備摔落時的衝擊而用手保護自己身體——卻被哈比鳥緊接著把頭往下一甩，當場隔著袖子咬住了我的右前臂。雖然咬合力道不至於能隔著八岐大蛇的護手咬碎我的手臂，但這下我被她抓住了。

我原本準備回到地板上的雙腳浮向空中。隨著「啪唰！啪唰！」的振翅聲響——

「……遠山！」

阿久津的聲音從下方傳來。

哈、哈比鳥、飛起來了。咬著我的手臂往上飛。

用左手、拔槍……！正當我這麼想時，哈比鳥似乎察覺我的意圖，一邊上升一邊用右腳的腳趾抓住我的左手腕。那腳趾不斷握力驚人，也遠比人類的腳趾長，把我的手腕完全掐住。

不行了，這下就算我想從八岐大蛇中把槍滑出來，也會在袖子裡被擋住。

「……！」

我無從抵抗，只能任由自己的身體被抓到空中。

即使加上我的體重，哈比鳥的上升速度依然快得恐怖。就在我不知如何是好的這段時間，下方的阿久津大樓漸漸縮小到跟我鞋子同寬的程度。

目測高度已經達到一五〇公尺。抬頭往上看，低垂的雲層緩緩接近眼前。哈比鳥似乎打算藏到雲中把我運送到其他地方，而隨著上升的同時開始往北飛行。

「……休想得逞……！」

被咬住舉高的右手以及被爪子抓住下垂的左手，兩邊都被固定著。於是我以此為支點，在空中盪起下半身。

透過爬單槓的技巧把右膝蓋勾到哈比鳥的肩膀上，讓自己全身上下顛倒，並朝天上踹出一記左腳刀。然而哈比鳥只是稍微上下擺盪飛行，就輕易躲開了我的腳。看來她很熟悉怎麼對付掙扎的獵物。

就在我的左腳劃過哈比鳥的耳際旁時——

「這傢伙……！」

在武偵高中被徹底鍛鍊出來的招式記憶，讓我很自然又精準地移動左右雙腳。保持上下顛倒的姿勢，把雙腳組成『4』的形狀——「啪！」一聲套住哈比鳥的脖子。好！以摔角招式來講的垂吊式4字型鎖喉，我成功施展出來了……！

（在空中對哈比鳥使出4字型鎖喉成功的人，我應該是史上第一個吧……！）

因為姿勢很不穩定，讓我沒辦法徹底掐住她的頸動脈，但至少鎖住氣管了。

「嘰——嘰……！」

哈比鳥明顯不想被我繼續掐住，但依然沒有停下拍動的翅膀。

我們持續上升，目測高度已經來到三百公尺——進入積雲的底部了。

「放開、我的手……這傢伙……！」

在嗆人的雲層水蒸氣中，我用腳鎖住哈比鳥的脖子，而哈比鳥也堅持抓著我的雙手不放——陷入膠著狀態，雙方都無計可施。

我和哈比鳥就這樣在空中保持著互相固定對方的姿勢。然而，她抓住的是我雙手，我掐住的是對方脖子。因此應該是我必較有利才對——

雖然我是這麼認為，但哈比鳥即使表現得難受也依然撐了很長一段時間。看來她是一口氣可以維持得遠比人類還久的生物。或許為了能在氧氣濃度很低的高空飛行，她甚至有像鳥一樣的氣囊吧。

（該死……！）

隨著三分鐘、五分鐘漸漸過去，狀況開始惡化了。畢竟哈比鳥的頭是朝著上方，但我卻是上下顛倒。血液不斷流向腦袋，掐住對手的雙腳則是漸漸失血，導致固定的位置也緩緩偏移。哈比鳥的臉色看起來已經不像是被掐住喉嚨的感覺了。

大幅拍動翅膀的哈比鳥穿梭在雲層底部的水蒸氣中，往西北方飛行。現在我們已經來到表參道交叉路口的上空。透過還不算濃的雲氣，可以看到下方十字路口來來往往的車輛。大概是衝下大樓的阿久津開的敞篷車——純白色的保時捷也在其中。她閃著雙黃燈，在我正下方緩速行進。即使應該很難看清楚在雲中的我，不過她還是繼續跟在下方。雖然我們已經到達從下方開槍也無法擊中的高度就是了。

如果哈比鳥是成群生活的生物，而我要被她抓去的地方就是她的群落……

或許我至今人生中吃過烤雞肉的因果報應就要降臨到我身上了。

不只是這樣。要是持續呈現倒吊姿勢讓腦袋血壓上升，搞不好會引發對卒。我必須盡快從這膠著狀態中脫困才行……！

但我的雙手現在都被哈比鳥固定著，雙腳也掛在她脖子上。

能夠自由行動的部位——只剩頭部了。那就靠腹肌撐起上半身，使出頭槌……不行。因為左手被哈比鳥的腳抓住的緣故，我的上半身沒辦法完全撐上去。即使把左手伸長到極限，也只能把上半身抬到我的額頭與鳥女的臉部要碰不碰的高度而已。還差幾公分的距離。

不得已之下，我只好——

（骨克己……！）

隨著「咖！」一聲，我讓自己的左肩脫臼。

如此一來，我的左手就能伸長到極限以上。於是我再度靠腹肌抬起上半身，使出頭槌——

——砰！我的額頭擊中哈比鳥的側頭部，稍微靠臉蛋的部位。

「呀嗚！」

哈比鳥發出慘叫，把用尖牙咬著我右手臂的嘴巴鬆開了。好！從八岐大蛇中拔槍吧——就在我這麼想的瞬間，不想被槍攻擊的哈比鳥竟**連我的左手都放開了**。

「——嗚……！」

哈比鳥的身影轉眼間朝上空遠去。

不是她上升，是我在往下掉。

我趕緊縮起身體，用膝蓋踢向自己的左手臂，把脫臼的骨頭裝回去後——從八岐大蛇中拔出貝瑞塔。接著拿出外套口袋中的氣囊彈，從拋殼孔裝入貝瑞塔，朝正下方——表參道交叉路口的地面射擊。

子彈擊中地面的瞬間，極薄但耐撞的氣囊便……沒有……展開！

……啞、**啞彈**……！這麼說來，平賀牌的產品故障率很高啊！

我再度把手伸進在風中快速擺盪的外套中，摸索口袋裡的武偵彈。

武偵彈的底部有各自的特徵，方便靠觸覺進行分辨。現在摸到的是炸裂彈，這是煙霧彈，這個也不對，那個也不對，也不是這個，也不是那個……！

（來、來不及，要掉下去了！）

氣囊彈的底部凸緣有細微的凹凸，觸感就像竹子一樣。啊！這個嗎！

我趕緊抓出來，卻發現那是以前去中空知家時拿到的……竹、竹蜻蜓……！

「——遠山！」

在我正下方開著保時捷的阿久津——將保時捷撞向表參道的紅綠燈柱，「啪！」一聲使駕駛座與副駕駛座的安全氣囊都蹦了出來。

握著竹蜻蜓臉色蒼白的我，就這樣——「噗！」地掉落到氣囊上。

接著微微彈起來後，滾到駕駛座的方向。以為這次絕對死定的我，忍不住呆呆仰望著天空，全身僵硬了好一段時間。不過……

「……得、得救了……嗎……」

我把頭靠在莫名溫熱而柔軟的安全氣囊上——看著被我賞了一記頭槌的哈比鳥從雲層中搖搖晃晃地降落到代代木公園、明治神宮的方向。

「我、我說你……」

阿久津的聲音這時從莫名接近的距離傳來，於是我稍微移動頭部看看自己的臉部周圍——

「……！……」

阿、阿、阿久津前輩的……胸、胸部……！西裝外套和襯衫的釦子都彈開，讓粉紅色的內衣、露出了好大一片面積……！

我以為是安全氣囊而把頭靠在上面的柔軟物體——就是、她的胸部！

她衣服會這麼凌亂，似乎就是因為被安全氣囊彈起來的我掉到她胸部上的緣故。

阿久津的大人雙峰整齊收納在光澤色丁材質的內衣中，形狀極為優美。

從胸罩上方露出約三成左右面積的圓潤乳房，白皙得彷彿是從內側透出淡淡的光。而我的頭剛才就是壓在那對美乳上。不只是安全氣囊，那對乳囊也從衝擊力道中救了我一命。阿久津雖然是個惡女，但胸部是沒有善惡之分的。

在名為安全氣囊的被窩中，將一名比自己年幼的男孩子抱在胸口中的阿久津……明明一直以來態度都高高在上的，這時卻漸漸臉紅起來。

「對、對不起，阿久津**小姐**。」

「幹麼忽然那樣叫我啦？明、明明到剛才都對我直呼其名的說。」

「呃不，我只是到現在才發現，阿久津小姐果然是個大姊姊呢——」

哦～？原來爆發模式下的我在面對年長的大姊姊時，會裝成一個可愛的少年啊。講話聲音變得比較細，還露出有點在撒嬌似的眼神。連我自己都覺得好噁。

然而阿久津看到我那樣的態度……頓時露出像是心頭揪了一下的表情。

我靠爆發模式的觀察力很快就發現了，這個人喜歡比自己年幼的對象啊。

「你要小心喔，遠山。那個鳥女，搞不好還會再回來——」

「嗯，不過沒關係。到時候我會保護阿久津小姐的。」

「保……」

身為一名個性獨立的女武偵、女社長，阿久津似乎沒有被男性講過這種話的經驗。結果她的臉變得比剛才更紅，對剛剛還是交手對象的我變得心頭小鹿亂撞起來。

「我們下車吧。阿久津小姐請回到大樓去。待在屋內肯定會比較安全的。」

「呃、嗯。」

雙眼注視著我的阿久津……在我輕輕抓著肩膀誘導下，乖乖下了車。

嗯，明明平常態度高高在上，可是把我視為異性之後就變得順從聽話的大姊姊，讓人有種莫名舒服的新鮮感呢。

因為阿久津引起自撞車禍，緊接著我又從天上掉落到車中，使得表參道的交叉路口陷入一片騷動……而就在我撥開萎縮的安全氣囊，準備開門下車的時候……

「……我說，你在做什麼？」

我耳邊忽然聽到呢喃聲。不是阿久津，是別的女人。

（——嗚——！）

中斷勾引阿久津的我，趕緊把頭轉回去。

看到以表參道的秋葉神社與石燈籠為背景——

蹲在白色保時捷行李箱蓋上，身穿黑色防彈風衣的……

「茉斬……！」

——我沒有看錯。

是伊藤茉斬。就在、我眼前。

這傢伙還真的是神出鬼沒啊……！

「喏，戒指、在哪裡？」

茉斬面無表情地注視著我，像隻小鳥般歪了一下頭——

——我則是二話不說，立刻拔出貝瑞塔·金次樣式對她開槍。

砰砰砰！靠三點放從近距離射出的子彈，卻被茉斬一個後空翻靠長風衣的衣襬彈開。

踏、踏踏——

茉斬順勢跳到石燈籠上，在位於手槍交戰距離之外的那個位置對我招手。

我還想說怎麼忽然冒出個莫名其妙的鳥女，原來是跟N有關啊。畢竟原本N的成員中也有古蘭督卡和伊歐，已經沒什麼好奇怪的了。只是哈比鳥大概因為沒有手所以沒戴戒指，害我發現得晚啦。

「過來吧，小弟弟。」

踏、踏踏。茉斬沒有下來到大量行人因為聽到槍聲而陷入驚慌狀態的人行道上，而是沿著 LOEWE、CELINE、FENDI 等等時尚品牌店的屋簷上輕盈跳躍，朝明治神宮前車站的方向遠去。

「對已經出社會的人別叫什麼小弟弟啊。」

明明剛才還裝成少年把阿久津耍得團團轉的事情就姑且不講，我把手槍高高舉起後……

把幫我補充了爆發性血流的阿久津留在原處，沿人行道追在茉斬後面。途中看到一名身穿街頭風打扮的大學生抱著一個滑板，於是……

「抱歉，跟你借一下。」

我說著，用井筒奪術把滑板借了過來。然後單腳踏著它在地上滑行，發出「喀──」的聲響──使路上的行人們都紛紛為我讓路了。

在快速奔馳的我和茉斬右側，從 Anniversaire──結婚會場的小禮堂中剛好有一對新人走出來，受到親朋好友們撒花瓣祝賀。撒向空中的花瓣隨風飄舞，把穿著黑衣如妖精般從中飛過的茉斬襯托得更加神祕。

而那些花瓣忽然有幾片「啪啪啪啪啪！」地碰撞到什麼肉眼看不見的東西，在空中被彈開。

彈開的花瓣位置正好朝我的方向連成一直線。是不可知子彈——！

「——茉斬！妳要是殺了我，就不還妳戒指囉！」

我把滑板「喀！」一聲踢高到斜前方，並側空翻一圈躲過空氣子彈。

看不見的子彈接著「啪！」地擊碎表參道的石板路面。

「在你還給我之前，我會、一直、追著你。」

茉斬一邊從我眼前逃跑，或者應該說是一邊誘導著我——一邊回應我的對話，而且連氣也不喘一下。

「那也是、一種很性感的關係——你不覺得嗎？」

雖然同樣是大姊姊，但茉斬是屬於神祕類的大姊姊啊。她講的意思我都聽不太懂。

剛才被我踢起來的滑板再度回到路上的同時，我重新跳到上面——沿表參道之丘旁的斜坡快速往下滑。

我壓低身子，減少空氣阻力不斷加速……雖然可以追上茉斬，但是和跳躍在屋簷上的茉斬依然有高低差距。換言之，即使平行並進，兩者之間還是有一段距離。

不過，互相位於斜上斜下方的兩人之間，不會有行人進入射擊線。要來場槍戰嗎，茉斬？

「我說、你。這種事情、我、從來沒有過喔。」

茉斬豎起拇指與食指，對我比出手槍的手勢。

這是『來場槍戰』的意思吧。看來她跟我的想法是一樣的。

「妳說什麼事情啦！」

砰！砰砰！砰砰砰！——我們一邊對話，一邊用空氣子彈與實彈互相射擊。靠彈子戲法彈開的不可知子彈看不見的碎片擊中我周圍的路樹與柏油路，危險一點的甚至還劃破購物客手上的紙袋。

我靠滑板疾馳的同時操作八岐大蛇，在手腕部分換裝彈匣——的瞬間……

「我和、敵對過的人、從來沒有、見過三次面。」

——砰！茉斬忽然——把行進方向左轉九十度，從我上空躍過整個人行道。長風衣的衣襬大大敞開，降落到車輛來來往往的車道上。

踩著滑板的我因為慣性而超越了茉斬——趕緊用後側一百八十度腳跟翻板技巧將自己的身體一百八十度轉向。

「不會再見面的理由……想想也知道，我就不問啦！」

我一邊站在滑板上朝背後開槍，一邊靠甩尾從行人穿越道衝出來到車道上。

雖然這種事情一點都不值得開心，不過我和茉斬的戰鬥節奏莫名契合。

想必那是因為我和茉斬都是除了戰鬥什麼也不會……在某種意義上的同種人吧。

從容不迫地橫越過我眼前、往明治神宮方向奔跑的茉斬，已經穿過我在的對向車道，來到車輛與自身同方向行進的車道上。因為她跳躍時不斷踩踏車輛的車頂或引擎蓋，造成路上車輛又是追撞事故又是緊急變換車道的，舉動變得很不規則。

然而茉斬卻對於那樣的狀況絲毫不抱任何感情，自顧自地繼續往前跑。態度上感覺就是跟自己無關的人物不管是誰受了傷甚至喪了命，她都無動於衷。她身為一個人的心已經壞了。被這個國家破壞了。國家為了讓她成為一名超人菁英，成為守護這個國家的公安零課四式——而將她鍛鍊成了對於「死亡」這件事本身不抱恐懼的女人。

靠滑板在車道上疾馳的我，選擇的不是被茉斬搞得一片混亂的車道——而是在車流量本身就比較少的這條對向車道。把滑板踢進迎面駛來的一臺奧迪A4的車底下，自己也同時靠前空翻跳過車頂上。

滑板從車底下溜出來後重新踏到上面的我，緊接著……砰！砰砰砰砰！

對這次換成在我左斜前方三十公尺處的茉斬帶著牽制與威嚇的用意連續開槍。絲毫不感疲憊的茉斬始終沒有放慢速度，「啪啪！啪啪啪啪！」地用彷彿在揮趕蚊蟲似的動作同時射出好幾發不可知子彈，把我的子彈全部彈開。

「喀！」一聲連人帶滑板一起跳過中央分隔島，來到與茉斬同一側車道上的我，伸手抓住為了逃離現場而催油加速的一臺 Toyota Alphard，追向茉斬。

剛才我有用眼睛確認了一下軌跡，茉斬的空氣子彈被彈開後有幾發擊中了路旁店鋪的窗玻璃。雖然很幸運剛好沒有擊中行人，不過與其要繼續和茉斬在表參道進行槍戰——我還是乖乖跟在她後面比較好。

茉斬是朝著人潮稀少的方向前進。

也就是剛才哈比鳥降落的——代代木公園與明治神宮的方向。

如一陣風般穿梭在人車縫隙間的茱斬絲毫沒有放慢速度，進入了明治神宮。穿過檜木的大鳥居，明明踏在砂石步道上卻幾乎沒發出聲音，一路衝向南參道的黑暗之中。因為從這裡開始滑板就派不上用場了，於是我把它丟到路邊……追著茱斬的背影，奔馳在明治神宮又長又寬的參拜道上。

N，而且是茱斬現身在東京，可說是千載難逢的機會。

畢竟是我方不管怎麼找也找不到的對象親自上門來了。

然而，為什麼今晚茱斬會出現在我面前？

戒指的事情是我和茱斬之間的個人恩怨。但現在既然利用了哈比鳥，也就是跟N扯上關係——進行了組織性的攻擊行動，就代表她應該是為了其他工作而來到這個地區。這樣想比較自然。

從N企圖斷絕各國間關係的教義來推測，茱斬她們的任務恐怕就是……因為主張強化官方與民間武裝的寶城院良司很可能使日本在國際上遭到孤立，所以將其人生分歧點的這場在阿久津大樓的密談視為骨牌效應的一端，而前來觀望事態發展的吧。

然而這之中還有不解的謎團。

**為什麼我會扯上關係**？

就跟我和貝瑞塔的相遇一樣，那**或然率之低**難以說明。

我和寶城院的接觸是偶然之下的產物。就算推測那是莫里亞蒂教授靠條理蝴蝶效應引導出的結果，也和貝瑞塔的時候一樣說不通。畢竟我是會將寶城院這枚骨牌朝N所期望的反方向倒下的人物。

我和N之間，已經發生兩次對我有利的偶然。

會發生兩次的偶然，肯定是一種必然。總覺得在背後有某種『力量』在引導這個必然。

雖然我即使在爆發模式下也想不出那個『力量』的真面目究竟是什麼，不過那個超越性的存在——至少到目前為止都站在我這邊。這就是現階段關於這件事情我所能知道的極限了。

明治神宮是一座面積足足有七十萬平方公尺，長有十萬棵樹木的廣大神社。

而成為其入口的南參道連一盞燈都沒有，從茂密的樹林外側也幾乎沒有燈光可以透進來。全身打扮漆黑的茉斬跑在前方一百公尺處的背影，我只能勉強看到。這裡明明是在東京都的鬧區中心，卻甚至給人一種誤闖不同世界的錯覺。

（哈比鳥剛才……抓著我往西北方飛。從位置上看來——）

她應該本來想要把我抓到這座神宮來吧。但是卻失敗了。所以茉斬才出面扛下那個任務。可見N肯定在這座神宮準備了什麼東西。

——很危險。狀況極為危險。

但就算明白這點……既然見到茉斬，我就不能讓她逃掉。那女人知道老爸的事情。現在在前方隨時可能溶入黑暗之中看不見的茉斬，搞不好今晚之後就再也不會出現在我面前了。

（我不能錯失這個機會……！）

參道緩緩往左彎曲，使茉斬的身影一時消失在我眼前。於是我繞向外側捕捉到她隱約可見的影子，繼續追趕。停下來。茉斬，給我停下來。

「──茉斬！」

在黑暗中大叫一聲的我，朝著幾乎要消失在黑暗中的茉斬──「砰！」一聲射出從拋彈孔裝入手槍的照明彈。

雖然在神宮用槍感覺非常不敬，但這裡還只是參道。為了阻止那個像亡靈一樣的女人抵達主殿，就讓我在這裡開槍吧。

茉斬似乎有出手迎擊而偏移方向的照明彈最後……啪──！

在參道深處的明神鳥居附近綻放出五萬燭光的光芒。

被自己放出的閃光照耀之下繼續往前跑的我──

──看到了。

不知是因為感到刺眼，還是因為被我頭槌造成的傷害，而用翅膀掩著頭部……從羽毛縫隙間用紅色眼睛瞪著我的哈比鳥。

剛好與同伴會合而轉回身子，讓黑色的長髮隨離心力柔順展開的茉斬。

以及——

還有一個人物。

身穿邊緣用銀色裝飾的黃綠色簡易鎧甲，站在可以保護哈比鳥的位置，把銀色的長槍像旗子一樣豎起來握在手中的——高挑金髮女性。

我不可能忘記。

那傢伙就是在羅馬的廣場大酒店出席過會談的，N的成員之一。

「……瓦爾基麗雅……！」

在距離約二十五公尺處的我如此呢喃之後，那女人把瞳孔清楚可見的天藍色眼睛忽然睜大。

她的視線——帶有攻擊性。不，甚至可是說是極度帶有攻擊性。但同時又非常自然。

那是把與人敵對的事情看作像呼吸一樣，將戰鬥化為自己日常生活的人會有的眼神。

明明站在這座被寂靜籠罩的神宮——卻釋放出宛如面對百萬敵兵的戰士般，強烈的殺氣。

瓦爾基麗雅的髮型是綁成麻花辮，整齊到一根頭髮也沒散開。以嫩草色為基礎、銀色裝飾邊緣的鎧甲與頭盔——雖然奇特，不過她穿起來倒是有模有樣。

穿在高挑纖細的身體上恰到好處的小型護肩，以及形狀像比基尼泳衣一樣強調胸部的護胸等等，都可以看到長年經歷實戰而留下的大量傷痕。

外觀像昆蟲鞘翅的護腰很短，而且只有穿在自身死角的背後與側面。前方則是讓穿在鎧甲底下的白色連身裙完全露出來。從裙下伸出來的纖細美腿則是一路到皮革編成的脛甲為止都外露出來。是重視機動性的裝備。

另外，與茉斬完全相反地……瓦爾基麗雅似乎是個相當**重視打扮**的人。

鎧甲上有將蔓草與刺藤優美組合在一起的虛構植物花紋。耳朵上戴有綠色石榴石的耳環，與鎧甲的嫩草色相當搭配。腳下則是穿著高跟鞋。另外，不只是臉上化妝得毫無瑕疵，連身上都有塗抹像是粉底的東西。

隨著風也能聞到香水……不，是像麝香一樣的香氣。很有女人味啊。

（……這次跟在春霧護衛艦或廣場會談的時候不一樣，我方人數相當不利。）

雖然我有靠氣息確認過沒有其他敵人，但N陣營還是有茉斬、哈比鳥與瓦爾基麗雅三人。

相對地我方只有我一個人。肯定會是一場苦戰吧。

茉斬這時瞄了一下瓦爾基麗雅，眼神像是在責備什麼。

……看來這兩人之間似乎存在某種想法上的不統一喔。

從瓦爾基麗雅保護著哈比鳥的態度──可以窺見到像是主人與寵物間的羈絆。

瓦爾基麗雅或許是像馴鷹師一樣放出哈比鳥打算暗殺我。

然而哈比鳥卻受了傷回來──讓瓦爾基麗雅氣得決定親自出面殺掉我吧。

可是從茉斬的視線推斷……這行為恐怕不在N的預定計畫之中。

戴白金戒指的瓦爾基麗雅在N之中想必是一枚重要的棋子。因此她這次來只是為了使喚哈比鳥，原本並沒有親自與我交手的打算。

——到這裡為止，我都將那群傢伙計畫中的骨牌朝反方向推倒。

但如果瓦爾基麗雅能夠反推回原本的方向……寶城院跟日向就會推倒通往戰亂的一枚骨牌。阿久津恐怕在近日內也會被視為已經沒有用處而遭到N滅口吧。

（這場勝負看似小事——但其實是命運的重大分歧點是嗎？）

瓦爾基麗雅用彷彿可以刺死人的銳利眼神看著我——忽然把握在右手的長槍輕輕夾到自己手肘內側，豎起雙手的手掌，放到她那頂側頭部有翅膀的頭盔上。就像幼童模仿兔子耳朵的動作。

接著輕輕煽動手掌給我看。她究竟在做什麼？

「庫維莉亞斯，伊立夏那，菲力嘎娜娜斯，儸儸——瓦爾基麗雅。」

瓦爾基麗雅用清澈響亮的聲音如此說道。似乎是在對我報上名字的樣子。

原來她那模仿兔耳的手勢是『給我聽清楚』的意思。究竟是哪裡的文化啦？

話說回來，這段自報名號……是哪國語言？我爆發模式的腦袋翻找著過去人生中看過的所有新聞節目、外國電影與網路動畫等等……但感覺哪一國的語言都不是。除了『瓦爾基麗雅』這個人名以外，我甚至無法分辨出名詞或動詞等等可以類推出文法的單字。無論任何語族、任何語系都無法套用。

高傲地微微抬起下巴，眼神看起來彷彿在睥睨我的瓦爾基麗雅——將右手的手指一根根彎曲，重新握起長槍。同時將左手伸向我……

把無名指和小指彎了三下給我看。大概是『放馬過來』的意思吧？

茉斬見到她那動作，便用直挺的美麗鼻子輕輕嘆了一口氣。

看來她果然不希望讓我和瓦爾基麗雅交手的樣子。

「我本來認為，只要讓她看到你現在的樣子，就會明白即使把你殺掉自己也可能會受傷，而不會出手的。可是……我說，你就告訴我吧。只要你告訴我，我就幫你、制止她……戒指，在哪裡？」

茉斬彷彿是最後通牒般對我如此詢問。

即便面無表情，語氣聽起來還是性感到教人發顫。

她大概是從跟老爸的交手經驗中，知道了爆發模式下的男人會對女性較溫柔的事情吧。

「我是很想告訴妳，不過還是算了吧。沒有祕密的男女關係，反而很不健全嘛。」

我對茉斬的方向眨了眨眼——故意露出破綻給瓦爾基麗雅看。

聽到我這句話，茉斬微微鼓起腮幫子……

因為那模樣意外可愛，讓我不只是視線，連注意力都被吸引過去。就在那瞬間……

——鏘！

有如銀色流星的長槍槍頭飛了過來。刺向我躲開的頭部在零點一秒之前還在的位置。

我本來可是有估算好瓦爾基麗雅的手臂與長槍的長度，讓自己站在她攻擊範圍的幾毫米之外——

可是瓦爾基麗雅竟然不是握著長槍往前刺，而是用食指與中指夾住長槍尾端，使攻擊距離延伸到了極限。雖然剛才讓自己脫臼而延長攻擊距離的我或許沒資格講別人，但這也太誇張了吧！

在長槍周圍，可以看到宛如天使光環般的圓錐型水蒸氣，在月光下閃閃發亮。

她一副理所當然地就用亞音速攻擊我呢。

「哦哦，抱歉，瓦爾基麗雅。要同時接待兩位以上的女性是很難的一件事。妳就別那樣吃醋了。」

用側移步伐遠離長槍攻擊範圍的我，透過八岐大蛇將右手的貝瑞塔換到左手，並將沙漠之鷹展開到右手。

瓦爾基麗雅則是手腕一轉讓長槍斜斜彈起、槍柄滑入手中後，精準抓住槍柄的正中間。簡直就像長槍是她手臂的一部分，連一毫米的多餘動作都沒有。

我握著貝瑞塔「砰！砰砰！」地開槍後，瓦爾基麗雅便用金屬製的槍柄「鏘！鏘鏘！」地精準彈開子彈，爆出火花。這點程度的防彈技巧，對她而言是輕而易舉的意思是吧。

瓦爾基麗雅緊接著順勢朝我衝來——「咻咻咻！」地用轉筆般的速度橫向旋轉銀槍，幾乎同時對我使出割喉的上段、斷腕的中段與掃腿的下段攻擊。三道蒸氣錐被衝擊波炸開，變得有如在黑暗中飛舞的白色羽毛。

我往後退逃出圓盤型的殺傷範圍並扣下沙漠之鷹，瓦爾基麗雅則是靠高跟鞋的鞋跟旋轉，在近距離下躲開了子彈。就在共舞這段死亡舞蹈的兩人微微拉開距離的下個瞬間，一步也沒退後的瓦爾基麗雅忽然——

「——喝呀哈！」

讓她長長的麻花辮在空中劃出一道優美的軌跡，靠速度驚人的側轉又進一步朝我逼近。

她順勢抬起的左膝內側勾住從手中放出的長槍握柄。就在硬度上推測應該有內藏鋼鐵的高跟鞋跟使出側轉右下踢的同時，**靠左腳轉動**的銀槍「唰！」地劃出一道斜向的圓形殺傷圈——！

「喂……！」

完全沒料到有這種槍術的我，趕緊把身體後仰傾斜並跳向後方。

而就在我跳起腳尖的千鈞一髮之際——長槍的槍頭「嚓！」一聲刺到了地面。

完全被壓在下風啊。爆發模式下的我只能不斷後退，不斷後退。

手槍——根本趕不上。側轉完一圈的瓦爾基麗雅絲毫沒有放慢速度——用像是足球的傳球動作，靠腳把刺到地上的銀槍踢了起來。就在槍頭轉向我正前方，從我的角度看過去只剩一個點的瞬間……唰！

那個點忽然以超音速朝我眉間刺來。

「──！」

我雖然靠著把櫻花的動作應用到閃避上，躲開了攻擊，但長槍造成的衝擊波還是──「啪！」一聲讓我的右耳與側頭部感到一陣有如被撕開般的疼痛。鮮血散到黑暗之中。

就在長槍刺到最後停止的瞬間，瓦爾基麗雅忽然放開長槍。

不對，不是放開。是把長槍**放在半空中**了。

她這時已經把上半身彎下，有如從長槍下方游過般朝我衝來。

動作快如疾風，即使眼睛看到也來不及把槍口舉向她。

「──呀哈！」

把手伸向背後，也就是自己上方，使長槍水平朝右旋轉的瓦爾基麗雅，同時讓自己全身像飛鏢一樣朝左旋轉。

槍頭與瓦爾基麗雅的高跟鞋跟就像一把巨大的剪刀般朝我夾來。目標是我的右手，比手腕稍微前側的位置。她是打算切斷我手掌，讓我把手槍放下。就算我把右手毫髮無傷地縮回來，比手掌更前方的槍還是會被夾壞。

──我靠著爆發模式下的反射神經……

（──！）

不是以攻擊瓦爾基麗雅為目的，而是為了利用後座力，瞬間開槍把槍縮回來。

就在千鈞一髮之際，瓦爾基麗雅剪刀沒有夾到沙漠之鷹——

然而她很快又抓住長槍，從橫掃轉為突刺，刺像我的腳掌。是企圖把我的腳釘在地面上。

我只好在很勉強的姿勢下靠櫻花把腳踢起，躲開長槍。槍頭擦碰到我鞋尖，隔著防彈防刃鞋震盪我的第五跖骨。長槍「嚓！」一聲刺到地面，但對方一連串的攻擊還沒結束。瓦爾基麗雅把刺在地上的銀槍像鐵軌的切換桿一樣垂直豎起後——

「——嘿呀！」

以長槍為支柱，如鋼管舞者般高高盪起自己的身體。

隨著「咻咻！」一陣劃破空氣的聲響，瓦爾基麗雅纖細的長腳從我過去從未經驗過的高度朝我踢出兩段迴旋踢。

（——！）

面對這樣出乎預料的招式——我當場被她其中一邊的亞音速高跟鞋跟踹到下顎。

雖然那衝擊力道足以把下顎骨化為粉碎——不過我放手一搏靠頸椎七節骨頭使出的橘花勉強趕上了。可是瓦爾基麗雅另一側的腳跟——在我把注意力完全放在防禦上的一瞬間，削到我的貝瑞塔。光是這樣，就讓貝瑞塔從我左手中飛了出去。

瓦爾基麗雅抓著銀槍讓身體保持在空中，又用雙腳夾住我的右手。緊接著就像咬住獵物的猛獸般把身體用力一扭——

在不只是手腕，甚至整條右手臂都可能被扯斷的力道下，沙漠之鷹也從我手中脫離了。

我趕緊順著與瓦爾基麗雅同個方向原地側空翻，才總算讓右手臂沒被扭斷。

撐過剛才這一連串攻擊，我的左右雙手——兩邊都勉強保住，但兩把手槍都被迫脫手了。

瓦爾基麗雅在銀槍上往後空翻一圈，順勢把槍從地面中拔出來。

因為她身上的鎧甲就像迷你裙一樣，所以做這種動作的時候總覺得她像是婚紗內衣般的蕾絲內褲好像全都被我看光了。在爆發方面來講，不知道該說是有問題，還是為我補充了燃料呢。

瓦爾基麗雅「踏、踏踏」地，明明穿高跟鞋也非常輕鬆地——大概是因為她只穿過高跟鞋的緣故——如芭蕾舞者或體操選手般劈開雙腳往後翻，轉了好幾圈與我拉開一大段距離。

接著「咻咻！」地把銀槍像體操棒一樣旋轉後，重新架好……

那模樣簡直美麗到教人看得入迷。這女人怎麼可以戰鬥得如此優美？

每一個動作，每一瞬間都美妙動人，甚至給人一種神聖的感覺。她的槍術也是一樣，雖然激烈，卻絲毫不感粗魯。

另外，在交手中我發現一件事……瓦爾基麗雅的武術原本並不是為了一對一單挑而設計的。

那是以周圍無時無刻都有大量敵人的亂鬥為前提，適於古代戰爭的類型。

而且讓我驚訝的是，那些幾乎全部都是**我沒見過的招式**。

『武術』這種東西是經過長年累月的傳承，漸漸進化精煉的。在那樣的過程中，自然會產生所謂的流派或系統。這是這個世界的常識，類似規則的東西。像槍術在日本就有貫流、佐分利流、風傳流、寶藏院流等等，中國的戈術與歐洲的長柄武器也有許許多多的流派。

可是——瓦爾基麗雅的槍術卻不屬於其中任何一個流派。

而且完成度還相當高。每一招每一式中，都含有大量為了實現招式的前題技巧……也就是技術體系。如此精練的槍術，應該會有其他大量的傳承者才對。但無論是哪一招，我都完全沒有看過。如果是靠自己獨立發展到這種等級，可要花上千年的時間啊。

這不只是帶有神祕性而已，在實戰上也會產生問題。

面對從未見過的招式，就必須在對手使出的瞬間想到對策才行。這除了考驗能想出反擊手法的想像力之外，也需要能夠付諸實行的反射神經。而且那樣的對抗招式也多半都是人類從未嘗試過、前所未聞的東西。

然而——

「瓦爾基麗雅，妳那樣可是有點侵權喔。『未知的招式』是我的專利啊。」

現在我的腦中——想起了以前加奈與佩特拉交手時施展過的大鐮刀技。以及與加奈是同一人物的大哥與我在伊．U甲板上跟夏洛克演出過的那場乘方彈幕戰。這兩件事情。

——就像我在羅馬跟貝瑞塔說過的，遠山家的男人都必須背負可能與自家人戰鬥的命運。因此就算是親兄弟的招式，只要看過就有責任要私下想好對抗手段。

基於這點，對於加奈和佩特拉交手時把大鐮刀在自身周圍揮甩所產生的球形防衛網——我姑且也有想好如何突破到內側攻擊的對抗手段。

即使那是我從沒練習過、等同紙上談兵的招式……但現在管不了那麼多了。為了突破瓦爾基麗雅的銀槍，我就用用看。在場的人物之中有可能向加奈告密的傢伙……雖然也不能說沒有就是了。

而這個新招是絕對需要用槍，可是現在兩把槍都不在我手中。

我想瓦爾基麗雅也不會天真到讓我可以去把掉在地上的槍撿回來吧。

（可行的機會……就只有趁她還沒察覺八岐大蛇的隱藏功能之前，僅此一次。）

天上隔著雲層縫隙間露臉的月亮——又漸漸被宛如刷毛刷過般的流動雲層漸漸遮掩。

「月有陰雲，花有風。這片遠山櫻花，今晚我就自己讓它飄散吧。」

世上所謂的機會，通常都只有一次。

因此只要時刻到來，就不能拿「技術尚未成熟」或是「萬一失敗會慘遭破滅」之類的話拿來當藉口。

是男人，就要上。

要放出的招式……

「——『鐵風』——！」

就在風中完成吧。

彷彿在潮溼的夜風中撥水游泳般，我微微張開雙手往前伸出。

像在彈奏什麼看不見的鋼琴一樣，手心都朝著下方。

這動作雖然乍看之下很像是防禦性的反擊手法……但瓦爾基麗雅或許是從我的氣息中察覺出這是攻擊性的架式——而把銀槍繼續指向我的同時，拆下她垂掛在臀部的一枚鎧甲片，握住內側的握把當成盾牌。原本精悍的表情又變得更加銳利。瞇起藍色的眼睛，口中小聲呢喃起像是禱告般的話語。

茉斬則是只移動視線，先看向瓦爾基麗雅，接著看向我。感覺得出來她有點驚訝，不過我也能明白為什麼。因為瓦爾基麗雅在架起銀槍與盾牌的瞬間，忽然給人一種彷彿變大了一圈的錯覺。

槍與盾——想必那才是她本來的裝備。

瓦爾基麗雅的戰鬥風格分成「只握槍」，「槍與盾」，以及從氛圍上可以感受到……還有再往上一個階段的戰鬥風格。藉由切換這些風格，使自己的戰鬥力兩倍、四倍地往上提升。

如果把剛才為止的她稱為瓦爾基麗雅Ｉ，那麼現在這就是瓦爾基麗雅II。雖然還不到使出全力的Ⅲ……不過也已經提升到相當接近全力的階段了是吧。

有如古代奧林匹克選手的站立起跑姿勢般，把身體蹲低到有一邊膝蓋幾乎快碰到地板的她——腳下開始散發出某種神祕的力量。

她這動作在防禦的同時，也會攻擊過來。幸好我在事先能夠發現這點。畢竟這招本來是對付加奈用的隱藏招式——「鐵風」，必須正確預測出對手的**動作**才行。

這個招式並不是只在一瞬間放出來的東西，而是要花上好幾個瞬間。就好像對構成幾秒鐘動畫的大量定格畫面全部掌握無遺般，我必須把這幾個瞬間拆解分段，構想出整個空間中將會發生的所有現象，並且讓一切都照這個構想發展才行。

爆發模式下的大腦正在演算這全部的東西。這是連超級電腦都必須花上很長一段時間的四次元性計算。讓我趕上吧。所有預測——

「——嘶——！」

吸了一口氣的瓦爾基麗雅腳下，有如踩到地雷般忽然炸開。

是她往地面一蹬，朝我飛過來了。簡直已經不叫跳躍，而是飛翔——！

「……！」

因為盾牌的出現而變得複雜的演算，還沒全部結束。還不完全。來不及了。可是現在我只能出手。成功的可能性……只有一半……！

（吹掃吧，鐵風——！）

我抱著像是擲銅板一樣的心情——首先用已經在動作的袖口隱藏捲線器——把貝瑞

塔與沙漠之鷹拉回來。

瓦爾基麗雅的眼睛直盯著我的脖子。雙方的重心距離現在是二十四公尺八十七公分三毫米。

在兩把槍各自觸碰到手掌的瞬間，我立刻扣下扳機。

砰砰砰砰砰砰砰砰砰砰砰砰砰砰砰砰砰！——磅磅磅磅磅磅磅磅磅磅磅磅磅磅！

與切割式彈匣·護具彈匣連接而化為兩把機槍的沙漠之鷹與貝瑞塔——當場颳起一陣子彈暴風。瘋狂掃射我與瓦爾基麗雅之間的地面，接著從腳到頭，對瓦爾基麗雅撒出彈雨。

「——耶呀——！」

隨著一聲吶喊，瓦爾基麗雅以超高速旋轉銀槍。盾與槍構成的護牆把音速的子彈彈開、彈開、切斷、切斷、切斷切斷彈開彈開切斷切斷彈開——！

「——嗚喔喔喔喔喔！」

八十發——九十發，我的連射還沒停息。

大量子彈與碎片——如今以三次元結構包覆在瓦爾基麗雅周圍。

簡直有如以瓦爾基麗雅為中心往外炸開的金屬暴風雨。

很好。狂風化為暴風雨了。而在那樣的暴風雨中——

只有一發。

是真的攻擊。

我射出的第三十七發子彈。那才是重點。

一如我的計算，被銀槍的槍頭斬斷後的其中一塊子彈碎片，第三十七發B——

——在朝我衝來的瓦爾基麗雅前方，擊中地面。而在地面上埋有我擊出的第二十八發子彈。第二十八發與第三十七發B在地上互撞，因此彈起的第三十七發B一如演算以三軸旋轉，撞擊到同樣被切開到半空中的第七十一發A，爆出火花。

37B接著又連續碰撞到62、50A、地面的19、空中的83B、44、56B、35——

——瓦爾基麗雅錯愕地睜大眼睛。然而在那之前——

37B就侵入到銀槍的攻擊範圍內側了！

「——！」

瓦爾基麗雅在奔跑的同時，把斜舉在前方的盾牌壓向37B，將它往下彈開。

——但這也在我的計算之內。瓦爾基麗雅的腳下，埋在地面的第十二發子彈將37B又彈了回去。

彈高的37B與剛才被銀槍握柄敲到而無力飛向瓦爾基麗雅胸前的第七十八發子彈互撞——

——然而在最後的最後，我計算失誤了——

我原本是打算擊中瓦爾基麗雅握槍的手上，那枚白金的戒指。

可是37B現在卻穿過瓦爾基麗雅的手腕內側，從斜下方飛向她的臉。

即使沒有剛發射出去時的超音速，也依然保有十足的殺傷力。

可以用頭盔擋下嗎——不，來不及了。子彈已經抵達頭盔下緣的內側，緊貼瓦爾基麗雅的皮膚。

（……！）

照這樣下去，子彈會從她右眼一路貫穿到頭頂。武偵法第九條啊……！

子彈抵達瓦爾基麗雅的臉蛋，使她的身體——用力往後一仰。

砰——！沒有用繩子綁在下巴的黃綠色頭盔當場飛到半空中。是貫穿頭部的子彈把它撞上去的嗎？

「嗚……！」

忍不住睜大眼睛的我——

看著瓦爾基麗雅大概是為了防止往後倒下而把銀槍尾端刺向地面，上半身徹底往後仰……呈現花式溜冰中 Layback Ina Bauer 的姿勢瞬間停止。

接著，她的身體……沒有倒下。「嘶」地吸了一口氣。

飛向半空中的頭盔……「啪！」一聲掉落到砂石步道上。

頭盔內側可以看到應該是37Ｂ劃出的一道傷痕。沿頭盔內側滑動的37Ｂ從裡面衝撞到頭盔頂點附近稍微突出的部分，與之融合般延展變形了。

「……！……」

槍與盾形成的護牆被突破的瓦爾基麗雅——是讓下方飛來的子彈**穿進自己的頭與頭盔間的縫隙**。

不是用頭盔外側，而是用內側擋下。將我為了對抗超乎預想所使出的超乎預想招式，又用超乎預想的手法擋了下來。

「啊！」

恢復姿勢的瓦爾基麗雅驚愕地睜大眼睛看向我。

她的額頭上還滲出汗水。

看來剛才那個對她而言也是逼近極限邊緣的一場防禦吧。

另外……

失去頭盔的瓦爾基麗雅頭部，可以看到我原本以為是頭盔裝飾的白色翅膀。

在耳朵上方的側頭部，有一對小小的翅膀。這傢伙果然也不是人類啊。

從外觀上看來，瓦爾基麗雅和哈比鳥或許在生物學上很接近。與其說是馴鷹師，應該比喻為猴戲師比較恰當。

「科拉嚕伊扣……羅羅法伊扣……伊利沙！」

讓手中的銀槍不斷顫抖，丟下盾牌用左手壓著麻花辮的瓦爾基麗雅……大概是生氣了吧，氣氛上感覺是在對我抗議。膚色白皙的美人臉蛋也變得通紅。

相對地，哈比鳥倒是不知為何慌慌張張用翅膀遮住臉。茉斬則是露出有點無奈的表情。

像瓦爾基麗雅現在這樣，女生又害羞又生氣的臉……我記得我國中時代也看過。因為當時還跟我敵對的風魔總是用布遮住自己臉蛋下半部，所以我就說『妳那樣很奇怪啦』並且把那塊布硬是拉下來。結果那傢伙就像是內衣被偷了一樣陷入錯亂，當場拿出飛鏢想要刺我。瓦爾基麗雅現在的表情就跟那時候的風魔一樣。

而我事後才聽說，對於風魔一族的女性來講，被敵人看到自己長相似乎是超級丟臉的事情……瓦爾基麗雅也是個文化上跟我完全不同的女人。或許脫掉頭盔對她而言是什麼禁忌吧。

「你，這下闖禍啦。」

像個幽靈般站在那裡的茉斬忽然對我如此說道。於是……

「那要怎樣？她那是要繼續跟我打嗎？還是要投降？」

我丟出了這樣二選一的問題。結果──

「她在說，『要被殺，還是要被愛』，呀。」

──怎麼回來的卻是這樣莫名其妙的二選一了……？

「……啥……？」

「未婚的女武神，穿戴在身上的東西，如果被男性脫掉，就只能從這兩者選一個了。」

「誰管妳啊。那我就用殺人未遂罪名逮捕她。妳幫我翻譯，叫她儘管來殺我。」

「我拒絕。要是，你死了，我會，很傷腦筋。」

……跟一個有六顆腦袋的女人果然沒辦法成立對話啊。正當我因此嘆了一口氣時──

從我左側約十五公尺處的一棵樹下傳來「砰！」的聲響。

「……哦哦，謝謝你幫我拖住茉斬和哈比鳥啦。」

我姑且道了一聲謝。

其實在我剛才戰鬥途中GⅢ就來到現場，待在那棵樹上待命了。他雖然有隱藏身影，但因為光曲折迷彩衣故障中的緣故，害我偶爾會瞄到空間扭曲的畫面，分散專注力。甚至也是因為這傢伙，害我計算錯誤的喔？

「那就是，茉斬……伊藤茉斬嗎？」

似乎至少知道茉斬名字的GⅢ，或許是想模仿我而雙手各握著一把H&K USP。

即使在人數上依然不利……但我方這下有我，以及大概真的因為澀谷車站前交叉路口而爆發的GⅢ，兩名爆發模式戰力。畢竟既然茉斬是殺父仇人，GⅢ就同樣有十足的理由加入戰鬥了。

然而……

……雖然這也在我的預想範圍內，不過就在戰局變得對我方有利的時候——

從茉斬與哈比鳥背後、神宮長殿方向的樹林中，開始冒出了**藍色的霧氣**。

我在羅馬的競技場也有看過——那是尼莫發動遠距離視野外瞬間移動的光球。

不但沒被哈比鳥殺死，又讓瓦爾基麗雅產生莫名其妙的羞恥心，這下連弟弟都跑來助陣——對於老是顛覆條理預知的我，N大概生厭了。雖然我差不多也開始擔心對卒發作，不過……那些傢伙看來是打算就此撤退的樣子。

哈比烏注意到霧氣而搖搖晃晃地走過去……

「今晚，就算是，讓你獲勝吧。」

對我丟下這句話的茉斬，也追過哈比烏退向藍色霧氣中。

至於瓦爾基麗雅雖然氣得讓美麗的嘴巴咬牙切齒……但或許是跟茉斬之間有講好什麼事情，而同樣往霧氣的方向退下。

……這下我看出一件事情了。那就是N的攻擊模式。

他們總是三人組成一個小隊，分別擔任尖兵、主將與輔佐的角色。之前在羅馬也是，由伊歐、古蘭督卡，以及雖然沒有現身但古蘭督卡有提過在場的墨丘利，三人各自負責這三項任務。然後當戰力差距被拉近的時候，無論勝敗，都會為了防止戰力消耗而選擇撤退。這可說是一項重要發現。

不過——我可不會讓她們輕易逃掉。這次的藍色霧氣看起來比上次不安定，就好像倒入攪拌咖啡中的鮮奶一樣，整體呈現不規則的移動。畢竟那在正式發動前很花時間，我就趁那之前收拾掉她們其中一人，幸運一點搞不好可以全部解決呢。

就在我因此往前踏出步伐的時候——

「哈耳庇厄，拉米傑！」

不知大叫了什麼的瓦爾基麗雅，剛好進入了流向她的霧氣之中。

接著做出她剛才也做過的、把無名指和小指勾三下的動作，呼叫哈比烏。

哈比鳥大概是不想讓瓦爾基麗雅看到被我頭槌留下的傷口，而用翅膀遮著臉跑向霧氣。但她的速度很慢。或許她本身就是不擅於走路的生物，再加上緊急降落到這裡時可能有摔到，腳步看起來一跛一跛的樣子。

好，就先把那傢伙抓住。

那樣一來，也許可以當成對瓦爾基麗雅的人質，或者說鳥質。

應該是尼莫從遠距離產生的藍色霧氣——瞬間移動的光粒無關風向地朝上下左右隨機搖曳，呈現不定形的濃淡分布。狀況遠比之前在羅馬看過得還要差。如果用無線通訊來比喻，就有點像是電波強度很弱的感覺。

那肯定——是因為訊號來源的尼莫所在的位置比上次還要遠的緣故。我有這樣的直覺。

可見那傢伙的遠距視野外瞬間移動有座標設定上的極限，也就是電信系統上所謂網內、網外區域之分。

而現在這裡恐怕就是網內區域的界線邊緣。這也是一項重大發現呢。

「老哥，咱們追上去。要殺掉誰？」

「誰都不准殺。還有，那個霧氣很危險。我上次差點在裡面溺死，而且在霧氣範圍的境界處會有身體被撕碎的風險。我們首先逮捕，不，捕捉那隻鳥女。」

我和GⅢ並肩橫排，衝進一部分的霧氣開始消失的樹林中——

——就在這時。

霧中的瓦爾基麗雅舉起銀槍在自己周圍揮舞。以為她要擲槍的我和GⅢ都同時停下了腳步……但瓦爾基麗雅的手部動作和剛才都不太一樣。

我想不出該用什麼比喻，總之就像是電影或動畫中魔法師使用法杖般——感覺像是在空中結印。

而我那樣的推測似乎猜對了。在瓦爾基麗雅周圍的霧氣……顏色開始漸漸變深。從藍轉靛，從靛……轉眼間變黑。不對，用黑還不足以形容。簡直就像產生了什麼黑洞般，讓瓦爾基麗雅連同周圍的樹木與地面，全都看不見了。

教人驚訝的暗黑領域呈現半球型漸漸擴大，連茉斬也消失在黑暗之中。

甚至給人有種眼前的空間出現了巨大深穴的錯覺。

瓦爾基麗雅是個超能力者。這點我從廣場會談時就知道了。

然而她在與我交手時沒有併用超能力。能夠想到的理由有幾個。或許在身體激烈動作時無法同時施展，或許基於作戰命令而沒有使用，或許是想藏一手，或許使用次數上有所限制等等。

——短短幾秒間，瓦爾基麗雅製造出的黑暗——連藍色霧氣都掩蓋過去。

哈比鳥也逃進了那片黑暗之中。

（糟了……！）

「那片黑暗的光線吸收率有99・95％以上。就算是我也看不到裡面啊。」

GⅢ透過頭戴式鏡片凝視黑暗，嘖了一下。

暗黑領域絲毫沒有變淡的跡象，不斷擴大，逼近到我們眼前。

「——不要依賴裝備，靠氣息找人……！」

然而，就連那個氣息也已經感受不到了。這次的藍色霧氣是一部分一部分移動到尼莫的地方，恐怕茉斬與瓦爾基麗雅在這片黑暗之中已經完成瞬間移動了。

即便如此，暗黑領域依然繼續殘留、擴張，而我感覺只剩哈比鳥還在那之中逃向霧氣。剛才從遠處的地面傳來踩踏聲響後，哈比鳥的腳步聲就消失了。或許是像滑翔翼一樣沿低空滑行，飛向霧氣所在的位置吧。

最後——

終於連我們的周圍都被黑暗吞沒。現在別說是在一旁的GⅢ了，我連自己的手臂和身體都看不見。塗有夜光漆的手錶指針也完全看不到。

這樣的黑暗我從沒體驗過，簡直有如沒有星星的宇宙空間。

「該死！要讓她逃了……！」

就算我想靠八岐大蛇掃射，也不知道該往哪裡開槍才對。

一個弄不好甚至可能會誤傷到GⅢ。於是我抱著賭賭看的想法，從口袋中摸出閃光彈，用手指觸發後投擲出去——卻什麼也沒發生。只聽到子彈掉落在泥土上的微弱聲響。

「——Cwa, Cwa, Cwa——！」

GⅢ連續發出聲音，試圖靠回音探找敵人的位置。

但那本來應該是用在室內戰鬥的手法。在這種開放的場所聲音根本不會反彈，再加上有草木不規則遮蔽——即使是爆發模式下的我也聽不出來究竟哪裡有什麼東西。現在我甚至連哈比鳥是否還在都不知道了。

「不行了，我們……暫時撤退！先離開這片黑暗，再想辦法。」

「該死！這樣拖拖拉拉下去會讓她逃掉啦……！」

我和GⅢ一下互撞肩膀，一下被樹根絆到腳，在這片連地面都看不見的空間中往後撤退。即使知道往後退也無濟於事，但我們還是只能這麼做。

可惡……！

——讓敵人逃了。失敗了。我們這次得到手的，只有關於N的一點點情報而已。

在教人本能上產生恐懼的黑暗之中，我感到不甘心地咬牙切齒。

這片黑暗似乎並不是無限擴展的玩意，現在遠處的外圍已經開始漸漸變薄。

我總算可以微微看到東西了。

在黑暗世界中，用深灰色描繪出來的樹木與土地。以及某種顏色——

——浮現在黑暗中的——

深紅色的水手服人影。

身高一六〇公分，黑色長髮。按照我以前教過的技巧，左右對稱把腳張開到與肩同寬，雙手往前直伸。

緊握在那兩手中的是——

柯爾特・巨蟒。不鏽鋼銀色。八英寸槍型。

「……中空知……！」

逃出阿久津大樓的她，從表參道來到這裡了。透過對講機的聲音，正確掌握到我的所在位置。

「我看得見。」

只簡短如此呢喃的中空知，保持著正確的射擊姿勢——

——磅——！

閉著眼睛，開槍了。朝這片複雜地形另一側的敵人。

……啪唰！……

從樹林深處傳來某種人型大小的物體墜落到地面的聲響。

「……嗚……！」

「……！」

在黑暗領域一反剛才的狀況漸漸縮小的同時，我與GⅢ到達中空知身邊並轉回身子。

有如潮水退去般，黑暗逐漸退後。

微微透進來的街道燈光以及隔著雲灑下的月光，讓我甚至感到刺眼。

最後……黑暗消失了。僅剩最後一點的藍色霧氣也幾乎在同時消失。四周恢復到原本明治神宮的樹林景象。

而在深處的樹木之間。

一對如巨鵰般的翅膀無力地攤開在地上——哈比鳥就倒在那裡。

「……我射到的……是翅膀根部，或許說肩膀會比較好懂。」

中空知不是講『我瞄準的』而是講『我射到的』，可見她對自己的射擊技術還不是那麼有自信的樣子。不過……

「呃，請問我是不是太多事了？社長明明說過這把槍帶在身上是為了自衛……我明明只是個電話員……」

對於戴著對講機畏畏縮縮如此說道的中空知，我露出一臉笑容。

「中空知，妳做得好！妳——是最強的電話員啊。」

聽到我如此稱讚並拍拍肩膀後……中空知拿下對講機……

對我露出了至今從未見過的、總算獲得自信的笑臉。

「We got it! 那傢伙就交給我吧。我讓九九藻跟洛嘉去把她調查到每一根羽毛都清清楚楚。」

GⅢ對我和中空知豎了一下大拇指後，便跑向哈比鳥。

這次我們雖然讓茉斬跟瓦爾基麗雅逃了，不過——

這下總算是獲得戰果啦。而且肯定是能夠逼近N神祕真面目的重大戰果。

對哈比鳥的治療與調查就交給GⅢ……我則是用中空知借我的手帕壓著右耳的出

血處，決定暫時先回北青山的總店。

而在回程途中——

我們遇上了剛好從阿久津事務所走出來的寶城院與日向。

以及把警用車輛開過來的須坂，一見到我們便露出「呃！」的表情。

今晚我已經見識過更誇張的事情了……老實講，現在一點都沒心情對應這些傢伙。不過——身為一名武偵，我還是不能視而不見啊。

爆發模式已經解除的我，忍著痛走向寶城院……

「……寶城院老師，還有日向先生，我是遠山武偵事務所的遠山。呃～就恕我開門見山地說了吧。請問您們是不是在做什麼很不得了的事情呢？」

說出這樣一段開場白，準備逮捕這些傢伙。

畢竟如果抓到這等級的犯罪者，可以從武偵廳領到一筆龐大的報酬嘛。我就跟阿久津搶這筆錢吧。

「喂喂……」

似乎有接到阿久津的聯絡而知道我入侵行動的須坂當場慌張起來。

哼！雖然這好像是妳們一路溫存到現在的案件，但誰管妳們。惡・即・逮捕啦。

就在我內心如此得意洋洋時……

「欸？你是在講什麼？」

「你做什麼？想被告妨礙公務嗎？」

寶城院對我裝傻，日向則是開口威脅。這兩人還真有默契啊。
好啦，這下該怎麼做？雖然我出面搭話了，但對方似乎不太想理睬我。
如果有什麼證據可以證明他們剛才那場對談就好了……正當我感到傷腦筋的時候……
──『畢竟我可是收到ＮＲＡ的捐款啊。』──
剛剛在會議室的密談內容忽然被播放出來。
從中空知拿出的香菇型錄音筆中。
「……！……」
寶城院轉眼間──讓他像古代公家一樣白的臉變得更加蒼白，甚至發青。
「您有違反政治資金規正法的嫌疑。」
把香菇遞給我，表明自己是遠山武偵事務所員工的中空知，用她宛如ＮＨＫ主播的清晰聲音如此表示。
中空知剛才躲在那房間監聽的同時──把對話全都錄音下來了。
「把那玩具給我交出來。」
──日向不愧是組織犯罪對策課的警官，立刻用有如黑道的嚇人態度如此凶我。
可是……
「錄音檔也有存放在雲端硬碟中。」
像是一步步將對手逼入絕境般，中空知又如此說道。這下勝負已定了。而且她去上說話教室的成果顯著，現在即使沒有和任何人通話也能講得態度凜然。表現得很棒喔，中空知。

然而，根本瞧不起我們的寶城院和日向——似乎還打算繼續裝傻，而互看了一眼。

就在這時……從我身邊忽然……

「這個跟這個，可以給我嗎？」

——到剛才我都完全沒察覺到氣息的、前公安零課的灘——簡直就像瞬間移動般現身，並拍了一下我的肩膀。那裡我剛剛才自行脫臼又裝回去，很痛的好不好？

另外在不知不覺間，大門與可鵡韋也都用一臉自己只是偶然路過似的表情走了過來。

這些傢伙……我才想說他們怎麼會跑來這種一點都不適合他們的時尚街。

——原來他們一直都在監視阿久津武偵事務所啊。而目標就是寶城院。

「寶城院老師，本人是東京地檢特搜部……不，講前公安零課或許比較好吧？我名叫灘。今天有點事情想要請教一下。關於老師您在巴拿馬的空頭公司所收到的——來自全美步槍協會的三百萬美元，請問那～是什麼錢呢？沒什麼沒什麼，我非～常明白從事政治活動很需要用錢。我只是想對這件事稍～微了解一下而已。」

面對似乎已經放棄掙扎而選擇沉默的寶城院，灘一副禮貌中帶有諷刺地說著……

而我則是對他的背影……

「——就交給你了。」

小聲如此表示。

像灘這種等級的人物，不用我講應該也能明白吧。

我這是——當成以前他教導我們製作包子的謝禮。反正照這樣看來，就算我說不行，他也肯定會把寶城院跟日向的案子搶走吧。從阿久津還有我手中。

「……灘先生。請問關於阿久津社長跟我，您又怎麼打算？」

似乎認命的須坂將雙手交抱在胸前如此詢問。不過……

「抓了小貨色又有什麼意義？如果有做什麼愧疚事就自己去自首啦。」

灘的態度倒是相當隨便。也或許是要把這邊的案子分給我的意思吧。

「遠山學長，謝謝你。剛才我們還在討論說……如果要跟學長搶寶城院老師，應該會很辛苦呢。」

可鵡韋笑咪咪地如此說道。不過老實講，我現在根本沒精神為了領武偵廳的酬勞而跟三名零課的成員打架啦。

寶城院——以武偵用語來講就是代表大人物級犯罪者的「大魚」。

當然大家都想釣了。

「那麼老師，這附近有間品味不錯的咖啡廳，就請您跟我們一起去那邊讀個書吧。搜查令和逮捕令兩本書，加起來也才短短兩頁而已啦。」

面對如此表示的灘——

「……讓我整理一下領帶。」

寶城院說著，把手伸向自己的領帶夾後面。

——哦？我對你另眼相看啦，寶城院。

原來你也是抱著相當程度的覺悟，在幹這檔危險的事情啊。

或許他以為沒有人發現，但即使爆發模式已經解除，身為武偵的我還是看得清清楚楚。

寶城院將藏在領帶後面的一顆藥劑——我猜應該是劇毒——偷偷握到手中。

他打算服毒自盡。

「老師，吃藥的時間還沒到喔。」

唉呀，雖然最後被可鵡韋笑著臉掐住手腕制止了啦。

已經連觀賞那種鬧劇的精神都沒有的我，轉身準備離去……的時候，從我衣服上飄落一根像老鷹羽毛的哈比鳥羽毛，被大門伸手抓到。

「嗯……這個貧僧可以收下嗎？」

因為他眼睛細得就像站著在睡覺一樣，讓人看不出他的表情……

不過從他低沉的聲音中，我微微聽出嚴肅的態度。於是……

「好啊。雖然我想那點程度連布施也稱不上就是了。」

「感謝。」

在這件事情上，我也隨便當作是送他的了。

大門是個和尚，是超能力方面的菁英。因此他一看到那羽毛就察覺出不尋常，而且只要把羽毛送給他，或許等他知道了什麼事情後也會告訴我。

至於笑咪咪看著寶城院與日向的可鵡韋……我就別跟他講剛才茉斬有現身的事情吧。反正現在告訴他也追不上去，而且要是可鵡韋因此失去理智擅自行動，我可能會被零課的人罵啊。

於是……我搖搖晃晃地回到遠山武偵事務所，打開門進入店內，全身癱坐到椅子上。啊～累死啦。

「社長，那個……關於剛才和社長交手的那位，像鳥一樣的女性……我還是不要問太多比較好吧？」

中空知說著，事到如今才露出苦笑並泡茶給我喝。

這麼說來，中空知見到哈比鳥也沒有表現得很慌張啊。感覺她好像對那方面的事物還算有抵抗力的樣子。要歸功於她和貞德與玉藻同居的經驗嗎？

「是啊，妳別問太多比較安全。反正知道了又賺不了錢，而且也誇張到連**學習**知識都稱不上。」

我說著，就在準備拿武偵包配茶的時候……忽然對自己的發言感到有點在意，又重複了一次『學習』這個詞……

「糟糕！——模擬考啊！」

我趕緊放下壓著右耳的手帕，「喀！」一聲站起身子。

時鐘顯示現在是晚上九點四十五分。再十五分鐘考試就要開始了！我要趕快過去才行！

於是我用沾血的手抓起包包。雖然右手剛才被瓦爾基麗雅用腳扭傷，左手因為自行脫臼的後遺症隱隱作痛，兩邊應該都沒辦法長時間握筆——但我就算用嘴咬筆也要參加考試。畢竟報考費用都付了啊！

「路、路上小心喔，社長……！」

我一邊聽著背後傳來中空知的聲音，一邊為了攔計程車而衝出公司。

就跟做生意一樣，讀書求學也是一條必須流血狂奔的地獄之路啊。雖然應該只有我是這樣啦。

# Go For The NEXT!!! 哥哥大人與我

前參議院議員寶城院良司——因病引退。我在網路新聞上只看到這樣短短三行的報導。看來他即使被逮捕，也和地檢進行了司法交易，逃過被起訴的命運了。唉呀，這方面就像我之前對灘說過的，全部交給他們處理吧。

相對地，他們交給我關於阿久津的事情——我則是決定不要告發刑事責任了。

畢竟那傢伙終究只是在灰色地帶，想也知道可以撐過法院判決。而且……她在表參道也救過我一命嘛。我也不是像爵德判官那樣沒血沒淚的男人。要是她下次再幹這種缺德生意，我當然就不會再手下留情。不過這次就判她緩刑吧。

另外，關於『ＴＢＪ』遠山武偵事務所——

後來武偵包依然暢銷熱賣，我們把八千代銀行的融資借貸都全額還清了。而我基於某些理由，從這時期就幾乎把公司營運都交給了中空知負責。

她似乎雇用了五名可愛的武偵女生當店員，在Laforet店排班顧店。而且全都穿武偵高中的水手服。雖然我因為大家都是女生，一點都不想見面，所以只負責批准雇用而已就是了。

如此這般，時間來到七月──

在華生可以到公司來當顧問的最後一個禮拜，我和她與中空知三個人召開了一場會議。

總店二樓的兩坪多房間中，今天依然可以聞到生產線煮著紅豆的香氣──

中空知似乎也有很多事情想跟我報告的樣子，把各種資料攤開在矮桌上。

「近日來表參道、原宿的治安有漸漸改善的傾向。另外雖然跟這點並沒有直接關係，不過我打算要在澀谷的一〇九開設三號店。至於四號店則預定開在新宿的伊勢丹。」

果然似乎很擅於經營的中空知，如今給人相當可靠的感覺。

與公司剛開業的時候完全不同，已經像個出色的女社長了。

人說士別三日應刮目相看……這句話也能套用在女性身上呢。

「我覺得不錯啊。畢竟那一帶現在治安也很糟糕。」

「伴隨增設店鋪的這個機會，我也有在考慮可以開始接臨時護衛的工作。接下來就以上市上櫃為目標，擴展公司的營運規模，請問如何呢？只要能在證券交易所上市，就能招募不特定多數的投資家出資，讓公司展開到全國規模喔。社長。」

面對將瀏海與眼鏡底下的雙眼眯起來一笑的中空知……

「這樣一來，事件就算落幕啦。那個『社長』也是最後一次了。」

我如此開口說道。

「最後？」

中空知頓時愣了一下。

「我要在這邊退出了。畢竟我還有必須做的事情……妳應該也知道，就是念書。雖然我很想兩邊兼顧，但高認考試的日期也近了，我希望能專心在那方面。」

「社……」

為了制止中空知又叫我『社長』……

「中空知，從今天開始，妳才是社長。」

——我豎起手指如此說道。

「……」

中空知雖然一時講不出話……但她看起來也是從我最近都顧著念書，把公司的事情都交給她負責的狀況中，多多少少猜到事情會變成這樣。雖然不希望事情發生，可是這天終究還是到來了。就是那樣的表情。

「遠山，你心意已決了嗎？」

華生很認真地對我如此詢問，於是……

「華生，這段時間以來也謝謝妳啦。有妳跟著，真的幫上我們很大的忙。多虧有妳，讓我學到很多事情，也稍微理解繳納稅金的意義了。」

我透過道謝代替了回答。

「這樣誇獎我，我也不會給你什麼啦。不過遠山，你的決定我明白了。中空知，在商業法上，遠山——也就是公司幹部隨時都有辭退其地位的權利。而剩下的正式員工就只有妳。如果要讓ＴＢＪ繼續經營，總經理的位子自然就會由中空知接任。我還會再過來這裡幾次，所以事務處理上我也會幫忙的。」

聽到華生這麼說……中空知……總算微微地，不過堅定地，點頭回應了。

「可是社……不，遠、遠山……先生……同學……明明那麼努力，把公司培育到可以安定經營……現在卻、讓我……」

中空知抱著最後的一點希望試著慰留我，不過——

「那不是靠我一個人的力量。是大家一起讓這間公司茁壯的。來光顧的每一位客人，把錢借貸給我們的銀行，華生，還有中空知——妳同樣也有功勞，可以更有自信一點。而且妳擔任我的通訊員也應該知道了吧？我在遇到危機的時候或許有點強，但只要進入安定期就只是個平凡的男人了。這樣的傢伙今後繼續待在這裡，也只是個米蟲啊。」

「……遠山同學……」

她總算清楚這樣叫我了。用以前的稱呼方式。

謝謝啦。今後就交給妳了——中空知社長。

因為中空知難得主動說想要跟我一起出去走走——

社長命令不可違。於是我穿上外套，來到了表參道。

夏天的太陽就像空襲般撒下強烈的日光，不過我的身體也已經漸漸習慣這炎熱的天氣，甚至感到有點舒適呢。本來有找華生也一起來，可是她卻露出一臉不知在客氣什麼的表情說「我負責留守吧」而留在公司了。

中空知帶著我來到的地方……

是以前我和她幫小愛找貓時最後抵達的那塊空地。

隔著長長的瀏海看著如今已乾枯的水灘痕跡的中空知——輕輕閉上眼睛。

嗚哇，我到現在才發現，她睫毛好長啊。再過幾年後，她肯定會變成一個教人吃驚的美女社長吧。還好我及早辭職了。

中空知……靜靜地……似乎在聽什麼。

彷彿是超越時間，傾聽著昔日的我和她在這裡慌慌忙忙的聲音。

「那時候的事情，請問你還記得嗎？」

「當然記得，就是找貓的那件事吧。那時候被貓抓得好痛啊。」

我苦笑一下後，中空知也跟著笑了……

接著，她忽然露出愧疚的眼神，對我鞠躬低頭。

「我因為不想讓遠山同學操心……有件事一直都說不出口。其實那段時間，阿久津武偵事務所有來挖角過我。說會給我遠山武偵事務所三倍的薪水。」

「呃，原來還有那種事啊？」

該死的阿久津。她是企圖靠從我身邊把中空知挖走，好毀掉遠山武偵事務所吧？

那隻女狐狸，盡擅長這種拐彎抹角的手法。我完全都沒發現啊。還是告發她好了。

「當時我拒絕後，對方就提高到五倍、十倍……我因為母親醫療費用的問題，曾有一瞬間……猶豫了一下。」

那種事……我想也是當然的吧。畢竟對區區一名ＯＬ來說，那種金額的薪水一輩子都不知道能不能拿到一次呢。

「真虧妳……能夠拒絕啊。雖然我講這話很奇怪，不過那也太可惜了。」

面對不禁苦笑的我，中空知露出溫和的微笑──

「那時候，遠山同學……見到小愛被阿久津武偵事務所拒絕委託，不但毫不在意金額，還不惜全身沾滿泥巴努力完成任務。大家總是說工作不拿錢不是好事，書上也都這樣寫。可是那時候我卻有種不可思議的感覺，對遠山同學產生了一種難以言喻的尊敬心情。然後下定決心，自己果然還是要跟隨這個人……」

……中空知也……曾在金錢與理念之間搖擺過啊。

就跟世上出了社會的人大家多多少少都有過的內心糾葛一樣。

然而，和貝瑞塔那時候一樣──中空知也選擇了理念。而且是比貝瑞塔更單純地……

「這世上，並不是只有錢啊。」

就只是這樣一個道理。

那是從以前大家都在講，可是隨著社會越來越嚴苛，今後的日本恐怕漸漸沒有人會講的一句話。

雖然就是因為這樣的想法而老是吃虧的我其實很想改掉這種思考方式，但或許這就是遠山家的遺傳，改也改不掉。

不過也是因為這樣讓中空知留在我這裡了，以結果來講算是不錯了吧。

「知道武偵包可以為街上的人有所貢獻之後——和遠山同學一起做包子時，我真的非常快樂。我從來沒有在工作的時候這麼快樂過。我本來以為工作只會讓人難受而已……但其實不是那樣。是遠山同學告訴了我這件事。」

工作是為了賺錢。一方面來講這或許是事實。

然而，工作除了賺錢之外還有更高的層次。

在拚命追求金錢的過程中，會漸漸注意到工作也會對世上有所貢獻。

事業發展到一個地步的人，會口口聲聲講什麼『社會貢獻』……其實並不是賺錢賺膩了開始講些莫名其妙的事情。我想所謂的工作，就是有類似這樣到最後能抵達的境界。中空知想必不會像阿久津那樣只追求利潤，也不會像我這樣只顧人情——而是會發展出新的一條路吧。

「中空知，我今天也有模擬考要參加，在這條路要右轉去車站。妳要左轉回公司，所以……我們就在這邊暫時道別吧。今後妳也要繼續傾聽顧客的聲音喔？」

我就像交棒似地和中空知握手——並對她露出笑臉後……

「傾聽聲音是我最擅長的領域了。」

中空知也瞇起眼鏡底下的眼睛，用柔和的笑臉回應我。

在柏油步道上，我與中空知各自走向不同的方向。一旁的空地角落可以看到寫有施工日期以及預定建設商業大樓等內容的牌子。今天也有人懷抱著新的夢想，準備在這裡創立公司啊……你也要加油喔？

幾天後，我和中空知透過電話討論——決定將創立公司時我出過的錢以相同金額做為我的退休金了。

現在回想起來，我因為太過埋頭在公司經營中，連一塊錢的報酬都沒拿過，而中空知也堅持要給我更多。但是……畢竟董事報酬能編到經費的額度有上限嘛。

另外，當武偵從公司辭職的時候，會根據其對治安的貢獻度定出武偵執照失效為止的期限——而在我把社長職位讓給中空知之前有去過一趟武偵廳，結果因為武偵包的事情讓我大受誇獎，得到了三年的執照保有期限。

我後來靠著那筆退休金——在東京都港區台場七丁目，也就是學園島的南端二十區租了一間套房。

學園島因為交通不便，土地過多，路上又有拿槍的學生們走來走去，所以房屋租金都超級便宜，對武偵來可說是不為人知的租屋好地點。

而且就像這次受過理子她們幫忙一樣——即使沒有在武偵高中就學，我的人脈依然都在這地方啊。

話雖如此，但我搬到這裡來的事情對那群傢伙還是要極度保密。畢竟要是這裡也像以前的男生宿舍房間一樣被她們占據，我會很傷腦筋的。

出社會學習過的我，這次就沒有受騙上當，而是和不動產公司好好溝通，選到了一間全新的房間。而且來看房間時我才發現，這裡就是以前我和蕾姬追著當時還是弗拉德手下艾馬基進入的那棟建設中的房子，讓我不禁苦笑了一下。

然後今天，就是我搬進新家的第一天。新生活的開始。

雖然房間裡連家具都還不齊全，但空調設備倒是一開始就有裝好。真是太棒啦。

「好，我要在這裡好好用功……！距離高認只剩一個月啦！」

我用雙手拍拍自己臉頰，提振幹勁。

接著放下包包，把參考書攤開在當成桌子使用的紙箱上——就地而坐，切換心情，準備開始今天的進度時……

……叮、咚……

忽然傳來很文靜有禮的門鈴聲。

（這感覺是——！）

白雪嗎！

我不禁用像是準備迎戰的超人力霸王一樣的姿勢站起身子，不過……

再怎麼說，白雪要掌握我搬到這裡的情報也太早了。要是她已經知道，我甚至要懷疑星伽神社是不是有什麼自家用的人工衛星啦。那麼，難道是不動產公司嗎？還是宅配？槍彈推銷員……？我抱著疑惑打開房門。

結果在門外——

——是跟白雪……有一點點像的女性，或者應該說女孩子。

年約十到十一歲，身高一三四公分左右。略帶紫色的及肩黑髮兩邊綁有馬尾，妹妹頭的瀏海兩旁就跟金女一樣留得比較長。

身上的衣服很像是什麼高級私立小學女孩子會穿的深藍色吊帶裙。白色短袖襯衫的領口上綁有紅色的緞帶。

這位表情怯弱的少女和我對上視線後，立刻感動似地睜大她略帶藍色的黑眼睛。像小動物般圓滾滾的黑眼睛，彷彿要溶化般溼潤——看起來像棉花糖一樣柔軟的小臉頰漸漸泛紅。模樣可愛到連討厭女人的我都忍不住直盯著她看。

或許她本人沒有那樣的打算，但那天真無邪的年幼臉蛋就是會刺激男性的心。要是讓有那方面嗜好的男人見到，搞不好會想當場把她擄走。是個可愛到甚至讓人覺得她獨自在外面走動很危險的女孩子。

「……找錯家了嗎？迷路的小孩？」

要是讓不認識的小孩，或者說讓這樣一名少女進到房間可是會遭人告發，害我忍不住皺起了眉頭。而就在這時……

「總算……來到、這裡了……總算、見到面了……」

對方的反應……倒是很像有見過我的樣子。這感覺是怎麼回事？總覺得莫名懷念。

啊啊，我想起來了。就好像以前在地下品川，跟金女初次見面那時候一樣——

「——哥哥大人。」

嗯……嗯嗯？

「不好意思，來得如此突然。我是哥哥大人的妹妹。現在正被人追。請讓我躲在這裡吧。」

嗯……嗯嗯嗯嗯？

Go For The NEXT!!!!!

# 後記

大家好！我是因為戴智慧型手錶，結果讓手腕晒出了四方形痕跡的赤松。

這次金次終於走出（？）了武偵高中，踏足到大人的世界了。

雖然他一出社會就被槍彈和女人耍得團團轉的部分還是一點都沒變，不過……回頭讀讀看一開始金次希望離開武偵高中時的最初那幾集，還是會發現他當時比現在年輕而衝動呢。

或許撰寫故事的我講這種話也很怪，但這可能就是代表當一個人實現心中的目標時，就會成長為另一個人的意思吧。

而就在金次踏出他人生全新的第一步時……非常突然地！

我也同時出版了新的小說作品！

那是一部描述啦啦隊（正式來講是Cheerleader）的社團故事作品，標題就叫《Cheers!》。

以名叫「千愛」的前啦啦隊菁英女主角為中心，有的個性開朗，有的個性正經，有的自尊心高，有的膽小懦弱——各式各樣的女孩子們透過啦啦隊運動建立羈絆，一同成長的故事。

插圖同樣是由這部《緋彈的亞莉亞》的こぶいち老師接手。

穿啦啦隊服或學校制服跳啦啦隊舞蹈的可愛角色們，絕不可錯過……！

《Cheers!》與這本亞莉亞二十六集同時發售中，請大家務必一起看看喔。

同時也是那群女孩們小隊名稱的『Cheers』，是代表鼓勵、打氣的意思。

筆者希望能夠透過這部作品，為像是金次一樣挑戰全新的每一天，持續成長的大家加油打氣，讓大家都能更有精神。

當然，亞莉亞系列也會繼續連載下去，還請各位一同多多支持鼓勵。

那麼，期望隨著季節過去——下次能在書店，或者電子書籍的畫面中與各位再相見。

二〇一七年九月吉日　赤松中學

祝 アリア 26巻!!
※賀亞莉亞第26集出版!!
■這次有很多好久沒畫的角色，在找資料上花了我不少時間。不過畫起來有種新鮮的感覺呢！
期待下次再相見！

緋彈的亞莉亞

Aria the Scarlet Ammo

浮文字

緋彈的亞莉亞(26) 穿破黑暗的巨蟒

(原名：緋弾のアリアXXVI 闇穿つ大蛇(アナコンダ))

作者／赤松中學　封面插畫／こぶいち　譯者／陳梵帆
發行人／黃鎮隆　副總經理／陳君平
總編輯／洪琇菁　國際版權／黃令歡
執行編輯／呂尚燁　美術編輯／侯又嘉
企劃宣傳／邱小祐
出版／城邦文化事業股份有限公司　尖端出版
台北市中山區民生東路二段一四一號十樓
電話：(〇二)二五〇〇七六〇〇　傳真：(〇二)二五〇〇二六八三
E-mail：7novels@mail2.spp.com.tw
發行／英屬蓋曼群島商家庭傳媒股份有限公司城邦分公司　尖端出版
台北市中山區民生東路二段一四一號十樓
電話：(〇二)二五〇〇—七六〇〇(代表號)
傳真：(〇二)二五〇〇—一九七九
北部經銷／祥友圖書有限公司
電話：(〇二)八五一二—三八五一
傳真：(〇二)八五一二—四二五五
中部經銷／楨彥有限公司
電話：(〇二)八九一九—三三六九
傳真：(〇二)八九一四—五五二四
雲嘉經銷／智豐圖書股份有限公司　嘉義公司
電話：(〇五)二三三—三八五二
傳真：(〇五)二三三—三八六三
南部經銷／智豐圖書股份有限公司　高雄公司
電話：(〇七)三七三—〇〇七九
傳真：(〇七)三七三—〇〇八七
一代匯集／香港九龍旺角塘尾道六十四號龍駒企業大廈十樓B&D室
電話：(八五二)二七八三—八一〇二
傳真：(八五二)二七八二—一五二九
馬新經銷／城邦(馬新)出版集團　Cite(M)Sdn.Bhd.
E-mail：Cite@cite com my
法律顧問／王子文律師　元禾法律事務所
北市羅斯福路三段三十七號十五樓
二〇一八年二月一版一刷



■中文版■

郵購注意事項：
1. 填妥劃撥單資料：帳號：50003021戶名：英屬蓋曼群島商家庭傳媒(股)公司城邦分公司。2. 通信欄內註明訂購書名與冊數。3. 劃撥金額低於500元，請加附掛號郵資50元。如劃撥日起 10～14日，仍未收到書時，請洽劃撥組。劃撥專線TEL：(03) 312-4212 ・ FAX：(03) 322-4621。E-mail：marketing@spp.com.tw

**國家圖書館出版品預行編目資料**

緋彈的亞莉亞26 / 赤松中學 著； 陳梵帆 譯.--1版.
--臺北市：尖端出版，2018.02
面；公分.--(浮文字)
譯自:**緋弾のアリア**
ISBN 978-957-10-7927-1(第26冊：平裝)

861.57 106002816